狂風 ❷

狂風 ②

광풍

스토리뱅크
story bank 2010

목 차

1장
색귀(色鬼)

용제현 현청 거리뿐만 아니라 10여 군데의 마을 입구에 '의인을 찾는다'는 방이 붙었기 때문에 모르는 사람이 없다. '원한을 풀고 나라를 구할 의인'을 찾는 것이다. 장소는 의인이 통보하라고 했으니 소문이 무성했다. 방은 조정에서 내린 것은 분명했다. 그러나 천하의 무림인을 모은다는 말이라는 사람에서부터 도둑을 고변하라는 뜻이라는 사람까지 내용에 대한 해석도 제각각이다.

"이건 어림군이 우리를 노리고 무림인을 모으려는 수작이다."

방이 붙은 지 만 하루 만에 내용을 읽어본 상관수가 쓴웃음을 짓고 말했다.

"이젠 속도전이다. 우리도 사생결단을 할 각오로 나섰으니 피할 것 없다."

상관수는 이제 용제현에서 40리(20km) 거리인 도광마을에 진을 쳤다. 유창산은 나이 든 도인들이 지키게 해놓고, 전 도인과 교인을 이끌고 내려온 것이다. 그렇다, 사생결단이다. 어림군과 의사당 당주를 상대하게 된 마당에 한가하게 마교의 본당 유창산에 들어앉아 있을 수는 없는 것이다. 용의주도한 상관수는 또한 반란군의 총수 종광에게 방장 하나를 보내 합세하겠다는 제의를 했다. 병사 하나라도 필요한 종광이었으니 쌍수를 들고 환영할 것이었다. 자, 이젠 퇴로까지 만들어 놓은 상태이니 결전의 자세는 다 갖췄다.

"찾아라, 당주 주리홍 그년을 찾아라."

상관수가 손에 쥔 부채로 마룻바닥을 두드리자 북 치는 소리가 났다.

"그년만 잡아 죽이면 어림군은 돌아간다."

상관수의 목표는 분명하다. 주리홍부터 잡아 죽이는 것이다. 그때 구문천이 말했다.

"교주, 그놈도 함께 찾아야 합니다."

그놈이란 상아진을 그렇게 만든 놈, 광마를 처참하게 죽인 놈을 말한다. 전균 또한 요즘 들어 얼굴이 누렇게 되더니 오리걸음으로 걸어다닌다. 영문을 물었지만 병이 걸렸다고만 했는데 이상한 소문이 났다. 전균의 양물이 썩어간다는 것이다. 본인이 말을 안 하는 터라 상관수도 바지를 벗어보라고 하기도 그래서 놔두는 형편이다.

"찾아라."

상관수가 뱉듯이 말했다. 지금도 유창산 본당에 누워 있는 상아진을 떠올리면 머리끝이 곤두서는 상관수다. 왜냐하면 상아진이 남자만 보면 사지를 비틀어대기 때문이다. 처음에는 몰랐지만 눈빛이 번들거리며 사지를 뒤트는 모양이 색욕이 발동된 상태하고 같다. 그래서 상아진을 창문도 없는 방에 감금시킨 것이다.

"교주, 방장(方將)들이 모였습니다."

방주 강곤이 보고를 했으므로 상관수가 자리에서 일어섰다. 이제 마교는 5방(方)으로 체제를 정비시켰다. 유창산에서 나와 군사체제로 정비한 것이다. 난세에 어울리는 체제다. 상관수는 위기를 기회로 만드는 재주가 있다. 이번에 백상교를 멸문시키고 교세를 확장하려던 찰나에 어림군의 의혹을 사게 되자 방향을 바꾸었다. 수비에서 적극적인 공격 대형으로 바꾼 것이다. 그래서 유창산을 나와 농민 반란군에 호응할 기색을 보이는 한편으로 마교단을 5방(方)의 전투 대형으로 만들었다. 1방이 2,500군사였으니 12,500명의 군세. 상관수는 이 군세로 농민 반란군의 수장(首將)은 못 되어도 부수장(副首將) 직위는 따낼 수 있으리라고 보았다. 옆쪽 청으로 다가가면서 상관수가 혼잣소리를 했다.

"명조(明祖) 주원장이는 비렁뱅이 중이었던 놈이다. 천하의 주인이 따로 있다더냐?"

과연 그렇다. 명의 태조 주원장은 어렸을 때 가축몰이꾼을 하다가 걸식승이 되었다. 그러다가 백련교의 반란에 가담, 반란군 졸개로 시작하여 결국 명의 태조가 된 것이다. 상관수가 오히려 주원장보다 낫다.

방을 읽어본 화천이 그것이 곧 자신을 찾는 내용이라는 것을 알았다. 찾는 장본인이 누구라는 것도 알았다. 주리홍이다. 그러나 서둘 것 없다. 시장에서 정명의 옷과 신발까지 구하고 양식까지 산 화천이 다시 폐허가 된 용문사에 닿았을 때는 술시(8시) 무렵이다.

"오셨습니까?"

서까래 밑 토굴로 들어섰더니 제법 단정한 모습이 된 정명이 화천을 맞았다. 그동안 씻고 다듬은 티가 났다. 색기(色氣)가 풍기는 것이 색(色)에 대한 기대감 때문이다. 이제 정명은 화천의 색기에 감염된 것이나 같다. 화천이 한 보퉁이나 되는 옷과 양식을 정명 앞에 내려놓고 말했다.

"내가 삼일 동안만 다녀올 데가 있으니 그동안 정양을 해라."

그러고는 화천이 손바닥을 펴 정명의 머리 위에 붙였다. 정기(精氣)를 주려는 것이다. 정명은 머리 위가 뜨거워지는 느낌을 받는 순간 정신을 잃었다. 그러나 한참 동안 화천의 손바닥에서 뻗쳐나간 정기가 정명의 온몸을 순환했다. 막혔던 기가 뚫리고 혈액 순환이 정상으로 돌아왔다. 심장 박동이 강해지면서 온몸의 세포가 반갑게 반응했다. 정명의 얼굴 빛이 맑아졌다. 이윽고 정명의 상반신을 안아 바닥에 눕힌 화천이 몸을 세웠다. 그리고 한동안 정명을 내려다보았다. 이미 정명은 색(色)을 느끼게 되었다. 화천의 손끝만 닿아도 온몸이 뜨거워지도록 색인(色因)이 박힌 것이다.

"마교는 이미 전력(戰力)을 갖춘 군집단이 되었습니다."

낭장 한백이 주리홍에게 보고했다.

"도광마을을 거점으로 5개 방으로 전력을 나누었는데 각각 방주가 지휘하고 각 방의 군세는 2,500, 이제 어림군 몇 천으로는 물리치기 힘들 것 같습니다."

"반란군과 합세할 수도 있겠구나."

"이미 연합 제의를 했다는 소문이 퍼져 있습니다."

"상관수가 허장성세에 능숙하군."

주리홍의 얼굴에 쓴웃음이 떠올랐다. 아직 도성에서는 연락도 없는 것이다.

"만일 어림군이 내려오지 않는다면 다시 유창산으로 돌아갈 것이다. 그렇지 않은가?"

"그렇습니다."

한백이 외면한 채 대답했다. 조정의 실권을 장악하고 있는 것은 환관 위충현이다. 이곳에서 참수된 조세징수관 복기단이나 사천성을 맡은 태감 황보 따위는 감히 비교가 되지 않는 거대한 권력, 위충현이 황궁을 장악하고 있다. 위충현의 허락이 떨어져야 어림군이 움직이는 것이다.

　"당주, 이곳에 오래 머무실수록 위험할 것 같습니다."

　마침내 한백이 어렵게 입을 열었다.

　"일단 용제현 근처에서 떠나셨다가 후일을 도모하는 것이 나을 것입니다."

　"며칠 더 기다리겠다."

　주리홍이 자르듯 말하더니 외면했다.

　"물러가라."

　한백이 머리를 숙여 보이고는 청을 나가자 공가와 백가도 서로 얼굴을 보더니 밖으로 사라졌다. 이곳은 다시 옮긴 거처로 용제현과 갈마현 접경지에 위치한 사찰 안이다. 꽤 큰 사찰이어서 어림군 80기는 요사채 1개 동을 빌려 묵고 있었는데 모두 지친 상태다. 마교가 적극적으로 전력을 정비하는 반면에 관군(官軍)은 피하는 실정이었기 때문일 것이다. 사기가 저하된 상태라고 해야 맞다. 혼자 청에 남은 주리홍의 입에서 저절로 긴 숨이 뱉어졌다.

　"나를 찾았느냐?"

　뒤에서 들리는 목소리에 주리홍이 소스라쳤다. 몸을 돌린 주리홍이 뒤쪽 불상 옆에 앉아 있는 사내를 보았다. 뒤쪽은 막혔는데 어떻게 저곳에 와 있단 말인가? 사내는 바로 그놈이다. 주리홍의 머릿속에 깊게 박혀서 도무지 떼어지지 않았던 그 얼굴, 몸을 돌린 주리홍은 불상을 올려다보고 앉은 꼴이 되었다. 그때 사내가 빙그레 웃었다.

"네가 황제의 배다른 누이라면서?"

"이놈, 무엄하다."

"이년, 네가 무엄하다."

다음 순간 주리홍이 숨을 들이켰다. 부처의 상에서 주리홍의 자리까지는 10자 높이였는데 사내가 앉은 채로 뛰어내렸기 때문이다. 그대로 떨어졌다고 봐야 맞다. 그런데 사내는 소리도 내지 않고 그대로 주리홍의 옆자리에 떨어져 내렸다. 놀란 주리홍이 상반신을 젖혔을 때 사내가 빙그레 웃었다.

"난 화천이다."

주리홍이 눈만 치켜떴을 때 화천이 말을 이었다.

"혼탁한 이 세상을 광풍으로 쓸어버리려고 내 이름에 광풍을 붙였다. 그래서 화천광풍이지."

"너에게 관직을 내릴 테니 나하고 마교를 소탕하겠느냐?"

"그럼 황제를 다오."

정색한 화천이 황제가 물건이라도 되는 것처럼 손을 내밀었다.

"그럴 수 없다면 나에게 네 정조를 다오."

"네, 이놈."

주리홍의 얼굴이 붉게 상기되었다.

"네놈이 감히."

"네 몸은 무르익은 복숭아 같다. 지금 먹지 않으면 썩는다."

"이놈……."

"내가 너를 색욕으로 온몸이 비틀리게 할 수가 있지만 네 자의(自意)로 나에게 몸을 주도록 하려는 것이다."

"이놈아, 싫다."

"네 무공으로는 내 손가락 하나도 꺾지 못한다는 것을 알지 않느냐?"

"싫다."

"너는 지금 절체절명의 상황이야. 내 도움이 없으면 넌 황제의 누이인 신분으로 일개 마교도 당하지 못하고 북경으로 도망쳐야 할 신세. 이것으로 황제의 위상은 땅바닥으로 떨어진다."

"……."

"사방에서 반란군이 일어나겠지. 황궁에 있는 환관대왕 위충현이가 더 권세를 잡을 것이고. 듣자하니 위충현이가 반란군 수괴 종광한테 천하를 양분(兩分)하자는 밀사를 보냈다고 한다."

"거, 거짓말."

"보아라."

그 순간 화천이 펄쩍 뛰어올랐으므로 다시 주리홍이 대경실색을 했다. 보라, 허공으로 뛰어오른 화천이 천장의 서까래에 붙어 있는 것이다. 사지로 서까래에 매달려 있는 것이 마치 거대한 거미 같다. 그때 화천이 거미처럼 기어서 불상 쪽으로 가더니 다시 이쪽으로 내려왔다. 기척 소리 한 번 들리지 않았고 불상 옆에 놓인 그릇 하나 건드리지 않았다. 홀린 듯이 시선을 떼지 않던 주리홍이 이윽고 어깨를 늘어뜨리면서 긴 숨이 뱉어졌다. 그때 다시 화천이 물었다.

"어떠냐? 네 자의로 네 정조를 바쳐라. 그럼 나하고 같이 마교를 처단하고 반란군을 소탕할 수 있을 것이다."

"싫다."

그러나 주리홍의 목소리가 약해졌고 눈동자는 흔들렸다. 그러자 화천이 입맛을 다셨다.

"아직 마음을 비우지 못했구나. 네 신분에 대한 우월감이 세상을 구하는 것보다 우선이란 말이냐?"

화천이 일어서서 주리홍을 내려다보았다. 눈빛이 차갑다.

"난 내 손만 뻗으면 네 몸을 뜨겁게 만들 수가 있었다. 그래서 네가 나한테 안아달라고 매달리게 할 수가 있었지만 네 자의에 맡겼던 것이야."

화천이 몸을 돌렸을 때 주리홍이 말했다.

"내 몸에 손을 대, 그럼."

"아이고, 아이고."

탄성이 방안을 울렸고 비린 정액의 냄새가 진동을 했다.

"아이고, 살살, 아파."

그렇게 소리쳤지만 곧 탄성으로 이어지는 것은 쾌락으로 솟구치고 있다는 증거다.

"으아악."

사지를 뻗으면서 신음을 지른 여자가 곧 흐느껴 울었으므로 배승걸도 그때서야 폭발했다.

"으으음."

만족한 탄성이 배승걸의 입에서 터져 나왔다.

"이놈아, 바지 주워 입고 나와라."

갑자기 목소리가 귀로 송곳처럼 파고들었고 배승걸이 기절초풍을 하듯이 여자에게서 몸을 떼었다. 여자가 눈만 크게 뜬 것은 영문을 모르는 것 같다. 여자는 구보마을 촌장 용곤의 본가 하녀다. 배승걸이 다

14

섯 명째 상관하는 여자인 셈이다. 그때 다시 목소리가 꽂혔다. 배승걸에게만 들리는 것이다.

"나오너라. 네가 갈 데가 있다."

화천이다. 두말 않고 몸을 일으킨 배승걸이 밖으로 나왔을 때는 잠시 후다. 마당 끝에 서 있는 화천에게 다가간 배승걸이 땅바닥에 무릎을 꿇고 절을 했다.

"사부, 색욕이 솟구쳐서 참지 못했습니다. 벌을 주십시오."

"몇 명째냐?"

"예, 다섯 명째입니다."

"교인 다섯을 늘렸구나."

배승걸은 눈만 껌벅였고 화천의 말이 이어졌다.

"정명을 찾았다."

"예엣!"

화들짝 놀란 배승걸에게 화천이 말을 이었다.

"용문사에 숨겨 놓았다. 교주의 저택 본당이 서 있던 자리 왼쪽으로 서까래가 무너진 끝에 구덩이가 파여 있다. 밖에서는 보이지 않으나 안은 꽤 넓고 지낼 만하다. 그곳에 정명이 있다."

"그, 그럼……."

"내가 정기를 보충시켰고 옷도 새 옷을 가져다주었으니 네가 내일 찾아가 보아라."

"제가 지금 당장……."

"지금은 놔둬라. 내일 오후쯤 찾아가는 것이 낫다. 그때서야 원기를 다 갖췄을 테니까."

"예예, 사부 그렇게 하지요."

"내일 오후에 네가 정명을 데리고 용문사를 나와 상지현으로 가서 기다려라."

"상지현 어디에서 기다립니까?"

"그곳의 제일 좋은 여관에서."

"만경장이 제일 좋습니다."

그때 화천이 비단 주머니 하나를 배승걸 앞에 던졌다.

"금화 30냥이 들었다. 그것으로 여관비를 대고 기다려라."

"들었어?"

위천이 묻자 마석이 시선만 주었다. 오전 진시(8시) 무렵, 둘은 이제는 거의 비어 있는 유창산 본당의 청 앞마당에 서 있다. 위천이 텅 빈 마당을 둘러보는 시늉을 하더니 말을 이었다.

"아씨가 뱀을 낳았다는군."

"응?"

마석이 숨 들이켜는 소리를 내더니 한 걸음 다가섰다. 두 눈이 둥그렇게 커졌다.

"그게 무슨 말이야?"

"아씨 배에서 뱀을 꺼냈단 말이야."

"미친놈."

"교주가 그날 밤 아씨를 맡았던 노파들을 다 죽였어."

위천이 긴 숨을 뱉고 나서 말을 이었다.

"노파를 죽인 위사한테서 들었어. 그놈이 내 고향 놈인데 아씨가 낳은 뱀도 땅에 묻었다네."

"거짓말."

눈을 치켜떴던 마석이 발을 떼면서 혼잣소리를 했다.

"별놈의 소문이 다 퍼지는군, 아씨가 색귀가 되었다는 소문도 있어."

위천은 입을 다물었다. 자신도 들었기 때문이다. 마당을 가로지른 둘이 발을 멈춘 곳은 요사채 안의 두꺼운 자물쇠가 잠긴 방문 앞이다. 방문 앞에 지켜 서 있던 위사가 둘을 보더니 말했다.

"주무시는 것 같소."

오후 유시(6시)쯤 되었다. 소리를 지르든가 자든가 둘 중 하나여서 위사가 자물쇠를 열면서 말을 이었다.

"점심때는 노래를 부르셨소."

"식사는 다 하셨느냐?"

위천이 묻자 위사가 문을 열면서 대답했다.

"식사는 잘 드시오."

"아앗!"

그때 먼저 방으로 들어선 마석이 놀란 외침을 뱉었다. 위천이 머리를 내밀더니 곧 입을 딱 벌렸다. 상아진이 없어진 것이다. 침상에 가죽끈으로 사지를 묶어놓고 식사할 때만 풀어 주었는데 없다. 가죽끈도 다 풀려 있는 것이다. 방안은 창문도 없었으므로 사방을 둘러보던 위천이 곧 천장을 보았다. 그때는 이미 마석도 천장을 보는 중이다.

"아아앗!"

놀란 외침은 위사의 입에서 터졌다. 마석과 위천은 진즉 보았는데도 숨만 들이켜고 있다. 천장에 구멍이 뚫려 있었던 것이다. 그런데 방바닥에는 흙 한 점 떨어져 있지 않았다. 뚫려진 구멍을 통해 어두워지는 하늘도 보인다.

"이, 이게."

마침내 위천이 갈라진 목소리로 말했다.

"도대체 어떻게 구멍을 뚫었단 말인가?"

귀신의 소행 같다.

그 시간에 반대편 요사채 방 앞에 선 도사 방 씨가 안에 대고 말했다.

"여기 약초 가져왔소."

안에서 대답이 없었으므로 방 씨가 문을 열고 머리만 들이밀었다.

"으악!"

방안에다 대고 비명을 질렀지만 뒤쪽 마당에 있던 도인들의 귀가 곤두설 만큼 큰 소리였다.

"뭐야?"

도인들이 달려가 방문을 활짝 열더니 저마다 뒷걸음질을 쳤다. 방안은 난장판이 된 푸줏간 같았다. 사방에 살점이 떨어져 있었는데 책상 위에 머리통만 없었다면 사람의 조각인 줄 몰랐을 것이다. 머리통의 주인은 전균이다. 전균이 수백 개의 살덩이로 쪼개졌고 방안은 피바다가 되었다. 이제는 운신조차 힘들어서 약초를 끓여 먹던 전균의 비참한 최후다.

"도대체 어떤 놈이."

사방을 둘러보면서 도인 하나가 겁에 질린 얼굴로 묻자 하나가 뒷걸음질로 물러나면서 말했다.

"백상교 귀신 짓이야. 광마에 이어서 전균까지 저렇게 당하는 것 봐."

용제현에서 6백여 리나 떨어진 호남성 광양에는 농민군 15만을 집결시킨 반란군 대원수 종광이 주둔하고 있다. 종광은 47세, 본래 호남

18

성 마곡현의 역졸이었다가 4년 전 농민 반란 때 반란을 일으킨 목현의 책사 노릇을 했다가 목현이 죽자 5백여 명의 농민군을 이끌고 지금의 대군을 이루었다. 그러니 종광이 명(明)을 세운 주원장과 자신을 비교 안 할 수가 없다. 명 태조 주원장보다 자신의 신분이나 역량이 낮다는 것이다. 명의 주원장이 황제로 즉위한 것이 1368년, 벌써 250여 년이 지났다. 이제 새 제국이 일어날 때도 된 것이다. 더구나 주원장은 글도 못 읽었지만 종광은 글을 읽고 쓴다.

"마교의 상관수가 교인 20만이라고 호언을 했지만 병력은 1만 남짓이야."

종광이 태사 우반에게 말했다.

"허나 교인이 만드는 민심이 이용할 만하다. 상관수에게 사자를 보내도록 해라."

"예, 전하."

우반이 허리를 굽혔다.

"적을 좌장군으로 봉할까요?"

"아니, 정서대장군, 서주도독으로, 식읍 1만 호를 준다고도 해라."

"그러지요."

없는 식읍이고 직은 얼마든지 만들면 된다. 대업을 이룬 후에 나눠 주는 것이기 때문이다. 종광이 넓은 얼굴을 펴고 웃었다.

"주리홍 그년이 제 동생보다 낫다. 제 동생 놈은 일자무식에 불알 없는 위충현이를 제 아비처럼 모시고 있으니 천하가 이 꼴이지."

"전하, 이제 호남성의 절반 가량이 수중에 들어왔으니 즉위식을 하시지요."

우반이 말하자 종광은 소리 내어 웃었다.

"놔둬라, 아직 멀었다. 호남성이나 장악하고 보자."

하긴 위쪽 호북성에서 일어난 석기반은 군세 10만으로 지난달에 대송(大宋)을 개국시켜 황제로 칭했다. 석기반 또한 농민 반란군을 모았는데 향청의 아전 출신이다. 그야말로 사방에서 개국을 했다가 3일 후에 멸망하는 삼일천하가 수없이 되풀이 되고 있는 난세다.

"놓아가자."

주리홍이 말하자 낭장 한백이 머리를 들었지만 입을 열지는 않았다.

"불가항력이다."

외면한 채 주리홍이 말을 이었다.

"조정에서는 이보다 더 급한 일이 있는 것 같고 이곳 일을 처리하기에는 내 힘이 벅차다."

청 안에는 한백 이하 낭장, 비장 등 간부들이 모여 있었지만 이제 숨소리도 들리지 않는다. 주리홍의 시선이 한백에게로 옮겨졌다.

"낭장, 말하라."

"예."

대답은 했지만 잠시 호흡을 고르던 한백이 간부들을 보았다.

"조정에서 밀사가 왔소, 시급한 현안이 산재하여 어림군을 보낼 수가 없다는 것이오."

한백도 간부들을 보지 않고 말을 잇는다.

"어림군은 하남성, 산서성의 비적들을 소탕하려고 파견되어 도성에는 몇 천밖에 남지 않았다고 하오."

"환관이 장악한 황궁호위대가 5만이오."

불쑥 공가가 말했다가 곧 입을 다물었다. 주리홍도 시선을 주더니 모른 척했다. 그렇다. 위충현이 장악한 황궁호위대는 최정예군이다. 그 최정예가 식량만 축내면서 도성을 떠나지 않는 것이다. 그들의 임무는 오직 위충현 경비다.

"무엇이? 실종?"

버럭 소리친 상관수가 앞에 선 마석을 노려보았다. 주위가 조용해졌고 상관수의 목소리가 청을 울렸다.

"이놈아! 어떻게 된 일이냐! 실종되다니!"

"예, 방안에 계셨는데……."

마석이 더듬대며 말을 마쳤을 때 상관수가 이를 악물었다.

"누가 빼냈단 말이지?"

"그, 그렇습니다. 천장이 밖에서 뚫렸습니다. 기왓장이 쌓인 것으로……."

그 순간 마석이 벌떡 뒤로 넘어졌다. 상관수가 들고 있던 술잔을 던진 것이다. 이마를 정통으로 맞은 마석이 넘어졌다가 서둘러 일어섰다. 깨진 잔 조각이 이마에 박혀 피가 흐른다.

"도대체 어떤 놈이……."

아연한 상관수의 눈동자에 초점이 멀어졌다. 그때 마석이 겨우 입을 열었다.

"교주, 아무래도 그놈인 것 같습니다."

"그놈이라니?"

"아씨를 데려갔던 그놈이 또……."

"또?"

"예, 그놈밖에 없습니다."

"그놈이 왜?"

마석이 입을 닫았을 때 함께 온 위천이 주저하며 말했다.

"그리고 방에 있던 전균이 온몸이 산산조각으로 찢겨 죽었습니다."

"……."

"머리통만 남겨놓고 온몸이 조각으로 흩어져 방바닥에 깔려 있어서 손가락 하나도 찾기 어려웠습니다."

그때 총방주 구문천이 말했다.

"교주, 광마에 이어서 전균까지 죽고 아씨가 또 납치된 것을 보면 백상교와 연관이 있는 것 같습니다."

"그럼 그놈이 백상교도란 말이냐?"

상관수가 버럭 소리쳤다.

"백상교에 그런 무공을 쓰는 놈이 있어?"

구문천이 입을 다물었을 때 상관수가 발을 굴렀다.

"총방주, 네가 가서 찾아라."

"예, 교주."

"고수를 추려서 당장 가라!"

구문천이 몸을 돌렸을 때 상관수가 등에 대고 다시 소리쳤다.

"그놈이 누군지 밝혀내라!"

화천이 앞에 앉은 상아진을 보았다. 상아진은 단정한 옷차림에 머리도 잘 다듬어 올렸고 눈빛도 맑다. 한쪽 무릎을 세우고는 두 손을 모아 쥔 자세로 앉았는데 화천을 바라보고 있다. 오후 유시(6시)쯤 되었다. 이곳은 유창산에서 30리쯤 떨어진 대아산 골짜기의 외딴 농가 안이다. 주인이 떠난 빈집이어서 마당에 잡초가 우거졌고 대문도 없었지만 방은 온전했다. 바닥은 깨끗했고 문짝은 제대로 붙어 있다. 화천이 입을 열었다.

"네가 왜 묶여 있었는지 아느냐?"

"압니다."

상아진이 또렷한 목소리로 대답했다.

"제가 색욕을 억제하지 못해서 그렇게 한 것입니다."

"네가 느끼는 색욕을 말해 보거라."

"사내만 보면 온몸에 벌레가 기어 다니는 것 같습니다."

"그것뿐이냐?"

"다리 사이가 근지럽고 가렵습니다. 그러고는 양수가 흘러나와요."

상아진의 얼굴이 상기되었고 시선이 화천의 다리 사이로 옮겨졌다.

"사내의 양물이 눈앞에 떠올라요. 그리고 그것이 제 옥문에 들어가는 상상을 합니다."

"그런 적이 있느냐?"

"없습니다."

"그런데 어떻게 알아?"

"그림을 보았습니다."

"어디에서?"

"꿈에서 본 것 같습니다."

화천의 얼굴에 웃음이 떠올랐다. 그것은 자신의 양물을 보여준 것이다. 지난번에 의식이 흐려진 상태에서 보여준 것이 머릿속에 박혔고 그것이 색욕의 근원이 되었다. 상아진의 자궁 속에 넣은 것은 방사 중에 흘린 마을 사내의 정액에다 뱀의 정액을 섞어 넣었다. 백상교를 말살시킨 죄는 그것으로 부족했다. 반인반사의 괴수를 숙성시켜 낳게 했지만 상관수가 처리하는 바람에 상아진은 색욕만 남은 색녀가 된 것이다. 그래서 이번에는 생각을 바꾸었다.

"네 임무가 있다."

"무엇입니까?"

상아진의 두 눈이 반짝였다. 요염한 모습이다. 얼굴은 상기되었고 눈은 기대감에 생기를 띠고 있다.

"네가 백상교의 포교원이 되어라."

"저는 마교 교주의 손녀입니다. 할아버님이 용납하지 않을 텐데요."

"숨겨야지, 숨기고 은밀하게 포교해라."

"어떻게 포교를 합니까?"

"네 색(色)으로."

화천의 시선이 상아진의 다리 사이로 옮겨졌다.

"너하고 한 번 방사를 치른 사내들은 모두 백상교도가 될 것이다."

"어떻게 그렇게 됩니까?"

"네 색에 빠지게 되는 거다."

화천이 정색하고 상아진을 보았다.

"옷을 벗고 누워서 다리를 벌려라."

"예, 나리."

금방 일어난 상아진이 서둘러 옷을 벗더니 알몸이 되었다. 미끈한 몸이다. 상아진이 방바닥에 눕더니 다리를 벌렸다. 벌써 기대에 차 숨이 가빴고 상기된 얼굴로 화천을 보았다.

"나리, 넣어 주실 거죠?"

화천이 다가가 옆에 앉더니 옥문에 손가락을 넣었다.

"아앗."

상아진이 커다랗게 탄성을 뱉더니 두 다리를 모았다. 그때 화천의 손가락에서 뜨거운 정기가 쏟아지듯 상아진의 옥문 안으로 들어갔다.

"아아아."

엉덩이를 잔뜩 추켜올린 상아진이 다시 마음껏 탄성을 뱉었고 옥문에서 양수가 솟구쳤다. 그때 화천이 말했다.

"이제 네 옥문 맛을 본 사내들은 백상교도가 된다. 이곳이 바로 백상교도가 들어가는 옥문(玉門) 역할이기 때문이다."

"아이고, 아씨."

정명을 본 배승걸이 털썩 무릎을 꿇더니 울음부터 터뜨렸다. 오후 술시(8시), 유시(6시) 무렵에 도착했지만 한 시진 가깝게 헤매다가 겨우 정명을 찾은 것이다.

"아니, 배 대용."

배승걸을 알아본 정명도 두 손으로 얼굴을 가리면서 울었다.

"아씨, 이렇게 살아 계시다니요."

배승걸의 울음소리가 커졌다. 이제는 넋두리까지 섞어서 운다.

"다 죽었습니다. 아씨, 다 죽었어요."

"대용, 여긴 어떻게 알고……."

먼저 진정한 정명이 묻자 그때서야 정신이 든 배 대용이 딸꾹질을 했다.

"예, 화천 사부께서 알려 주셨습니다."

"화천 나리께서."

어깨를 늘어뜨린 정명이 눈물을 씻으면서 배승걸 뒤를 보았다.

"사부께서 저한테 아씨를 모시고 오라고 하셨습니다."

"어디로요?"

"상지현 만경장에 묵고 있으면 찾아오신다고 했습니다. 자, 가시지요."

머리를 끄덕인 정명이 자리에서 일어섰다. 두말하지 않고 가려는 것이다. 배승걸이 다시 감동이 치밀어 오르는 듯 심호흡을 했다.

용제현을 떠난 첫날은 60리밖에 가지 못하고 갈마현과의 접경지역인 마을에서 묵었다. 오후에 출발했는데 각 비장과 낭장이 10여 명씩 조를 짜서 떠났기 때문에 이제 한군데 모일 일이 없다. 주리홍은 공가와 백가만을 데리고 다시 서생이 유랑하는 모양을 내었지만 과거에 낙방한 채 귀향하는 꼴이었다.

"아씨, 저녁 안 드시겠습니까?"

문밖에서 공가가 두 번째 물었으므로 주리홍이 벌컥 화를 품었다.

"안 먹는다고 하지 않았느냐?"

공가가 주춤대다가 물러가는 발자국 소리가 났다. 저녁 술시(8시)쯤 되었다. 민가의 행랑채 방 두 개를 빌려 묵는 터라 방은 낡아서 어수선했고 바닥에 깔린 나무판자는 삐걱거렸다. 기둥에 붙여놓은 기름 등 불꽃이 흔들렸다. 문틈으로 바람이 들어온 것 같다. 그때 옆쪽에서 목소리가 울렸다.

"손을 대주랴?"

소스라친 주리홍이 머리를 돌렸다가 곧 어깨를 늘어뜨리면서 숨을 뱉었다. 화천이다. 처음은 놀랐지만 곧 진정이 된 것이다. 지난번에도 겪었기 때문이다.

"기다리고 있었어."

주리홍이 벽에 기대앉은 화천을 똑바로 응시했다. 화천은 깨끗한 회색빛 장삼에 머리에는 두건을 썼다. 책상다리를 하고 앉아 있는 것이 제 방에 있는 것 같다.

"서방님을 기다렸다는 말이냐?"

화천이 묻자 주리홍의 목소리가 차가워졌다.

"나하고 난세를 정리했으면 좋겠어."

"난세를 정리한다고?"

되물은 화천의 얼굴에 웃음이 번졌다.

"용제현의 마교도 정리 못 하는 주제에 난세를 정리하자니, 너희 황실에서는 그렇게 큰소리만 치느냐?"

"난 주씨지만 이 황실에 미련 없어."

"그럼 화천황실을 만들자는 것이냐?"

"네 무공이 필요해."

"이것은 무공이 아니다."

화천이 갑자기 왼쪽 어깨를 주리홍 쪽으로 비틀더니 팔을 뻗었다. 그러자 뼈 부딪치는 소리가 들리면서 팔이 늘어나 주리홍에게로 뻗쳤다. 질색을 한 주리홍이 몸을 비틀어 손을 피했다. 화천의 왼쪽 팔이 한 자나 늘어났기 때문이다. 뼈가 길어진 것이 아니라 근육이 늘어난 것 같다. 그러나 자세히 보면 끔찍하다.

"인체의 능력을 극대화 시킨 것이야."

화천이 지그시 주리홍을 보았다.

"어떠냐? 내 능력을 받을 테냐?"

"색(色)을 말인가?"

"그렇다."

"그럼 나에겐 어떤 능력이 주어지지?"

"넌 기쁨을 느끼게 돼, 그리고 네가 상관하는 남자들에게도 기쁨을 전하게 된다."

"상대를 제압하는 능력은?"

"넌 나를 사부로 모시겠다는 말이구나."

화천의 얼굴에 쓴웃음이 번졌다.

"난세에 내 무공이 필요하다는 것이군."

"물론 네 색공(色功)도 받을 거다."

주리홍의 얼굴이 붉어졌고 목소리가 떨렸다.

"나에게 네 능력을 전해준다면."

"또 어긋나는군."

머리를 저은 화천이 정색하고 주리홍을 보았다.

"도무지 단순하지가 않아, 네 혈통이 그런 것 같다."

"몸을 주겠어."

주리홍의 목소리가 다급해졌다.

"가져가, 다 줄 테니까."

그때 화천이 자리에서 일어섰다.

"네 수행자를 떼어놓고 내일 저녁에 봉덕사로 오너라."

용제현 시장거리의 찻집은 전과 다름없이 영업을 했지만 손님이 반으로 줄었다. 지난번 조세징수관 일행 몰사 사건 후에 주민 대부분이 관(官)에 끌려갔다가 수백 명이 죽거나 유배되었고 태형을 맞아 병신이 된 사람도 여럿이기 때문이다. 사건의 발단이 조세징수관과 마교가 결탁하여 백상교를 몰살했기 때문이라는 것은 이제 모두가 안다. 그러나 심판을 내리려던 의사당과 어림군이 오히려 마교 세력에 압도되어 물러났다는 소문이 엊그제부터 퍼진 것이다.

"이제 명(明)의 시대는 끝났군."

시장에서 푸줏간을 하는 진규가 말했다.

"마교가 호남성 반란군 종광의 휘하에 든다던데 그 말이 맞는 것 같군."

"누구 세상이건 백성이야 등 따습고 배부르면 되지."

대장간 주 씨가 주위 신경도 쓰지 않고 말을 받았다.

"나는 조세징수관이 마교하고 백상교를 몰살할 때부터 명(明)이 끝나간다는 걸 알고 있었어."

"이제 곧 마교 교주 상관수가 이곳 일대를 장악하는 사천성 도독으로 임명된다네."

어물가게 복 씨가 말을 받았을 때 찻집 끝 쪽 자리에 앉아 있던 두 사내가 서로의 얼굴을 보았다. 거리가 10보쯤 떨어져 있었지만 다 듣고 있었던 것이다.

"지금 주리홍은 어디에 있나?"

둘 중 젊은 사내가 묻자 40대쯤의 사내가 대답했다.

"어제 늦게 출발해서 갈마현 접경지대의 마을에 묵었다고 합니다."

"이제 지방에서도 어림군과 의사당의 명성이 땅바닥에 떨어졌구나."

젊은 사내가 흰 얼굴을 펴고 웃었다. 붉은 입술, 두 눈은 맑고 눈동자는 흑요석 같다. 그러나 넓은 어깨와 앉은키도 커서 40대 사내를 내려다본다.

"나리, 당주를 어찌하시렵니까?"

40대 사내가 묻자 젊은 사내는 찻잔을 들었다. 오후 미시(2시) 무렵이다.

"오늘 밤에 죽여야지."

가차없이 말한 사내가 머리를 돌려 노인들을 보았다.

"이 방법이 어떻겠느냐?"

묻고 나서 젊은 사내가 노인들을 향해 손끝으로 무언가를 튕겼다. 그 순간 손끝에 있던 쌀알만 한 알갱이가 10보 거리를 날아가 어물가게 복 씨의 찻진 속으로 들어갔다. 찻잔을 들고 있던 복 씨가 곧 입으로 가져가더니 한 모금을 삼켰다.

"악!"

복 씨가 찻잔을 떨어뜨리더니 손으로 목을 움켜쥐었는데 순식간에 얼굴이 대춧빛으로 변했다.

"아니, 이게."

놀란 주 씨와 진 씨가 소리를 쳤을 때다.

"우웩!"

입으로 검은 피를 한 움큼 토한 복 씨가 그대로 땅바닥에 넘어지더니 사지를 쭉 뻗고 떨기 시작했다. 마지막 경련이다.

"아니, 아씨."

당황한 공가가 주리홍을 아씨라고 불렀다.

"혼자 가시다니요? 그게 무슨 말씀입니까?"

"내가 암행을 할 일이 있어."

"그럼 저희들이 모셔야지요."

"나 혼자 갈 곳이야."

"안 됩니다."

공가는 강경했다. 갈마현으로 들어선 지 두 시진쯤 되었다. 길가의 주막집 평상에 앉은 셋은 여행자 차림이다. 공가가 말을 이었다.

"태비께서 저희들의 목을 베실 것입니다. 차라리 저희들을 죽여주시지요."

"내가 편지를 썼다."

주리홍이 가슴에서 비단 주머니를 꺼내 공가에게 내밀며 웃었다.

"어젯밤에 써놓았으니 태비께 드리면 될 것이다."

"아씨."

공가의 말문이 막혔다. 태비란 주리홍의 할머니, 황제 천계제의 할머니이기도 한 왕지를 말한다. 올해 67세인 태비 왕지는 황실의 가장 어른인 것이다. 그 태비가 주리홍을 각별히 아끼고 있다는 것은 모두가 안다.

"너희들은 곧장 황궁으로 돌아가 태비께 그 편지를 전해라."

"아씨, 이 편지만 전하면 됩니까?"

마침내 공가가 다짐하듯 물었다.

"이 편지에 다 쓰셨습니까?"

"그렇다, 너희들은 아무 일도 없을 것이다."

주리홍이 달래듯이 말했다.

"둘이 먼저 가는군."

후준이 머리를 들고 말했다.

"당주는 남아 있어."

"심부름을 보낸 모양이다."

담장에 기대앉은 요곡이 그쪽은 보지도 않고 말을 이었다.

"우리는 당주만 쫓으면 돼."

"나리는 지금 어디 계시지?"

"용제현에 계신다고 했어."

"그럼 여기서 80리 길이니 네가 다녀와라. 난 당주를 쫓을 테니."

그때서야 요곡이 머리를 들고 앞쪽 주막에 앉아 있는 주리홍을 보았다. 거리는 1백 보 정도, 시종 둘이 오른쪽 대로로 걷고 있는 것도 보인다.

"저녁때 여관을 잡고 나서 나리께 가도 돼, 앞으로 얼마나 더 걸으려고?"

요곡이 말했을 때 후준이 혀를 찼다.

"게으른 놈 같으니, 밤에는 더 걸어야 한다는 것도 모른단 말이냐? 지금이 미시가 조금 지났는데 앞으로 40리는 더 가겠다."

"말을 타면 된다는 걸 모르는군."

그때 주리홍이 평상에서 몸을 일으켰으므로 둘도 떠날 차비를 했다. 어제저녁부터 미행하고 있었던 것이다.

모퉁이를 꺾은 주리홍이 곧 길가의 고목 뒤로 몸을 숨겼다. 이곳은 민가에서 1리(500m)쯤 떨어진 산길이다. 길이 험하고 모퉁이가 많았지만 산기슭을 깎아 만들어서 경사는 없다. 숨을 열다섯 번쯤 쉬었을 때 곧 발자국 소리가 들리더니 두 사내가 나타났다. 오늘 아침부터 미행해 온 사내들이다. 둘은 조심한답시고 평지에서는 3백 보 이상 거리를 두었지만 주리홍의 눈은 속이지 못했다. 공가와 백가도 눈치채지 못했으니 고수(高手)라고 봐야만 한다. 둘은 서둘러 발을 떼었는데 뒤쪽 사내가 빈틈이 많다. 사내들이 고목 옆을 지나는 순간이다.

"윽!"

뒤를 따르던 주먹코 사내가 입을 딱 벌리면서 두 손으로 앞을 움켜쥐는 시늉을 하더니 털썩 무릎을 꿇었다. 어느새 옆구리가 한 자 가깝게 갈라져서 내장이 쏟아져 내리고 있다. 주리홍이 장검을 후려쳐 벤 것이다.

"얏!"

기합소리는 앞쪽 사내한테서 났다. 뒤쪽의 신음을 듣는 즉시 껑충 뛰어오르면서 허리춤에서 비수를 뽑았고 그것을 던졌으니 놀랍도록 빠른 동작이다.

"쨍!"

주리홍이 후려친 장검에 비수가 맞아 튕겨 나갔다.

"이놈."

주리홍이 한 걸음 다가서면서 이를 드러내고 웃었다.

"당하겠느냐?"

다음 순간 주리홍이 장검을 내려쳤고 사내는 다시 뛰어올랐다. 그 순간이다.

"빡!"

마른 바가지가 깨지는 소리가 들리면서 뛰어올랐던 사내의 머리가 훌떡 젖혀졌다. 그러고는 곡식 자루가 땅바닥에 떨어지는 것처럼 둔중한 소음을 내면서 내동댕이쳐졌다.

사내가 눈을 치켜떴지만 눈동자의 초점이 멀다. 얼굴은 땀으로 흠뻑 젖었고 입에서 거친 숨이 뱉어졌다. 그때 다시 주리홍이 칼끝으로 사내의 뒷머리를 쑤셨다.

"아악."

사내의 입에서 숨이 끊어질 것 같은 신음이 뱉어지더니 다시 땀이 쏟아졌다.

"아이고, 사람 살려."

마침내 사내가 온몸을 떨며 비명을 질렀다.

"제발 죽여라, 빨리."

"누군가를 말하면 죽여주마."

"으아아악!"

사내의 비명이 다시 산을 울리더니 마침내 말문이 터졌다. 고문한 지 한식경만이다.

"황궁호위대 소속 태위 강소진이다."

이 사이로 말한 사내가 헐떡였다.

"자, 이제 죽여라."

"강소진이가 네 상전이란 말이냐?"

"그렇다."

"태위?"

"그렇다."

"지금 어디 있느냐?"

주리홍이 칼끝으로 사내의 뒷머리 끝 부분을 다시 찔렀을 때다. 사내가 와락 머리를 눕히는 바람에 칼을 눌렀지만 늦었다. 깊게 칼이 박혔다.

머리를 든 강소진이 앞에 앉은 유준을 보았다. 밤 자시(12시)가 넘은 시간이어서 여관 안은 조용해져 있다.

"소문을 들으니 용제현에 색귀가 돌아다닌다고 한다."

강소진의 붉은 입술이 웃음으로 벌어졌다.

"여자들이 색귀 맛을 보면 사지를 비틀고 따라다닌다는 것이야."

"저도 들었습니다."

유준은 정색했다.

"그것이 한두 년이 아닙니다. 특히 현청에서 가까운 구보마을에 색귀한테 빠진 여자가 대여섯 명이나 된다고 합니다."

강소진의 시선을 받은 유준이 말을 이었다.

"그것이 백상교하고도 연관이 있다는 소문이 났습니다."

"백상교?"

"예, 백상교가 본래 인도에서 건너온 종교로 강락을 근본으로 창립되었다고 했습니다. 강락이 아마 색락인 것 같습니다."

"지난번 백상교가 다 몰사했다지 않나? 그러면 색귀가 백상교 귀신이란 말이냐?"

"예, 나리."

"미친놈들."

쓴웃음을 지은 강소진이 문 쪽을 보았다.

"왜 늦는 거냐?"

주리홍을 미행하는 수하들을 묻는 것이다.

"멀리 간 것 같습니다. 곧 오겠지요."

유준이 말하더니 자리에서 일어섰다. 찾아 나서려는 것이다.

방으로 들어선 화천을 보자 정명이 자리에서 일어섰다. 얼굴이 붉게 상기되어 있다. 화천은 배승걸을 데리고 왔으므로 방에는 셋이 모였다. 밤 자시(밤 12시)가 지난 시간이다. 상지현 만경장은 고급 여관인데다 용제현처럼 풍파를 겪지 않아서 유곽에서 악기와 노랫소리가 늦은 시간에도 울리고 있다.

"사부, 그럼 저는 이만."

배승걸이 화천과 정명을 향해 머리를 숙여 보이고는 몸을 돌리려고 했으므로 화천이 불러 세웠다.

"너도 여기 앉아라."

늦은 시간이었지만 정명은 물론 배승걸도 긴장하고 있다. 만경장에서 기다린 지 사흘째가 되는 날이다. 이제나저제나 하고 여관 현관 옆 다실에서 기다리고 있던 배승걸은 밤늦게 나타난 화천을 보자 죽은 아비가 살아온 것처럼 펄쩍 뛰듯이 반겼다. 세상이 험악했기 때문이다. 탁자에 셋이 둘러앉았을 때 화천이 입을 열었다.

"백상교를 부흥시키기로 했다. 백상교주는 여기 있는 정명이고 배승걸, 너는 천장을 맡아라."

정명은 시선만 주었으나 배승걸이 숨을 들이켰다가 말했다.

"사부, 저는 천장 그릇이 못 되오, 옛날처럼 18대용이면 족합니다."

"네 능력이 이제 그렇게 되었다."

화천의 시선을 받은 배승걸의 얼굴이 대번에 붉어졌다. 그러고는 감히 정명을 바라보지 못하고 화천을 향해 말을 잇는다.

"사부, 그런 능력이라면……."

"그 능력을 바탕으로 네 신체 역량이 향상되어 있을 게다."

화천이 정색하고 배승걸을 보았다.

"네 공력이 늘어나 있을 테니 곧 알게 될 것이다."

"제가 교주는 못합니다."

그때 정명이 말했다.

"저야말로 능력과 자질이 부족합니다. 화천광풍 나리께서 백상교를 이끌어 주셔야 됩니다."

"나는 교주의 사부로 남겠다."

정명의 시선을 받은 화천이 빙그레 웃었다.

"그것이 백상교를 위해서도 이롭다."

"나리."

정명이 부르자 화천이 정색했다.

"날 사부로 모시지 못하겠느냐?"

"사부."

정명이 부르더니 어깨를 늘어뜨렸다. 머리를 끄덕인 화천이 이제는 배승걸을 보았다.

"네 색공은 여교도에게 먹힌다. 네가 상관한 여교도가 이미 뿌리를 뻗었을 터, 그 기반으로 교세를 넓히면 된다."

"예에."

얼굴이 붉어진 배승걸이 머리를 숙였을 때 화천의 말이 이어졌다.

"남교도는 마하트경을 외워 심신을 단련시켜야 하는데 네가 천장으로 먼저 배워야 한다."

"예, 사부, 배우지요."

"그러나 교주의 공부가 먼저다."

길게 숨을 뱉은 화천이 손을 뻗어 정명의 팔을 쥐면서 말했다.

"천장, 이제 너는 방으로 돌아가거라."

배승걸이 잠자코 일어서더니 허리를 굽혀 보이고는 방을 나갔다.

화천의 손이 팔에 닿는 순간 정명은 숨을 들이켰다. 순식간에 팔에서 뜨거운 열기가 전신으로 퍼져 나갔기 때문이다. 배승걸이 어떻게 나 갔는지도 기억에 없다. 그러나 머릿속이 맑아지면서 미세한 소리도 다 들렸다. 그때 화천의 목소리가 울렸다.

"너는 지금부터 내일 아침까지 1년이 될 것이다."

"사부님, 그것이 무슨 말씀입니까?"

정명이 열띤 목소리로 물었다. 그때 화천의 손이 정명의 머리 위에 얹혔다.

"정명, 내가 너에게 심신 각72장 비전 중 필요한 24장의 비전을 네 머릿속에 넣어줄 테니 1년 동안 단련하거라."

"사부, 1년이라니요?"

"네가 내일 아침에 비전의 공부가 끝나면 1년의 시간이 지나 있을 것이다."

"사부, 몸이 뜨거워요."

"내 기운이 전해지기 때문이다."

"사부, 저를 안아주세요."

"나중에 기회가 있을 것이다."

"몸이 뒤틀려요."

"기운이 잘 전해지는 표시다."

"아아아."

사지를 비틀던 정명이 의식을 잃고 늘어졌으므로 화천은 손을 떼었 다. 머릿속의 비전 12장씩 24장이 정명의 머릿속에 주입된 것이다. 잠 시 후에 의식을 차린 정명은 내일 아침까지 머릿속에 든 비전을 공부하 고 단련하게 될 것이다. 그것은 머리가 그렇게 시키기 때문이다. 몸을 일으킨 화천이 정명의 몸을 안아 침실 복판에 내려놓았다. 그러고는 두 손을 벌려 방 안의 대기를 끌어안는 시늉을 했다가 놓았다. 이제 이 방 안의 시간은 하룻밤이 1년이 될 것이다.

　화천이 밤의 황야를 달리고 있다. 그런데 화천이 달리는 것이 아니라 땅이 달려오는 것 같다. 한 번 발을 뗄 때마다 땅이 무서운 속도로 발밑으로 달려오는 것이다. 축지법이다. 축지법은 시간과 공간을 함께 운용하는 것으로 시간을 넓히고 공간을 좁힌다. 다리를 벌린 시간이 길어질 때 공간은 좁혀지면서 한 번 뛰는 거리가 1리(500m)에 이를 때도 있다. 이것이 화천의 심신기공에서 운용되는 것이다. 이윽고 화천이 닿은 곳은 우감현 봉덕사다. 용제현에서 150리 거리에 위치한 봉덕사는 당나라 시대의 명찰이었지만 지금은 폐사가 되었다. 그러나 폐사가 된 지 2백 년이 지났어도 워낙 큰 규모여서 온전한 건물이 많다. 대웅전도 지붕까지 잡초가 무성했지만 온전했고 그 옆 요사채의 문짝도 제대로 붙어 있다. 그러나 사람 대신 짐승이 거처로 사용하는 흔적이 있다. 주위를 둘러보던 화천이 가볍게 헛기침을 했다.

　"와 있느냐?"

　이미 자시가 넘어 축시(오전 2시)가 되어가는 심야다. 목소리가 폐허로 변한 절간에 부딪치며 울렸다. 그때 요사채 한쪽 문이 열리면서 인기척이 났다. 곧 흰 옷자락이 보였는데 주리홍이다. 잡초가 무성한 마루에 선 주리홍은 귀녀(鬼女)처럼 보였다. 이쪽에 시선을 준 채로 주리홍은 입을 열지 않는다. 황량하고 음산한 이곳에서 주리홍은 기다리고 있었던 것이다. 화천이 발을 떼어 주리홍에게로 다가갔다. 걸음을 뗄 때마다 화천의 심장 박동이 빨라졌다. 짙은 어둠 속이었지만 주리홍의 얼굴이 선명하게 보인다. 주리홍의 숨소리도 들린다. 이윽고 마루 위로 오른 화천이 한 발짝 앞에 선 주리홍에게 물었다.

"그렇게 절실한가?"

"그래."

차가운 얼굴로 주리홍이 대답했다.

"색귀에게 몸을 줄 만큼 절실해."

쓴웃음을 지은 화천이 다시 물었다.

"천하를 생각하느냐?"

"대의야."

"주씨이기 때문인 것 같군."

발을 뗀 화천이 방으로 먼저 들어와 마룻바닥에 앉았다. 마루방은 주리홍이 치워놓았는지 깨끗했다. 바닥에 주리홍의 등짐 하나와 장검이 벽에 세워져 있을 뿐이다. 화천이 손으로 앞쪽을 가리키며 말했다.

"내가 한식경(30분)에 120리(60km)를 달려왔다. 믿을 수 있겠느냐?"

자리에 앉은 주리홍이 시선만 주었으므로 화천이 말을 이었다.

"네가 나한테 원하는 것은?"

"대의를 실현할 수 있는 힘."

"옷을 벗어라."

화천이 먼저 제 저고리를 벗으면서 말했다.

"실오라기 한 올 걸치지 말고."

저고리를 벗은 화천이 마룻바닥에 펴서 깔았다. 바지를 벗어 바닥에 깔면서 화천이 말을 잇는다.

"네 옷도 펴서 바닥에 깔아라."

숨을 들이켰던 주리홍이 곧 저고리를 벗어 빈자리에 깔았다. 방안에는 잠시 옷 벗고 서성대는 소리만 났다. 이윽고 두 알몸이 방안에 마주

보고 섰다. 마루방 바닥에는 둘의 옷이 깔려 있다. 화천이 부드러운 목소리로 말했다.

"내 색공(色功)이 네 몸에 전이되면서 너는 공력이 늘어난다. 그러니 받아들이는 자세로 있는 것이 더 흡수가 빠를 것이다."

"각오하고 있어."

주리홍이 대답했지만 굳어진 목소리다. 그때 화천이 제 양물을 손으로 가리키며 물었다.

"본 적이 있느냐?"

"없어."

"처녀인 줄은 안다. 그림에서도 보지 않았느냐?"

"시녀들이 말하는 것은 들었어."

어느덧 주리홍의 목소리에 열기가 띠어졌다.

"어떻게 이야기하더냐?"

"양물이 들어가면 좋다고 했어."

"처음에는 아플 거다."

"그 이야기도 들었어."

그때 화천이 손을 뻗어 주리홍의 어깨 위에 얹었다. 그 순간 주리홍이 어깨를 늘어뜨리면서 옅은 신음을 뱉었다. 갑자기 뜨거운 기운이 온몸으로 퍼져 나갔기 때문이다.

"내가 손을 먼저 대지 않고 이야기를 한 이유를 아느냐?"

"알아."

주리홍이 번들거리는 눈으로 화천을 보았다.

"색공을 실현하기 전에 내 자의(自意)로 몸이 더워지기를 기다렸던 거야."

"그랬느냐?"

"그랬어."

화천이 머리를 끄덕였다.

"그렇다면 네 색공의 흡수력은 더 높아진다."

"몸이 비틀려."

아직도 화천의 손에서 뻗어 나간 색기가 주리홍의 온몸을 뜨겁게 달구고 있다. 그때 화천이 주리홍의 몸을 안아 마룻바닥에 눕혔다. 순순히 누운 주리홍이 화천의 어깨를 두 손으로 움켜쥐고 신음했다.

"머리가 맑아져."

"비전이 들어가는 중이야."

"나, 어떻게 좀 해줘."

다리를 벌려 화천의 하반신을 감싸 안으면서 주리홍이 헐떡였다.

"그곳에서 물이 흐르고 있어."

이제 주리홍의 벽이 터졌다. 거침없이 받아들이려는 것이다. 화천은 주리홍의 몸 위에 올랐다. 처음인데도 주리홍이 다리를 벌려 맞을 준비를 한다. 본능인 것이다.

"아아악."

방안에서 커다란 외침이 일어났고 어디선가 놀란 밤새가 날개를 퍼덕이며 날아올랐다. 두 몸이 합쳐진 것이다. 주리홍은 고통으로 비명을 질렀지만 곧 강한 쾌감을 느끼고는 신음했다. 탄성이 섞인 신음이다. 하반신이 관통당한 느낌이 들면서 지속한 쾌감이 따른다. 화천이 천천히 허리를 움직이면서 말했다.

"너는 색귀를 받아들인 첫 여자다."

2장
마교의 교주

요란한 발자국 소리가 들렸으므로 주리홍이 소스라치며 눈을 떴다.
발자국 소리는 더 가까워졌다. 수십 개의 발자국 소리, 상반신을 일으
킨 주리홍은 자신의 알몸을 보고는 두 손으로 젖가슴과 음부를 가렸다.
다리를 오므렸더니 짜릿한 통증이 느껴졌다. 그러나 발자국 소리는 멀
어졌다. 눈을 크게 뜬 주리홍이 먼저 마룻바닥에 깔린 옷가지로 몸을
가리고는 방안을 둘러보았다. 날이 밝았다. 누렇게 색이 바랜 창문 밖
이 환하다. 그런데 발자국 소리는? 머리를 돌렸던 주리홍이 숨을 들이
켰다. 마룻바닥에서 지네 한 마리가 도망치고 있다. 지네의 무수한 발
을 보던 주리홍의 얼굴이 굳어졌다. 지네의 발소리를 들었단 말인가?
그리고 보니 귀에 온갖 소음이 가득 차 있다. 문득 희미한 소음 중의 하
나가 이상하다는 느낌이 들었을 때다. 소리가 와락 커졌다.

"첩첩, 첩첩, 첩첩."

그 소음에 집중했더니 그 소리만 커진 것이다. 짐승이 무엇을 먹는
소리다. 숨을 들이켠 주리홍이 먼저 옷을 주워 입었다. 화천의 옷은 보
이지 않는다. 옷을 입으면서도 어젯밤 열락의 장면이 떠올랐고 몸에 열

기가 띠어졌다. 사타구니에 찌릿한 느낌이 전해졌고 다시 하체가 비틀렸다. 주리홍은 벽에 등을 붙이고 서서 호흡을 조정했다. 그 순간 머리가 맑아지면서 몸이 가볍게 느껴졌다. 화천이 말한 대로 공력이 옮겨온 것인가? 눈을 치켜뜬 주리홍이 발을 떼었다. 방문을 열고 나왔을 때 밖은 환한 아침이다. 햇살이 비치는 각도로 보면 진시(8시)쯤 되었다. 폐사는 조용했지만 다시 온갖 소음이 귀에 몰려왔다. 숨을 골랐더니 귓속의 소리가 뚝 끊겼다. 주리홍은 자신의 공력에 변화가 일어났다는 것을 분명하게 느꼈다. 그런데 화천은 어디로 갔단 말인가?

강소진이 요곡과 후준의 시체를 내려다보면서 쓴웃음을 지었다.

"주리홍이 내 정체를 알게 되었군."

"나리, 무슨 말씀이오?"

옆에 서 있던 유준이 묻자 강소진은 눈으로 시체의 뒤통수를 가리켰다.

"저건 고문한 흔적이야, 뒷머리의 저 뇌수는 가장 고통을 느끼는 부분이지, 후준은 고문을 당하고 나서 죽었다."

"나리, 그렇다면."

"이제 주리홍이 나를 찾아올 것이다."

강소진의 얼굴에 다시 웃음이 떠올랐다.

"내가 주리홍의 성품을 들어서 알지, 도망칠 년이 아니다."

머리를 돌린 강소진이 둘러선 부하들에게 말했다.

"다시 용제현으로 돌아가 기다리기로 하자. 이번에는 고기가 미끼를 제대로 물은 것 같다."

강소진이 발을 떼며 말을 이었다.

"요곡과 후준이 시키지도 않은 미끼 노릇을 했다. 물론 두 놈이 부주 의해서 주리홍에게 꼬리를 잡혔겠지만 말이다."

"자 되었다."

배승걸의 머리에서 손을 뗀 화천이 한 걸음 물러섰다. 오전 진시(8시) 가 조금 지났을 무렵이다. 여관 안팎은 하인들의 분주한 발길로 활기를 띠고 있었지만 손님들은 아직 방안에 머무는 시간이다. 아침 일찍 방안 으로 찾아온 화천이 배승걸에게 마하트경을 주입시켜 준 것이다. 배승 걸을 앉혀놓고 머릿속을 비운 다음 손바닥을 누르면서 마하트경을 전 이해 준 것이다. 눈을 뜬 배승걸이 앞에 선 화천을 보았다. 그러고는 두 손을 합장하더니 긴 숨부터 뱉었다.

"마하트시어."

배승걸의 입에서 낮은 외침이 울리더니 곧 마하트경이 쏟아져 나왔 다. 이것은 인도어로 화천이 동굴에서 배웠던 심신비전의 서두에 적힌 글이며 주문이다. 이 마하트경은 마음을 깨끗하게 해주면서 미래에 대 한 희망을 품게 해주는 효과가 있는 것이다. 주문을 외우고 난 배승걸 이 주르르 눈물을 쏟았다. 그러나 얼굴은 기쁨으로 환하다.

"사부, 경을 외웠더니 가슴이 벅찹니다."

"신도들에게 알려주어라, 그러면 교민이 구름처럼 몰려들 것이다."

"외우기만 하면 다 이렇게 됩니까?"

"아니다. 백상교도가 되어야 한다."

화천이 정색하고 일러주었다.

"백상교에 가입하고 마하트경을 외워야 효력이 있다. 백상교에서 이 탈했을 때 외우면 벌이 내려지게 된다."

"과연."

다시 눈을 감은 배승걸이 마하트경을 또 외우기 시작했다.

두 손을 모으고 앉아 있던 정명이 눈을 떴다. 그러자 방안의 사물이 드러났다. 어느덧 날이 밝았는지 창밖이 환했다. 하룻밤을 이렇게 눈을 감고 머릿속에 박힌 비전을 외웠다가 다시 눈을 뜨고 실습을 반복했던 것이다. 끝없이 이어지는 비전 공부에 어느덧 하룻밤을 꼬박 새운 것이다. 몸을 일으켰던 정명은 갑자기 허리끈이 끊어지는 바람에 놀라 바지를 잡았다. 그리고는 이맛살을 찌푸렸다. 바지가 잔뜩 구겨졌고 먼지와 때가 묻어 있었기 때문이다. 그리고 보니 저고리도 그렇다. 먼지가 엉켜 있는 데다 깃은 새까맣게 기름때가 묻었다. 정명은 벽에 붙은 거울 앞으로 다가가 섰다. 그 순간 정명은 입을 딱 벌렸다. 머리를 산발한 괴녀가 서 있었기 때문이다. 머리가 길게 자랐고 얼굴은 시커멓다. 숨을 들이켠 정명이 옆쪽의 욕실로 뛰어 들어갔다. 그 순간 화천의 말이 떠올랐다. 내일 아침에 비전의 공부가 끝나면 1년의 시간이 지나 있을 것이라고 했지 않은가? 화천이 방으로 들어섰을 때는 정명이 씻고 옷을 갈아입은 후였다. 길어진 머리는 뒤로 묶어 올렸는데 화천이 보기에 정명의 몸이 더 커진 것 같았다. 얼굴도 더 성숙해졌다. 1년이 지난 것이다. 정명의 시선을 받은 화천이 정색하고 머리를 끄덕이며 물었다.

"1년이 지난 것을 알겠는가?"

"아직 실감이 안 납니다."

정명이 길게 숨을 뱉었다.

"사부, 어떻게 1년이 지날 수가 있습니까?"

"네가 있던 공간에서 시간이 빨리 흐른 것이야."

"그것도 백상교의 비전입니까?"

"그렇다."

"그럼 제가 1년 동안 비전을 수련한 셈입니까?"

그때 화천이 다가가 정명의 어깨를 움켜쥐었다. 그러나 화천의 손이 닿은 순간 정명이 어깨를 비틀면서 몸을 피했다. 그 순간 화천의 다른 손이 정명의 어깨를 쳤다. 그때였다. 펄쩍 뛰어오른 정명이 서까래에 한쪽 다리를 걸치더니 거꾸로 서서 화천을 보았다. 그때 화천이 한 걸음 뒤로 물러서면서 웃었다.

"진전이 있구나."

정명이 다리를 풀고 나비처럼 가볍게 몸을 빙글 돌리면서 마룻바닥에 두 발을 짚었는데 바늘 떨어지는 소리도 나지 않았다.

"놀랍습니다, 사부."

눈을 크게 뜬 정명이 상기된 얼굴로 말했다.

"저도 모르게 몸이 반응했습니다."

"네 머릿속에 비전이 떠 있느냐?"

"예, 외울 수가 있습니다."

"그럼 신전 11장을 펼쳐보아라."

그 순간 화천이 단숨에 두 발짝을 다가가 주먹으로 정명의 얼굴과 가슴을 어지럽게 쳤다. 눈에 보이지도 않는 속도로 단숨에 7번을 쳤지만 정명이 손등과 팔, 무릎을 추켜올려 다 막았다. 그러나 화천의 마지막 주먹이 정명의 어깨를 치고 비껴갔다.

"아."

신음을 뱉은 정명이 비틀거렸다가 자세를 잡았다. 얼굴이 하얗게 굳어져 있다. 그때 뒤로 물러난 화천이 머리를 끄덕이며 말했다.

"넌 심신비전 12장씩 24장이 머릿속에서 끊임없이 섞이면서 새로운 조합을 만들게 될 것이다."

"사부, 저도 꿈만 같습니다."

어깨를 세운 정명이 곧 두 손을 합장하더니 주르르 눈물을 쏟았다.

"사부께서 조금만 일찍 오셨다면 용문사가 불타지 않았을 텐데요."

화천은 대답하지 않았다. 그때는 자신이 동굴에 있었던 때였다.

"욕심을 버려라."

화천이 부드럽게 말하고는 정명을 보았다. 한 살 더 먹은 정명은 더 성숙해 보였고 자신을 향한 눈빛도 뜨겁다.

"사부, 제 무공의 수준은 어느 정도입니까?"

문득 정명이 물었으므로 화천의 얼굴에 웃음이 떠올랐다. 그것은 아직 자신도 모르는 것이다. 7년 4개월간 심신비전 144장을 머릿속에 넣고 단련시켰지만 아직도 비전은 머릿속에서 끊임없이 뒤섞이면서 새로운 무공을 창출해낸다. 이것이 창조자의 비전이다. 무한한 가능성을 인간에게 내놓은 것이다.

"아직 모른다."

화천이 다시 말을 이었다.

"하지만 넌 이제 지난번처럼 쉽게 당하지는 않는다."

눈에 불을 켜고 있던 또 한 무리가 있었으니 바로 마교의 총방주 구문천이 이끈 상아진 수색대다. 교주 상관수에게는 지금 상아진이 애물단지가 되어 있지만 몇 달 전만 해도 교주 상관수의 후계자로 마교를 호령하던 여걸이었다. 구문천은 용제현청 앞 시장거리가 내려다보이는 대원각 여관에 자리를 잡았다. 이미 의사당주 주리홍이 떠난지를 아는 터라 이제는 당당하게 입성한 셈이다. 난세다. 옆쪽 현청에는 아직 현령도 오지 않았다. 뇌물을 써서 현령직을 사는 것이 흔해졌지만 현청사에서 대살육이 일어난 현에는 현령으로 오겠다고 나설 인간이 없는 것이다.

"대성각 여관에 수상한 놈이 있습니다."

구문천에게 보고한 사내는 위천이다.

"부하 10여 인을 거느리고 있는데 2층 특실을 차지하고 닷새째 묵고 있습니다."

"무역상이냐?"

"그것도 아닙니다. 말은 타고 왔지만 수행원 짐이 없습니다. 마냥 누구를 기다리는 것 같습니다."

"관인인가?"

"그렇다면 현청에 남아 있는 판관이나 비장들이 알아야 할 텐데 거래가 없습니다."

"도둑 무리인가?"

"옷차림이 말쑥하고 돈을 잘 쓰는 것이 도둑 같지도 않습니다."

"내가 한번 가보지."

마침내 구문천이 결정을 했다. 상아진의 행방을 찾으러 나온 지 나흘째, 그야말로 상아진의 행방은 오리무중이다. 가망이 없지만 수상하다니 한번 보기나 할 작정이었다.

손바닥으로 얼굴을 쓸어본 주리홍이 앞쪽 대성각을 보았다. 오시(낮 12시) 무렵, 대성각 마당은 방금 도착한 상단이 짐을 푸느라고 분주했다. 작은 상단이었지만 하인들이 오랜만에 들어온 상단 주위에 모여 구경을 하고 있다. 이윽고 발을 뗀 주리홍이 여관 마당으로 들어섰다.

"손님이시오?"

하인 하나가 다가와 물었는데 40대쯤의 한인이다. 대번에 손님을 알아본 것이다.

"그래, 내가 발병이 나서 이틀만 쉬겠다."

주리홍은 제 입에서 나오는 사내 목소리가 신기하게 들렸다. 성대를 변형시킨 것이다. 이것도 화천의 양기가 들어가면서 얻은 능력이다. 그 순간 얼굴이 붉어졌지만 하인이 묻는 바람에 정신이 들었다.

"어느 방을 드릴까요? 침상만 있는 방입니까? 침상과 탁자가 있는 방도 있고 또……."

"욕실에 다탁까지 있는 방을 내라."

굵은 목소리의 여행자가 대답했다. 주리홍은 삿갓에 도포를 걸쳤는데 수염이 짙고 콧날이 두툼한 사내 모습이다. 피부는 검게 타서 거칠었고 손까지 투박하다.

"예에."

기세에 놀란 하인이 허리를 굽혔다가 주리홍이 매고 있는 등짐을 보았다.

"나리, 방값이 하루에 금 한 냥이올시다."

"여기 있다."

주리홍이 소매에서 금화 두 냥을 꺼내 하인에게 보이고는 발을 떼었다.

"지배인을 데려오너라."

"예이."

하인이 안으로 줄달음을 놓더니 곧 늙수그레한 지배인과 함께 왔다.

"어서 오십시오. 소인이 안내해드리지요."

지배인이 앞장서서 안내하며 말을 이었다.

"하인 놈이 귀인을 알아보지 못했습니다, 나리."

"그놈 옆방에 손님 하나가 들었습니다."

위천이 말하자 구문천이 이맛살을 찌푸렸다.

"상관없다. 우선 네가 대두 두 명을 데리고 여관에 들어가 동정을 살펴라."

이것저것 따질 여유가 없다는 표정이다.

"수상한 놈 일일이 미행 붙이고 기다리고 할 수가 없다. 누군지 알아보고 돌아오너라."

"그러지요."

구문천은 마교 총방주로 교주 상관수 다음가는 서열이다. 교주의 후계자 상아진을 찾는 임무를 맡았지만 마음이 뒤숭숭했다. 상관수는 의심이 많은 인물이고 음흉하다. 대략 5년쯤 전에 교령이라는 직책을 가진 홍규가 안산의 친척집에 다녀오다가 실종된 사건이 있었다. 마교에서는 홍규를 찾는다고 석 달이나 대소동을 일으켰지만 결국 포기했고 교령이라는 직책도 없어졌다. 구문천은 상관수가 홍규를 살해했다고 믿었다. 교주 자리가 불안했기 때문에 죽인 것이다. 위천이 방을 나갔을 때 구문천이 방에 둘러앉은 방주 셋에게 말했다.

"아씨가 이 근처에 있을 리는 없어. 그놈이 아씨를 데려갔다면 또 다른 방법으로 괴롭히려는 수작이야."

"그놈이 백상교 놈인 것은 분명합니까?"

방주 하나가 묻자 구문천이 얼굴을 일그러뜨리며 웃었다.

"백상교 색귀라는 소문 듣지 못했나? 아씨가 색귀에게 홀린 것 같네."

방에 감금시킨 상아진이 남자만 보면 달려든다는 것을 모두 알고 있는 것이다.

"어느 놈인지는 아직 알 수 없지만 정현상과 정명을 죽인 주역은 차례로 하나씩 죽임을 당했거나 피해를 입었어. 남은 것은 나하고 교주님이야."

방주들의 시선을 받은 구분전이 다시 웃었다.

"하지만 난 호락호락 당하지는 않을 것이다."

주리홍이 다탁에 놓인 찻잔을 들고 한 모금을 삼켰다. 문밖에 선 사내는 움직이지 않았다. 숨소리도 내지 않는다. 그러나 주리홍의 얼굴에 웃음이 떠올랐다. 사내의 심장박동 소리가 들리는 것이다. 이제 공력이 증가되어 있다는 것을 확신하게 되었다. 기본으로 닦은 육창검법, 소림권법, 태정무기술 등 지금까지 닦아온 무술을 몇 계단 뛰어넘은 이 공력, 그때 발이 마룻바닥을 밟는 소리가 났다. 사내가 발을 떼는 것이다. 전 같았다면 깃털이 땅에 닿는 소리 같아서 들리지도 않았겠지만 지금은 마룻바닥이 울린다. 지네 발소리가 요란한 말발굽 소리처럼 들렸던 주리홍이다.

발을 뗀 유준이 방 앞에서 떠나 맨 끝방으로 다가가 문을 열었다. 이곳은 강소진의 방이다. 거리가 30여 보나 떨어져 있지만 같은 층인 것이다. 문을 열고 안으로 들어선 유준이 강소진에게 말했다.

"문틈으로 보았더니 40대쯤의 텁석부리 사내였습니다. 몸에 조금도 공력이 느껴지지 않았습니다."

"알았다."

강소진이 손에 쥐고 있던 단검을 탁자 위에 놓고 살펴보았다. 은으로 손잡이를 만든 단검은 1자(30㎝) 정도였지만 양쪽 날이 파랗게 서 있었다. 강소진이 아끼는 단검이다. 검날에 독을 바르고 말려서 겉은 멀쩡했지만 독검(毒劍)이다. 피부에 스치기만 해도 독이 온몸으로 번져 즉사를 하게 되는 것이다. 강소진이 검에 시선을 준 채 물었다.

"혼자라고 했지?"

"예, 나리."

"방에 들어가 옷을 벗었더냐?"

"예, 저고리와 신을 벗고 탁자 옆 등나무 의자에 길게 누워 있었소."

"네가 창문 옆 문틈으로 보았지?"

"그렇습니다."

"신발은 어디를 향해 놓였더냐?"

"탁자 옆에 머리가 안을 향해 놓였습니다."

"그렇군."

강소진의 시선이 탁자 옆에 놓인 제 신발을 보았다. 이 방과 텁석부리 사내가 묵은 방 구조는 똑같은 것이다. 강소진이 단검을 들면서 머리를 끄덕였다.

"수상한 놈이 아니다. 불안하거나 마음이 급한 놈은 밤에 신발을 벗지 않는 법이지, 신발을 벗더라도 머리가 밖을 향해 놓는다."

강소진의 신발도 안을 향해 놓여 있는 것이다.

"나리, 놈이 미끼를 물었다면 이곳으로 온다는 말씀입니까?"

"나를 만나러 오겠지."

이번에는 허리춤에서 주머니를 꺼낸 강소진이 검은 쇳조각을 탁자 위에 쏟아 놓았다. 엽전만 한 크기에 사각형이었고 가운데에 새끼손톱만 한 구멍이 뚫렸다. 두께는 동전만 했지만 사각의 모서리가 날카롭고 표면에 무수한 빗살무늬가 있다. 이 무늬 안에 독이 끼여 있는 것이다. 이 독은 감녕산 골짜기에서만 생산되는 화초의 독이다. 단검과 표창의 독은 화초의 독으로만 사용했는데 해독제는 강소진만 소지하고 있는 것이다. 표창 20개를 정성껏 늘어놓은 강소진이 웃음 띤 얼굴로 유준에게 말했다.

"내가 이 단검하고 표창만으로 지금까지 3백 명은 죽였을 것이다."

"그렇습니까?"

숨을 들이켠 유준이 불안한 표정으로 탁자 위를 보았다. 황군호위대 태위 강소진을 모신 지 어언 반년이 넘었지만 유준에게는 여전히 두려운 존재였다. 강소진은 그동안 한 번도 제 본심을 보인 적이 없었던 것이다. 그리고 들은 소문도 그렇다. 강소진의 별명은 시체였다. 시체처럼 차가운 존재라는 뜻일 것이다.

지붕을 받치는 서까래는 방들을 관통하고 있다. 서까래 위에 벌레처럼 딱 붙어 엎드린 주리홍이 아래쪽의 목소리를 듣는다. 강소진과의 사이에는 얇은 판자를 댄 천장이 가로막혀 있을 뿐이다. 주리홍의 얼굴에 쓴웃음이 번졌다. 예상했던 대로 태위라는 이놈의 무공은 측량하기 어렵다. 이전(以前)의 주리홍이었다면 버거운 상대였을 것이다. 그런데 지금은 천장과 서까래 사이의 1자(30cm)밖에 안 되는 공간으로 몸을 밀어넣고 30여 보 거리를 뱀처럼 매끄럽게 이쪽으로 건너올 수 있게 되었다. 이번에는 몸이 길게 늘어나 있는 것 같다. 천장 밑의 탁자에 놓인 무기에서 독 냄새와 피 냄새가 함께 맡아졌다. 놈이 죽인 상대의 피 냄새다. 주리홍은 좁은 서까래 기둥 위에 엎드린 채 다시 한 번 화천을 떠올렸다. 그와의 열락에 싸였던 폐사의 밤은 머릿속에 깊게 박혀 있다. 과연 얼마나 내 공력이 증진되었는가? 시간이 지날수록 놀랍다. 그때 아래쪽에서 다시 강소진의 목소리가 울렸다.

"주리홍을 죽여야만 한다. 죽이기 전에는 돌아갈 수 없어."

주리홍의 얼굴에 쓴웃음이 번졌다. 황제의 누이인 자신을 환관 우두머리 위충현이 암살하려는 것이다. 이것은 이미 명 제국의 수명이 다했다는 증좌인가. 황제인 배다른 동생 천계제 주유교는 글도 읽지 못한 터라 위충현에게 의지하고만 있다. 그러나 주리홍은 어금니를 물었다. 이대로 죽지는 않으리라, 대의(大義)라도 내세우고 죽으리라.

위천에게 다가온 대두 우보가 입술도 달싹이지 않고 말했다.

"대형, 수노한테 물어보았더니 관인 같기도 하고 녹림패 같기도 해서 아직 확실히 모르겠답니다."

우보는 여관 수노하고 안면이 있는 것이다. 마교 대두여서 이 근처에서는 행세깨나 하는 터라 뜨내기손님을 보호해줄 필요는 없다. 어깨를 부풀렸다가 내린 위천이 물었다.

"지금 방에 있어?"

"예, 수하들 방은 아래층이고 복도에 둘이 번을 서고 있는 것을 보았습니다."

"죄를 지은 것도 아닌데 이렇게 훔쳐만 보고 있을 수는 없지."

마침내 위천이 벽에 붙였던 등을 떼었다. 지금까지 여관 담장에 기대 서 있었던 것이다. 저녁 유시(6시) 무렵이다. 여관으로 들락거리는 손님이 많았기 때문에 위천은 거침없이 여관 안으로 들어섰다. 뒤를 대두 우보와 기양선이 따른다. 셋이 모두 버젓한 도인 차림으로 허리에는 칼을 찼다. 현관에 있던 종업원이 셋을 보고 뭔가 물으려다가 기세에 눌린 듯 입을 다물었다. 위천이 앞장서서 2층 계단을 오르면서 뒤를 돌아보았다. 이미 여관 현관에는 그들을 따라온 수하 7, 8명이 들어오고 있다. 위천이 2층 복도에 들어섰을 때다. 복도 안쪽에 서 있던 두 사내가 서둘러 다가왔다. 복도에 통행인이 서너 명 있었지만 둘의 시선은 위천에게 꽂혀 있다. 위천이 거침없이 다가갔으므로 두 사내와의 거리는 금방 좁혀졌다.

"어디를 가시오?"

사내 하나가 거칠게 물으면서 앞을 가로막았으므로 위천이 빙그레 웃었다.

"내가 안쪽 방 손님께 여쭤볼 말씀이 있소."

"실례지만 누구시오?"

"마교 방장 위천이라고 하오."

"마교 방장께서 무슨 볼일이신지?"

사내들의 굳어진 표정이 풀리지 않았으므로 뒤에 선 기양선이 와락 짜증을 내었다.

"여보시오, 우리 방장께서 통성명을 하셨으면 그쪽도 신분을 밝혀야 되는 것 아녀?"

"우린 밝힐 수 없소."

"뭐가 어째?"

이번에는 우보가 나섰다.

"우린 지금 사람을 찾고 있어. 당신들이 누군지 밝혀야 될 거야!"

"이런 건방진."

그때 이 층 계단으로 사내들 일행이 뛰어 올라왔고 위천의 수하들도 몰려왔다. 복도에 10여 명이 모이는 바람에 분위기가 살벌해졌다. 그때 안쪽 방문이 열리더니 사내 하나가 나왔다.

"무슨 일이냐!"

강소진의 수하 유준이다.

잠시 후에 강소진의 방에 위천과 우보, 기양선이 들어가 다탁에 앉아 있다. 앞쪽에 앉은 강소진의 얼굴에는 쓴웃음이 번져 있다.

"내 신분을 밝히라는 이유가 무엇이오?"

강소천이 묻자 위천이 정중하게 대답했다.

"예, 저의 교주의 손녀가 괴인에게 실종되어서 그렵니다."

"앗하하."

소리 내어 웃던 강소진의 얼굴에서 금방 웃음기가 가셨다.

"내가 여자를 납치할 위인으로 보이는가?"

"대인, 그럴 분은 아니신 것 같습니다만."

길게 숨을 뱉은 위천이 말을 이었다.

"오죽하면 전 도인이 출동해서 찾고 있겠습니까? 기가 막힐 노릇입니다."

"난 황궁호위대 태위 강소진이라고 하오."

"예엣!"

놀란 위천이 엉거주춤 자리에서 일어섰고 우보와 기양선도 따라 일어섰다. 엄청난 고관이다. 현령이나 조세징수관으로 온 환관 따위보다 고위직이다. 강소진이 품에서 상아로 만든 마패를 꺼내 보였는데 과연 '황궁호위대' 글자가 선명했다.

"고관을 몰라보고 죄를 지었습니다."

허리를 굽히면서 위천이 사과하자 강소진이 쓴웃음을 지었다.

"현청과도 거래를 하지 않고 있었으니 도둑 괴수로 볼 수도 있었을 것 같소."

"사과드립니다, 태위 나리."

"마교가 이번에 의사당과 사이가 나빠졌다고 들었는데, 그렇지 않소?"

불쑥 강소진이 묻자 위천이 숨을 들이켰다. 위천의 눈동자가 흔들렸다. 황궁호위대나 의사당은 같은 관(官)이다. 또한 황궁호위대와 의사당은 황실 직속 기관이기도 한 것이다. 그때 강소진이 가볍게 헛기침을 했다.

"의사당이 이번에 마교를 없애려고 황실에 어림군을 요청했소. 그것을 아시나?"

"예, 예……."

모를 리가 있겠는가, 그러나 위천이 어설프게 말꼬리를 흐렸을 때 강소진이 짧게 웃었다.

"이보시오, 방장."

"예, 나리."

"황궁호위대의 총수는 위 대감이시오. 알고 계시지요?"

"알고 있습니다."

"위 대감께서 어림군의 파병을 금지 시키셨소, 그건 모르시지?"

"예?"

숨을 들이켠 위천을 향해 강소진이 이번에는 소리 없이 웃었다.

"그만하면 방장께선 짐작하실 거요, 적의 적은 우군이라고 했소."

"예? 예."

"나도 그대의 교주 손녀를 찾는 걸 도울 테니 그대들도 나에게 협조

해주시오."

그러고는 강소진이 심호흡을 했다.

"의사당 당주 주리홍이 곧 나타날 것이오."

주리홍은 일단 이곳에서 물러나야겠다고 판단했다. 방금 들어온 위천의 무공은 누를 만했어도 저놈, 태위 강소진의 역량은 깊은 물속 같아서 측량이 어렵다. 그리고 지금 당장 다 죽일 수 있다 해도 실익이 없다. 저놈들하고 목숨을 내놓고 결전을 벌일 필요는 없는 것이다. 주리홍은 뒤로 물러나기 시작했다. 뒷걸음으로 서까래 위를 물러 나가는 것이다. 예전 같으면 어림도 없는 일이었다. 몸이 뻣뻣해서 서까래 위에 붙을 수도 없을 것이었다. 다리가 뒤로 먼저 뻗으면서 몸통이 비틀거렸고 다시 두 손이 다리 역할로 밀어준다. 자신의 의지와 상관없이 몸이 저절로 움직이는 것이다. 곧 주리홍의 몸이 뱀처럼 꿈틀거리면서 뒤쪽으로 물러가기 시작했다. 서까래 위에는 먼지가 쌓였고 쥐똥도 놓여 있다. 그러나 주리홍이 지나가도 먼지는 흩어지지 않았고 쥐똥도 떨어지지 않았다. 몸이 떠 있는 것처럼 움직였기 때문이다.

위천의 보고를 받은 구문천이 머리를 끄덕였다.

"그렇군, 이제 어림군이 오지 않은 내막을 알겠다."

"주리홍을 잡는 데 협력을 하라고 합니다."

"해야지."

어깨를 늘어뜨린 구문천이 쓴웃음을 지었다.

"그년은 이제 우리 공동의 적이다."

주위에 둘러선 방주, 방장에게로 머리를 돌린 구문천이 말했다.

"하지만 우리는 아씨를 찾는 것이 시급하다. 자, 다시 나가자."

구문천도 자리에서 일어섰다.

"옷자락이라도 가져와라."

그것은 이미 상아진의 생사에 대한 기대를 버렸다는 뜻이다.

"저게 누구야?"

용제현에서 60여 리 떨어진 개독산 골짜기에 곽씨촌이 있다. 10여 호가 모여 사는 외진 마을로 주민 수는 50여 명쯤 된다. 오후 유시(6시) 무렵, 마을 입구의 지신당 앞에 모여 앉아 있던 사내 셋이 다가오는 여인을 보고 있다. 그렇게 물었던 사내가 몸을 일으켰다.

"아랫마을 무당인가? 옷이 말쑥하고 몸매가 좋은 것이, 얼굴은 바윗덩이지만."

여인과의 거리는 1백 보 정도, 모퉁이를 돌아온 여인이 거침없이 이쪽으로 올라온다.

"아냐, 젊은데, 미인이고."

이번에는 다른 사내가 일어서며 말했다. 70보쯤 거리로 다가온 여인의 모습이 등 뒤의 햇살을 받으면서 선명하게 드러났다. 분홍빛 장삼과 흰 얼굴, 잘록한 허리를 흔들면서 다가오는 것이 인간 세상의 여인 같지가 않다.

"어허."

나머지 사내도 일어서서 탄성을 뱉었다.

"도대체 저런 여인이 이런 골짜기에는 왜?"

더듬거리며 말했을 때 여인이 30여 보 거리로 다가왔다. 세 사내는 이제 나란히 서서 넋을 잃은 얼굴로 여자를 본다. 눈동자의 초점이 흐려졌고 입은 반쯤 벌린 상태다. 그때 어느덧 열 발짝쯤 거리로 다가온 여자가 입을 열었다.

"마하트."

셋이 눈만 껌벅였을 때 다섯 걸음 앞으로 다가온 여자가 장옷을 벗어 땅바닥에 놓았다. 장옷이 땅바닥에 너풀거리며 떨어졌다.

"마하트."

다시 말한 여자가 웃음 띤 얼굴로 세 사내 앞에 섰다. 세 발짝 앞이다. 그러더니 치마를 벗어 흘려 떨어뜨렸다. 세 사내가 숨을 들이켰다. 흰 속치마가 드러났고 무릎 밑의 흰 다리가 보인다.

"마하트."

다시 여자가 저고리를 벗어 떨어뜨렸다. 이제 여자는 속저고리와 속치마 차림이다. 그때 사내 하나가 헛기침을 하더니 흐려진 눈으로 여자를 보았다. 맨 처음에 일어난 사내다.

"마하트."

사내의 입에서 저절로 그 소리가 나왔다. 그때 여자가 저고리를 벗어 던졌다. 그 순간 봉긋한 두 개의 젖가슴이 드러났다. 선홍빛 젖꼭지는 곤두서 있다.

"마하트."

두 번째 사내가 헛소리처럼 말하더니 두 손을 뻗었다. 뭔가를 잡으려는 것 같다. 그때 여자가 속치마를 벗어 떨어뜨렸다. 그 순간 검은 숲에 싸인 골짜기, 선홍빛 절벽도 드러났다.

"마하트."

세 번째 사내가 떨리는 목소리로 말했을 때 여자가 다가왔다. 그러더니 첫 번째 사내의 손을 쥐더니 자신의 젖가슴에 붙였다.

"마하트."

사내의 외침이 지신당을 울렸다. 두 번째 사내가 덜덜 떨리는 손으로 여자의 엉덩이를 쥐었다.

"마하트."

그때 세 번째 사내가 와락 여자의 음부에 얼굴을 붙이면서 외쳤다.

"마하트!"

이제 지신낭 앞마당에서 넷이 엉켰다. 사내 셋이 알몸의 여자에게 달려든 것이다. 여자는 몸을 뒹굴며 사내들을 다 받아들였고 사내들은 그때마다 소리쳤다.

"마하트!"

"사부."

놀란 정명이 앞에 선 화천을 보았다. 언제 나타났는지 머리를 들었더니 화천이 서 있는 것이다. 상지현의 만경장 방안이다. 술시(오후 8시) 무렵, 오늘도 방안에서 운공을 하다가 깨었다가 하는 바람에 시간은 화살처럼 흐른다. 방안에서 하룻밤을 일 년으로 보냈다는 사실이 운공을 할 때마다 드러난다. 그때마다 화천의 얼굴이 떠올랐고 그리움이 쌓였던 것이다.

"이제 실감이 되느냐?"

앞쪽 의자에 앉으면서 화천이 묻자 정명의 얼굴이 붉어졌다.

"예, 사부."

"어떤 느낌이더냐?"

"운공을 하면 머릿속에서 심신비전이 뒤섞이면서 새로운 기운이 뻗어 나가는 것이 보입니다."

"시전은 하느냐?"

"예."

"색공(色功)은?"

"예, 머릿속으로 운용이 됩니다."

정명의 얼굴이 더 빨개졌다. 화천은 숨을 들이켰다. 정명의 자태가 요염했기 때문이다. 하룻밤 일 년 신공을 하고 나서 정명은 무르익었다. 이제 얼마든지 색공을 받아들일 수가 있는 것이다. 그리고 보라. 정명은 아직도 반짝이는 시선으로 자신을 응시하고 있다. 이것은 무엇인가? 받아들여 달라는 신호인 것이다. 남녀의 교합을 간절하게 원하고 있지 않은가? 그때 화천이 손을 뻗었다. 그 순간 정명이 기다렸다는 듯이 두 손을 뻗어 화천의 손을 감싸 쥐었다.

"아아아."

그 순간 정명의 입에서 탄성이 터졌다. 온몸으로 뜨거운 불기운이 쏟아져 들어가는 느낌이 들었기 때문이다.

"아아아."

두 눈을 치켜뜬 정명이 몸을 비틀면서 다시 소리쳤다. 이제는 다리 사이의 옥문에서 뜨거운 양수가 흘러나온다. 이 말할 수 없는 쾌감, 그때 정명이 소리쳤다.

"사부, 나, 죽겠어요."

"이제 너는 여자가 되었다."

화천이 부드럽게 말하자 정명은 손을 움켜쥔 채 몸부림을 쳤다.

"아아, 사부."

"네 몸은 이미 다 열렸다."

"사부, 안아주세요."

정명의 치켜뜬 눈에서 눈물이 흘러내렸다. 기쁨과 아쉬움의 눈물이다. 그때 손을 뗀 화천이 말을 이었다.

"아쉬움도 공부다, 배워라."

"예에, 사부."

"눈을 감고 내가 보낸 색공을 모아라."

그 순간 정명이 눈을 감았을 때 화천이 부드럽게 말했다.

"이틀만 더 공부하면 네 몸의 진기는 다 충족이 될 것이다."

그러면 심신비전 12장 색이 들어간 머릿속이 안정될 것이었다. 그 후에는 화천처럼 일상을 영위하면서 내공이 축적된다. 화천이 몸을 돌리면서 말했다.

"너는 교주가 되어야 한다."

마을 복판의 가장 큰 집이 곽씨 종갓집으로 청이 10평쯤 된다. 이곳에서 마을 회의나 잔치가 벌어지는 터라 오늘도 사내 셋이 앉아 술을 마시다가 들어서는 그들을 보았다.

"누구여?"

그중 하나가 사내들 사이에 끼어 들어오는 여자를 보고 놀란 표정으로 묻는다.

"아, 마하트 님이셔."

사내 하나가 대답하자 술 마시던 셋 중 하나가 웃었다.

"이름도 괴상하다."

"그런데 무슨 일인가? 이렇게 고운 분이……."

다른 사내가 물었을 때다. 다가온 여자가 사내의 머리에 손을 얹었다.

"마하트!"

여자가 소리치자 사내는 눈만 치켜뜬 채 입을 다물었다. 그때 다시 여자가 옷을 벗기 시작했다.

"마하트!"

따라 들어온 셋이 그것을 보더니 일제히 소리치면서 따라서 옷을 벗기 시작했다.

"마하트!"

술을 마시던 사내들이 놀라 정신을 차리기도 전에 여자는 알몸이 되었다.

"마하트!"

여자가 사내 하나의 양물을 손으로 감싸쥐었을 때 다시 청 안의 남자들이 광란하기 시작했다. 알몸의 여자를 주무르고 선 채로 자위를 한다. 이윽고 술을 마시던 사내들도 알몸이 되었고 청 안은 '마하트'의 외침으로 가득 찼다.

여관의 마당 구석에 서서 화천이 배승걸에게 말했다. 주위는 어둠이 덮였고 마당을 오가는 하인들은 아직도 분주하게 움직인다.

"지금쯤 상아진은 색연(色緣)으로 교인들을 모으고 있을 것이다."

"어디 있습니까?"

배승걸이 묻자 화천이 쓴웃음을 지었다.

"개독산 쪽에 있을 것이다."

"용제현에서 꽤 떨어진 곳입니다. 마교 놈들이 찾고 있을 텐데 그쪽은 외진 곳이라 찾기 힘들 것입니다."

"상아진이 백상교 포교사가 될 줄 누가 알았겠느냐?"

"죗값을 받는 것이지요."

“이제 우리가 유창산 마교 본당을 점거할 것이다.”

“유창산을 말씀입니까?”

숨을 들이켠 배승걸이 화천을 보았다. 상관수가 도인들을 이끌고 유창산을 떠나 있기는 해도 어불성설이다. 수만 명의 마교 도인들을 정명까지 셋으로 어찌 당해낸단 말인가? 배승걸의 머릿속을 읽었는지 화천의 얼굴에 웃음이 떠올랐다.

“마하트.”

화천이 부르자 배승걸의 입에서도 엉겁결에 외침이 따른다.

“마하트.”

배승걸이 제 입으로 나온 ‘마하트’를 듣고 얼굴이 굳어졌다. 그때 화천이 말했다.

“백상교에 전염된 남녀는 그렇게 구분이 될 것이다.”

“아아, 사부.”

배승걸이 커다랗게 머리를 끄덕였다.

“금방 전염이 될 것입니다, 사부.”

그때 화천이 마당을 지나는 하녀를 눈으로 가리켰다.

“만지기만 해도 마하트가 나온다.”

“예에?”

“너는 이제 내공이 늘어났다. 만지고 나서 마하트를 부르라.”

배승걸이 서둘러 발을 떼더니 하녀의 뒤를 따랐다. 하녀가 뒷마당으로 돌아가다가 뒤쪽 기척을 듣고 머리만 돌렸다. 어둠 속에서 하녀의 둥근 얼굴과 작은 코, 두툼한 입술이 드러났다. 바짝 다가간 배승걸이 하녀의 어깨를 손으로 움켜쥐었다. 소스라치게 놀란 하녀가 몸을 돌렸을 때 배승걸은 손바닥에서 뻗치는 양기를 느낄 수 있었다. 그때 하녀가 입을 딱 벌리더니 낮게 소리쳤다.

"마하트."

그러더니 하녀가 들고 있던 바구니를 떨어뜨리고 배승걸의 사타구니를 움켜쥐었다.

시장거리를 지나던 강소진이 문득 걸음을 멈췄다. 미시(오후 2시) 무렵, 이곳은 용제현에서 50여 리 떨어진 옥씨촌(玉氏村)의 중심부다. 옆을 지나는 여인을 훑어보던 강소진이 뒤에선 유준에게 말했다.

"저 여자를 따라가 보아라."

"나리, 무슨 일입니까?"

평범한 시골 아낙이다. 30대 중반쯤 되었을까? 엉덩이가 컸고 얼굴이 박색은 아니지만 두 번 볼 만한 용모는 아니다. 강소진이 목소리를 낮추고 말했다.

"기묘한 기운이 풍긴다. 무공은 없는 것 같으니 따라가 보아라."

"예, 그럼."

유준이 서둘러 사람들 사이로 묻히는 여자의 뒤를 쫓는다. 주리홍을 찾아 큰 마을을 골라 직접 수색하고 있는 강소진이다. 강소진은 주리홍이 멀리 떠나지 않았다고 확신했다. 마교가 반란군과 동맹을 맺었다는 소문이 퍼지기 시작한 터라 더욱 그렇다. 그 소문은 반란군 측이 퍼뜨렸을 가능성이 많았다. 그렇게 해야 마교가 다시 변심을 못 할 것이기 때문이다. 유준의 뒷모습을 보던 강소진이 다시 몸을 돌려 발을 뗄 때였다. 회색 장삼을 걸치고 허리에는 장검을 찬 토호 행색이어서 주위의 시선을 끌고 있다. 이 또한 강소진의 유인책이다. 주리홍이 이 근처에 있다면 몸을 피할 성품이 아니라는 것을 강소진은 알고 있는 것이다.

내가 여기 왔으니 와 보거라 하는 셈이다.

"아니, 도대체."

기가 막힌 유준이 헛웃음을 쳤다가 곧 담장 옆으로 몸을 숨겼다. 앞쪽 생선가게로 들어간 여자가 대뜸 가게 주인 남자의 바지 속으로 손을 집어넣었던 것이다. 유준은 처음에 그것이 뭔가를 집어내는 줄 알았다. 그런데 곧 사내가 입을 딱 벌리더니 여자의 치마 속을 더듬는 것이 아닌가? 그러더니 둘은 동시에 손을 뺐다. 가게 안에는 손님이 없었지만 앞으로 수많은 행인이 지나고 있다. 잘못 본 것이 아닌가 해서 유준이 다시 담장에서 몸을 떼고 가게를 들여다보았을 때 두 남녀는 안쪽으로 들어가는 중이었다.

"아니, 이것들이 색광(色狂)들 아녀?"

중얼거렸다가 혹시 부부거나 불륜의 관계인지도 모른다는 생각이 들었다. 유준이 이제는 서둘러 발을 떼어 생선가게로 다가갔다. 손님들이 왔다가 주인이 안 보이자 그냥 돌아간다. 유준은 가게 안으로 들어가 안쪽 문으로 다가갔다. 문은 반쯤 열려 있었는데 안마당이 보였다. 가게 주인의 집이다. 그 순간 유준이 숨을 들이켰다. 마당에서 두 남녀가 엉켜 있는 것이다. 급했는지 사내는 바지만 내렸고 여자는 치마만 젖혀 올렸다. 그러고는 마당 복판에서 방아를 찧는 것이다. 마당 구석에 매어놓은 개가 놀랐는지 꼬리를 사타구니에 집어넣고 있다.

"아이고, 아이고."

여자의 교성이 마당을 울렸다. 이것이 도대체 무슨 꼴인가? 이것은 불륜도 아니고 부부간은 더욱 아니다. 미친 연놈들, 색광들이다. 그때 유준은 문득 여자가 외치는 소리를 들었다.

"마하트."

유준의 말을 들은 강소진이 머리를 기울였다. 마을에 두 개밖에 없는 여관방 안이다.

"내가 느낀 것이 색기(色氣)였단 말인가?"

혼잣소리처럼 말한 강소진이 유준을 보았다.

"두 연놈이 마당에서 교접을 하는 것만 보았느냐?"

"예, 보기도 민망해서 잠깐 보다가 돌아왔습니다."

"기괴한 일이군."

"그렇게 요란한 교접은 처음 보았습니다."

유준의 얼굴이 일그러졌고 눈에 핏발이 섰다.

"마당의 개가 놀라서 꼬리를 말고 있을 정도였습니다."

"……."

"계집년이 절구를 찧을 때마다 '핫트'라면서 외쳐대는데 나중에는 사내놈도 따라서 소리쳤습니다."

"뭐라고 소리쳤다는 거냐?"

"예, 핫트라고 하는 것 같았습니다."

"앗 뜨거, 하는 거 아니더냐?"

"예?"

"양물하고 옥문이 말이다."

"그런 것 같기도 합니다."

"미친년 같기도 하고……."

머리를 다시 기울였던 강소진이 입맛을 다셨다.

"기괴하군, 사내놈이 색광인 미친년한테 홀렸단 말인가?"

그러더니 쓴웃음을 지었다.

"용제현에 색귀가 돌아다닌다던데 여자 색귀란 말인가?"

저녁을 먹고 난 구문천이 자리에서 일어서면서 말했다.

"아씨를 찾지 못하면 내가 교주를 두 번 다시 뵙지 못한다."

구문천이 발을 떼자 10여 명의 간부들이 뒤를 따른다. 상아진을 찾아 나선 지 오늘로 엿새째, 구문천은 이제 상지현의 여관에 묵고 있다.

"총방주, 교주께선 아직 말씀을 하지 않으시지만 호남성에서 자주 연락이 오는 것 같소."

방주 하나가 뒤를 따르면서 말했다. 술시(오후 8시) 무렵, 주위는 그들 일행뿐이라 거침없이 말한다. 호남성에서 오는 연락이란 곧 반란군 수괴 종광한테서 합류하라는 독촉이다. 이미 상관수에게는 종광으로부터 남부대장군, 사천성장 겸 병마절도사 직함을 받은 것이다. 이층 계단을 오르던 구문천이 머리를 돌려 뒤를 따르는 방주, 방장들에게 말했다.

"아씨를 찾을 때까지는 합류 못 한다. 그리고 그쪽은 급할 것 없어."

구문천은 상관수의 심중을 알고 있는 것이다. 농민 반란군은 우후죽순처럼 일어났다가 삼일천하로 끝나는 경우가 많다. 종광은 1년이 넘도록 버티고 있지만 언제 패망할지 알 수 없는 것이다. 관군과 싸우다가 망할 때도 있고 부하의 배반, 또는 반란군끼리 영토 싸움으로 망하기도 한다. 손녀를 찾는다는 핑계를 대고 조금 더 사태를 관망하려는 의도다. 방으로 돌아온 구문천이 길게 숨을 뱉고 나서 의자에 앉았다. 그때였다.

"이제 네 차례가 되었다."

뒤에서 들리는 목소리에 구문천은 혼비백산을 했다. 50대 중반의 나이가 될 때까지 이렇게 놀라기는 처음이다. 머리를 돌린 구문천은 침상 끝에 앉아 있는 사내를 보았다. 누구인가? 낯이 익은 것 같기도 하다. 그 순간 구문천이 한 걸음 물러서면서 두 손을 들어 올렸다. 경솔하게 공격은 하지 않았다. 그것이 구문천의 경륜이다. 사내는 인기척도 없이 이곳에 스며들었던 것이다. 방에 들어설 적에 침상 위는 비어 있었다.

"누구냐?"

세 걸음 간격으로 벌려선 구문천이 정신을 가다듬고 물은 순간이다. 사내가 손을 뻗었다. 그러나 거리는 세 걸음 간격, 어림없다.

"엇!"

다음 순간 구문천의 입에서 놀란 외침이 터졌다. 사내의 손이 뻗어 나온 것을 보면서 허리에 찬 칼을 후려치듯 뽑았던 구문천이다. 아니, 뽑으려고 했던 구문천이다. 자신의 팔목이 어느새 사내의 손에 잡혀버린 것이다. 아니, 이럴 수가 세 걸음 거리에서 그것도 앉아 있는 놈이 어떻게? 눈을 치켜떴던 구문천의 왼쪽 뺨에서 불덩이가 붙는 느낌이 오더니 눈에서 불꽃이 번쩍였다.

"쩍!"

요란한 소리가 났다. 귀뺨을 맞은 것이다. 그것도 사내가 앉아서 귀뺨을 쳤다.

"악!"

놀란 구문천의 입에서 비명이 터졌다. 볼이 불에 탄 것처럼 뜨겁다. 두 손으로 볼을 감싸 쥔 구문천이 눈을 부릅뜬 순간이다. 이번에는 눈에 불덩이가 붙었다.

"으아악!"

비명이 방을 울린 순간 방문이 열리면서 방주와 방장들이 쏟아져 들어왔다.

"으앗!"

놀란 외침이 터졌다. 그때 구문천이 두 손을 허우적거리며 다가왔으므로 모두 흩어졌다. 끔찍한 형상이다. 눈과 볼에 손바닥 자국이 패어 있었는데 그 부분은 시꺼멓게 녹는 중이다. 구문천의 두 눈은 이미 불에 타 검게 변했고 뺨은 아직도 지글거리며 끓는다.

"아아악!"

두 손을 휘저으며 구문천이 다시 비명을 질렀지만 아무도 잡지 않았다. 너무 흉측했기 때문이다.

"이, 이게 도대체 무슨 일이……."

겨우 방주 하나가 그렇게 더듬거리며 말했을 뿐 아무도 말을 뱉지 않는다. 방안을 둘러보면서 사방에 흩어져 있을 뿐이다.

"그놈이야."

방구석에 붙어 선 위천이 떨리는 목소리로 말했다. 혼잣소리처럼 말한 데다 덜덜 떨렸기 때문에 아무도 듣지 못했다.

"그놈, 백상교, 그놈……."

상아진을 데려간 놈을 말하는 것이다.

정명이 손을 뻗어 하녀의 어깨를 쥐면서 말했다.

"마하트."

하녀가 잠시 주춤하는 것 같더니 곧 웃음 띤 얼굴로 말을 받는다.

"마하트."

정명은 아직도 만경장에 머물고 있다. 그동안 심부름하는 하녀 여섯에게 마하트경을 주입시켰는데 손을 붙이기만 하면 기운이 전이되었다. 이 기운은 백상교의 근본인 색(色)이다. 색의 기운인 것이다. 색의 기운이 '마하트'라는 외침으로 터져 나온다. 이것으로 기운이 전이되었다는 표식이 되는 것이다. 정명은 심신비전 각 12장씩을 1년에 걸쳐 수행한 공력을 갖추었다. 이제 아버지 정현상의 대를 이어 백상교를 재건해야만 한다. 하녀가 방을 나갔을 때 정명은 다시 눈을 감고 심신비전을 혼합시킨다. 이제는 인간의 뇌가 얼마나 방대한 용량을 품고 있는지 알겠다. 정명이 다시 눈을 떴을 때는 자시(밤 12시) 무렵이다. 그 순간 정명이 얼굴을 펴고 웃었다.

"사부."

앞에 화천이 앉아 있었기 때문이다.

"언제 오셨습니까?"

"조금 되었다."

화천의 얼굴에도 웃음이 떠올라 있다.

"네가 수련을 하는 모습이 아름답다."

정명의 두 볼이 금방 상기되었다. 이런 표현은 처음 들었기 때문이다. 그때 화천이 말을 이었다.

"너도 느꼈겠지만 심신비전은 엄밀히 말해서 무공이 아니다."

정명의 숨소리가 끊겼다. 주의깊게 듣고 있다는 표시다.

"백상교의 심신비전은 인간의 심신 능력을 상상도 할 수 없었던 방법으로 증대시킨다. 이것이 곧……."

호흡을 고른 화천이 말을 맺었다.

"외계의 절대자께서 마하트 님께 전달해주신 것이다."

그리고 그 전달자인 마하트도 닦지 못한 심신비전이 화천의 머릿속에 담겨 있는 것이다. 그것까지는 정명에게 말하지 않았다. 화천이 똑바로 정명을 보았다.

"정명, 이제 너는 혼자서도 얼마든지 버틸 수 있게 되었다."

"……."

"네가 이곳에서 백상교를 재건하는 동안 나는 천하를 돌아보려고 한다."

"사부."

당황한 정명이 화천을 보았다.

"저는 아직……."

"배승걸이 도울 것이다."

화천이 말을 이었다.

"이제 곧 마교의 상관수도 이곳을 떠날 것이다. 그리고 상관수의 손녀 상아진이 백상교의 포교사가 되었어."

놀란 정명의 시선을 받은 화천이 쓴웃음을 지었다.

"죽여 없애는 것보다 그것이 수천 명의 백상교도를 학살한 죗값을 받는 것이지."

"어떻게 그럴 수가 있습니까?"

"상아진은 색광(色狂)이 되었어. 만나는 남자를 색으로 홀려 마하트 님을 외치게 만드는 중이야."

"……."

"마하트를 외치는 순간 백상교도가 되는 것이지. 이제 네가 곧 마교의 본당이 있는 유창산을 차지하게 될 것이야."

"어, 어떻게 말입니까?"

"유창산에 남아 있는 마교 도인들도 마하트를 외치게 될 테니까."

화천이 다시 웃었다.

"곧 배승걸과 상아진에게 포교된 남녀가 유창산에 모이게 될 것이니 기다려라. 마하트의 전파력은 무섭다."

봉덕사로 들어선 화천이 주위를 둘러보았다. 밤 자시(12시) 무렵이다. 여전히 폐사는 음습한 기운으로 덮였고 인기척이 없다. 그때 화천이 앞쪽 허물어진 요사채를 향해 입을 열었다.

"거기 있는가?"

그때 요사채의 벽이 떼어지는 것처럼 그림자가 흔들리더니 곧 이쪽으로 다가왔다. 검은 기운이 움직이는 것 같다. 주리홍이다. 검은 바지 저고리를 입은 터라 얼굴만 드러났다. 다가선 주리홍의 검은 눈동자가 흔들렸다.

"왜 이제 오는 거야?"

"서방님 맞을 채비는 한 거냐?"

주리홍이 대꾸하지 못하고 시선을 내린다. 이미 색기(色氣)에 저항력이 흐려졌기 때문이다. 화천의 얼굴에 웃음이 떠올랐다.

"저항을 할수록 색기가 더 치솟는다. 그러니 순순히 받아들이는 것이 낫다."

"나쁜 놈."

"받아들이라니까."

"그런 사술이 세상에 통할 것 같으냐?"

"나를 애타게 기다렸으면서도 입에서 그런 말이 나오느냐?"

다가선 화천이 주리홍의 허리를 덥석 껴안았다. 주리홍이 허물어지듯 화천의 가슴에 안기더니 온몸을 늘어뜨렸다.

"나 몰라."

화천의 가슴에 얼굴을 붙인 주리홍의 숨결이 가빠졌다. 이제 주리홍도 두 손으로 화천의 허리를 감싸 안았다.

"내가 색귀한테 당했어."

"네 몸이 뜨거워져 있구나."

그때 주리홍이 몸을 비벼대면서 화천을 보았다. 입에서 더운 숨결이 뿜어졌다.

"어서 안아줘."

밤하늘의 별 무리가 금방이라도 땅으로 떨어질 것처럼 흔들리고 있다. 그만큼 하늘이 맑기 때문이다. 바람에 나뭇가지들 스치는 소리가 났다. 주리홍이 땅바닥에 떨어진 옷가지로 벗은 아랫도리를 덮었지만 아직 거친 숨이 가라앉지 않았다.

"나 어떻게 해야 돼?"

주리홍이 마침내 그렇게 물었다. 누운 채로 하늘을 바라보고 물은 것이다. 옆에 누운 화천이 밤하늘을 응시한 채 대답했다.

"나하고 같이 천하를 주유하는 것이 어떻겠느냐?"

놀란 주리홍이 머리를 돌려 화천을 보았다. 두 눈이 반짝였다.

"정말이야?"

"큰 세상을 보려고 한다."

"사천성 밖에 나가본 적이 있어?"

화천이 입을 다물었다. 사천성은커녕 용제현 밖도 나가보지 못했던 불목하니 화천이다. 주리홍의 시선을 받은 화천이 빙그레 웃었다.

"그렇다."

76

"그럼 같이 가."

주리홍이 바짝 몸을 붙였다.

"난세야. 나하고 같이 난세를 겪어봐."

손을 뻗쳐 화천의 허리를 당겨 안은 주리홍의 목소리가 떨렸다.

"마치 천군만마를 얻은 것 같아."

상관수가 앞에 앉은 구문천을 물끄러미 보았다. 이제 구문천은 폐인이 되었다. 한쪽 볼과 두 눈이 시꺼멓게 타서 깊숙한 구덩이가 만들어져 있는 것이다. 수건을 둘러쓰고 앉아 있는 구문천은 쉴 새 없이 중얼거리고 있다.

"이자를 유창산으로 데려가라."

마침내 상관수가 입을 열었다.

"유창산 요사채에 감금시키고 감시를 잘하도록 해라."

"예."

방장 하나가 머리를 숙였다가 들고 상관수에게 물었다.

"자주 발작을 합니다. 묶어놓아야 하지 않겠습니까?"

"묶어야지."

"그런데 교주."

방장이 상관수를 보았다. 눈동자가 흔들렸고 주위가 조용해졌다. 상관수가 묵고 있는 구문사는 동쪽 중원으로 뻗어 나간 대로변에 위치하고 있다. 밤 축시(2시) 무렵, 구문사의 법당 청 안에는 방주, 방장 10여 명이 모여 있었는데 구문천을 데려왔기 때문이다. 상관수가 가래 끓는 목소리로 대답했다.

"말하라."

"총방주가 여자만 근처에 오면 발작을 합니다. 괴성을 지르며 날뛰는데 서넛이 잡아도 당해내기 힘듭니다."

"여자?"

"네."

상관수가 눈을 치켜뜨고 아직도 중얼거리는 구문천을 보면서 물었다.

"어떻게 발광을 한단 말이냐?"

"바지를 벗고 덤벼듭니다."

"……."

"양물을 세우고 사납게 덤비는데 마치……."

그 순간이다. 상관수가 한 걸음 구문천 앞으로 다가가더니 낮게 말했다.

"총방주, 네 원수는 꼭 갚아주마."

구문천이 다시 중얼거렸을 때 상관수가 손을 펴더니 머리를 내리쳤다.

"퍽석!"

마른 바가지 깨지는 소리가 들리면서 구문천의 머리가 뇌수를 사방으로 흩뿌리며 산산조각으로 부서졌다. 한 걸음 뒤로 물러선 상관수가 옆으로 쓰러지는 구문천을 향해 합장했다.

"나무아미타불."

"교주, 저것 좀 보시오."

배승걸이 말했지만 정명은 이미 앞쪽 숲 속을 보는 중이다. 30보쯤 앞 길가의 숲 속에서 남녀가 정사를 벌이고 있다.

오전 묘시(6시) 무렵, 아침 이슬도 다 마르지 않은 시각에 그것도 도로변에서 남녀가 엉켜 있는 것이다. 마을에서 1리(500m)쯤 떨어진 길가다.

"저런 미친 연놈들."

투덜거렸던 배승걸이 발을 뗀 순간이다.

"마하트!"

여자가 외치는 소리가 들린다. 둘은 놀라 발을 멈췄다. 남자 위에 올라탄 여자가 다시 소리친다.

"마하트!"

그때 남자가 헐떡이며 따라 소리쳤다.

"마하트!"

정명이 배승걸을 보았다.

"배 대용, 누군지 보고 오라."

"예, 교주."

배승걸은 이제 화천의 진기를 받아 무공이 일취월장한 터라 한걸음에 숲으로 다가갔다. 그러더니 열락에 빠져 있는 여자의 옆얼굴을 보더니 뒤로 넘어질 듯 몸을 젖히더니 달려왔다.

"교주, 저 여자가 상아진이오!"

"무엇이?"

정명이 상아진을 모를 리가 있겠는가?

그때 다시 열락에 빠진 여자, 상아진이 소리쳤다.

"마하트!"

색녀다. 색귀다. 바로 백상교의 포교원이 된 상아진이다.

그런데 그 모습을 다른 방향에서 주시하는 두 사내가 있었으니 바로 강소진과 유준이다. 둘은 반대쪽 길에서 오던 길에 풀숲에서 떡을 치는 두 남녀를 본 것이다.

"고약한 지방이군."

먼저 발견한 강소진이 혀를 찼다. 이쪽은 모퉁이를 도는 길목이어서 정명과 배승걸은 보이지 않는다.

"아직 이슬도 마르지 않은 풀숲에서 짐승처럼 엉켜 있구나. 개 같은 연놈들."

한 걸음 더 다가갔던 강소진이 길게 숨을 뱉었다.

"저런, 위에서 구르는 년은 절색일세. 세상에 저런 절색이……."

그때 여자가 꽥 소리쳤다.

"마하트!"

그 소리에 소스라치듯 놀란 것이 뒤에서 침을 삼키고 구경하던 유준이다.

"어, 저 소리."

그때 여자가 또 소리쳤다.

"마하트!"

"나리, 저 소리올시다! 색귀 같은 년이 마당에서 붙어먹다가 저 소리를……."

"가만 저기도 구경꾼이 있구나."

그때서야 풀숲 사이로 건너편 구경꾼 둘을 발견한 강소진이 손을 들어 유준의 입을 막았다.

"마하트!"

이제는 밑에 깔린 사내가 소리친다.

"마하트!"

절정에 오른 듯 여자의 목소리가 다급해졌다.

"가만, 저쪽에 두 사내가 있다."

상아진 옆으로 다가갔던 정명이 발을 멈추더니 낮게 말했다.

"예, 소인도 보았습니다."

배승걸의 얼굴에 쓴웃음이 번졌다.

"그런데 앞에 선 놈이 황군호위대 태위 되는 놈입니다."

정명이 뒤로 몇 걸음 물러섰을 때 풀숲을 헤치면서 사내 둘이 비스듬히 다가왔다. 직선거리로 다가온 셈이다.

"마하트!"

그 와중에도 사내 몸 위에 올라 있던 상아진이 절정에 올라 소리쳤다.

"마하트!"

같이 폭발한 사내가 호응하더니 곧 둘은 한덩어리가 되어 풀숲에 엎드렸다. 비린 정액의 냄새가 진동했다. 그때 정명 앞으로 다가선 강소진이 웃음 띤 얼굴로 물었다.

"부인께서는 어디를 가시오?"

"마을에 일을 보려고 가는 중입니다."

강소진의 시선이 뒤에 서 있는 배승걸을 스치고 지나갔다.

"보아하니 대갓집 마님 같으신데 상것들이 풀숲에서 정사를 벌이는 구경을 하고 계셨소?"

"그럼 구경도 못 합니까?"

정명의 얼굴에 웃음이 떠올랐다.

"보아하니 귀인 같으신데 저 상것들의 정사를 보고 마음이 동하셨소? 당치도 않는 시비를 거니 말씀이오."

"허, 되레 덮어씌우시는군."

"저는 가겠습니다."

더 상대할 필요가 없다는 듯이 정명이 반쯤 몸을 돌렸을 때다.

"안 되지."

하면서 강소진이 손을 뻗어 정명의 소매를 잡았지만 빗나갔다. 분명히 손에 쥔 것 같은데 빠져나간 것이다.

"아니."

눈을 치켜뜬 강소진이 한 걸음 발을 떼었지만 정명이 먼저 뗀 후다.

"이런."

유준이 뻔히 보고 있는 터라 얼굴이 금방 시뻘게진 강소진이 단숨에 두 걸음을 떼었을 때다. 막 정명의 어깨를 움켜쥐었던 강소진은 아랫도리가 허전한 느낌을 받고 아래쪽을 보았다.

"윽!"

저절로 입에서 비명이 터졌다. 바지가 무릎 밑까지 내려가 있는 것이다. 바지끈이 끊어져 있어서 연장이 다 드러났다. 기겁을 한 강소진이 두 손으로 바지를 추켜올리면서 그 이유를 알았다. 풀숲에 엎드려 있던 그 탕녀, 색녀가 바로 옆쪽에 뒹굴어 와 있는 것이다. 그리고 손에 단검을 쥐고 있다.

"히히히."

탕녀의 아랫도리는 아직도 알몸이다. 알몸을 가리지도 않고 엎드려서 기괴한 얼굴로 웃는다. 손에 쥔 단검이 번쩍였지만 웃음 띤 얼굴도 소름 끼치도록 아름답다. 귀신의 아름다움인가?

"이, 이런."

머리를 든 강소진이 눈을 치켜떴다.

"이런 개 같은 년."

바지를 추켜올리면서 껑충 뛰어 다가간 강소진이 한 손으로 허리에 찬 칼을 빼자마자 미친년의 목을 후려쳤다. 선뜩한 검광이 번쩍였다.

"앗!"

그 순간 강소진의 입에서 다시 놀란 외침이 터졌다. 칼은 풀만 잘 랐다.

3장
난세

다음 순간 강소진은 옆쪽에서 덮쳐오는 엄청난 압력을 느꼈다. 풀을 벤 허탈감이 가시기 전이다. 옆쪽의 구경꾼 여자가 두 손을 뻗은 채 다가왔는데 기괴한 동작이다. 마치 무엇을 잡아 쥐려는 것 같다.

"에익!"

칼을 거둬들이면서 무당 18검의 능란한 검법으로 여자의 양팔을 벤다. 검광이 빛살처럼 흘렀고 이번에는 정확하다. 그 순간 강소진의 가슴이 다시 철렁 내려앉았다. 빈 공간을 벤 허망감.

"으앗!"

그때 강소진의 입에서 외침이 뱉어졌다. 놀란 외침이다. 풀숲에 뒹굴었던 반라의 여자가 어느새 굴러와 강소진의 바지를 잡아당겼기 때문이다. 미친 색녀인 줄 알았는데 이렇게 소리도 없이 굴러온단 말인가? 강소진의 필살검을 피한 상대는 지금까지 몇 명 되지 않는다. 그러나 다시 바지가 발목까지 흘러내린 강소진이 칼을 내려쳤으나 빗나갔다. 그것은 옆쪽 여자가 팔을 쳤기 때문이다. 칼날이 미친놈 작대기처럼 흔들렸고 그사이에 진짜 미친년이 손을 뻗쳐 강소진의 오그라진 양물을 움켜쥐었다.

"으앗!"

이제는 놀람과 분통, 고통이 섞인 외침이 강소진의 입에서 뱉어졌다. 다시 칼을 휘둘렀던 강소진이 자신의 손을 보고는 눈을 부릅떴다. 어느새 손에서 칼이 떨어져 나간 것이다. 옆쪽 여자의 수단이다.

"으아악!"

양물을 움켜쥔 색녀가 힘을 주었으므로 이제 강소진의 입에서 비명이 터졌다. 하반신이 알몸이 된 강소진이 기괴한 자세로 서서 발길질을 했지만 바지가 걸려서 제대로 발이 올라가지도 않는다. 또 두 손으로 광녀를 치면 어느새 옆에 붙어선 여자가 내려치는 족족 헛손질을 하도록 팔꿈치와 팔목을 친다.

"아이고."

마침내 양물이 뽑힐 정도로 당겨지자 강소진이 괴상한 비명을 뱉었다. 공포와 수치가 뒤섞인 비명이다.

"으악!"

그때 뒤쪽에서 요란한 비명이 또 터졌다. 이번에는 강소진을 도우려고 이쪽으로 발을 떼었던 유준이 배승걸에게 발이 걸려 곤두박질로 넘어지면서 내지른 비명이다.

"으아악!"

그때 강소진이 눈을 치켜뜨고 소리쳤다. 색녀가 입을 딱 벌리더니 강소진의 잔뜩 오그라진 양물을 입에 넣었기 때문이다. 두 손으로 색녀의 머리를 떼어내려고 했지만 어느새 옆에 붙어선 여자가 어지럽게 양쪽 팔을 치고, 올리고, 비틀고, 꺾는 통에 양팔이 허공에서 춤을 춘다. 상반신은 서 있는 여자에게, 알몸의 하반신은 역시 하반신이 알몸이 되어 풀숲에 앉은 색녀에게 맡겨진 꼴이다.

"마하트!"

그때였다. 갑자기 풀숲에서 외침이 터졌다. 그것은 바로 강소진의 수하 유준의 입에서 터진 것이다. 배승걸이 넘어진 유준의 머리를 손바닥으로 누른 자세로 서 있었는데 다시 외침이 터졌다.

"마하트!"

유준은 이제 무릎을 꿇고 앉은 자세로 외친다. 그때 지금까지 풀숲에 누운 채 멀거니 이쪽만 응시하던 사내가 벌떡 일어나 앉으면서 외쳤다.

"마하트!"

그 순간 강소진의 양물을 입에서 뱉어낸 색녀 상아진도 외쳤다.

"마하트!"

강소진이 입을 딱 벌린 순간이다. 옆에 서 있던 여자의 손바닥이 머리를 감싸듯이 덮었다. 갑자기 머리가 하얗게 빈 느낌이 든 강소진이 어깨를 늘어뜨렸을 때다. 머릿속이 맑아지면서 지금까지 한 번도 느껴보지 못했던 따뜻하고, 부드럽고, 포근하며 충만한 느낌이 가득 차올랐다. 그 순간 강소진의 입에서도 외침이 터졌다.

"마하트!"

"마하트!"

유준과 사내, 그리고 색녀가 된 상아진까지 동시에 마하트를 외친다.

'마하트' 외침이 이제는 뒤쪽에서 울렸다. 그러더니 차츰 희미해졌다. 마을로 향하는 길을 셋이 걷는다. 두 여자와 한 발짝쯤 뒤로 처진 한 사내,

"마하트."

번갈아 들리던 사내 세 명의 외침도 거의 들리지 않는다.

"넌 어떻게 교인이 되었느냐?"

문득 정명이 묻자 상아진이 배시시 웃었다.

"화천 님이 제 몸에 손을 대셨지요."

순간 정명이 숨을 삼켰지만 상아진이 태연하게 말을 잇는다.

"손만 대셨는데 마하트경이 주입되었습니다. 저는 화천 님이 안아주시기를 바랐는데 말이죠."

"……."

"그런데 언니, 백상교를 언제 재건합니까? 계양산 용문사가 폐허로 변했으니 새 교당이 있어야 할 것 아닙니까?"

뒤를 따르던 배승걸의 호흡이 가빠졌으므로 머리를 돌린 정명이 눈짓을 했다. 그러고는 다시 묻는다.

"너는 내가 누군지 아느냐?"

"교주의 무남독녀이신 정명 언니가 아니십니까?"

"넌 나하고 얽힌 인연을 기억하느냐?"

"그것이……."

시선을 마주친 상아진이 다시 배시시 웃었다. 옷을 단정하게 차려입은 상아진은 미모의 여인으로 되돌아갔다. 상아진이 머리를 갸웃거리며 말한다.

"뵌 기억은 분명히 납니다. 하지만 어디서 뵈었는지는 모르겠습니다, 언니."

"네가 누군지 아느냐?"

"마교 교주 상관수의 손녀 상아진이죠."

"……."

"하지만 이제 마교는 제 안중에 없습니다. 아버지도 필요 없습니다."

"……."

"저는 언니를 도와 백상교의 포교원으로 지낼 것입니다. 그것이 제 소명입니다."

상아진이 바짝 붙어 걸으면서 정명을 보았다.

"언니, 좋은 생각이 났습니다."

"……."

"마교의 본당 유창산이 지금 비었습니다. 백상교를 그곳으로 옮기기에 절호의 기회입니다."

상아진의 얼굴에 웃음이 떠올라 있다.

"글을 남겼어."

여관 앞에서 기다리는 화천에게 다가온 주리홍이 말했다. 주리홍은 남장을 했는데 훤칠한 키에 작은 등짐을 멘 데다 삿갓을 썼다. 입 윗부분은 보이지 않아서 절색의 미모가 감춰졌다. 화천이 잠자코 발을 떼자 주리홍이 옆으로 다가붙었다. 오시(낮 12시) 무렵 상지현청 거리를 둘이 걷고 있다. 주리홍이 말했다.

"이제 곧장 동쪽으로 가."

주리홍은 방금 여관에 심복인 공가와 백가 앞으로 보내는 글을 남긴 것이다. 주리홍이 들뜬 목소리로 말을 이었다.

"사천성을 벗어나면 귀주, 그다음이 호남성이야. 지금 호남에서 반란군이 가장 득세하고 있어."

"……."

"마교 교주 상관수도 호남 농민 반란군 수괴 종광으로부터 작위를 받았다는 소문이 들려."

"명(明)이 망하려는 것 아니냐?"

화천이 불쑥 물었더니 주리홍의 얼굴에 쓴웃음이 번졌다.

"태조가 명(明)을 건국한 지 이제 250년이야. 망할 때도 되었지."

남의 일처럼 말한 주리홍이 길게 숨을 뱉는다.

"천계제 주유교가 15대 황제야. 15대나 이어왔어."

"천계제가 지금 몇 살이야?"

"무엄하다."

눈을 부릅뜨는 시늉을 한 주리홍이 곧 웃음을 짓고 대답했다.

"16살 때 즉위해서 지금 18세야."

"너는?"

"주유교보다 다섯 살 위인 스물셋."

주리홍은 천계제 주유교와는 어머니가 다르다. 둘 다 14대 황제 태창제의 자식인 것은 맞다. 마을을 벗어나 행인이 드문 국도로 나섰을 때 화천이 말했다.

"너는 황녀로 태어나지 않았다면 무엇이 되었을 것 같으냐?"

"반란군."

금방 대답한 주리홍이 이를 드러내고 웃었다.

"이 부패한 왕조를 뒤집어엎으려고 했을 거야."

"지금은 왕조를 유지하려고 하는 것 아닌가?"

그때 주리홍이 정색하고 화천을 보았다.

"화천, 그대의 정체는 뭐냐?"

"내가 네 아랫사람이냐?"

"나이는?"

화천의 머릿속에 나이가 떠올랐다. 14세 때 동굴에 들어가 7년 5개월을 보냈으니 22세가 되었는가? 세상에 나와 보낸 시간까지 합하니 23세쯤 될 것이다.

"네 또래다."

대답은 그렇게 했다. 그러자 주리홍이 다시 묻는다.

"근본은?"

"마하트."

그 순간 주리홍이 입을 다물었다. 머리를 돌린 화천이 주리홍의 얼굴이 상기되어 있는 것을 보았다. 색기(色氣)가 움직였기 때문이다. 몸에 박혀 있는 색기는 '마하트'의 자극을 받으면 마약처럼 피를 끓게 하는 것이다. 그때 화천이 웃음 띤 얼굴로 말했다.

"마하트가 내 답이다."

그날은 걷기로 하고 1백여 리를 걸은 후에 술시 무렵이 되어서 곡부현에 도착했다. 화천의 고향이나 같았던 용제현에서 동쪽으로 2백 리나 떨어진 곳이다. 현에서 가장 큰 여관의 특실에 투숙하고 나서 여관 종업원이 돌아갔을 때 화천이 말했다.

"네가 방을 두 개 달라고 할 줄 알았는데 제법 정신을 차렸구나."

"남장한 주제에 의심받을 짓은 안 해."

삿갓을 벗으면서 주리홍이 말을 이었다.

"거기에다 이미 살을 섞은 사이 아닌가, 내외한다는 건 위선이지."

"그렇지, 색욕도 참기 어려웠을 것이고."

"그래."

붉어진 얼굴로 주리홍이 화천을 보았다.

"색욕이 일어나면 풀어야지, 그대도 그렇지 않아?"

주리홍의 시선을 받은 화천이 빙그레 웃었다.

"나는 조절할 수가 있어, 네가 색기에 빠진 것이지."

"그건 아무래도 좋아."

주리홍이 번들거리는 눈으로 화천을 보았다.

"그대가 '마하트'를 불렀을 때부터 내 몸이 뜨거워져서 식지를 않아."

밤, 자시(12시)가 넘었다. 침상에 나란히 누운 화천과 주리홍이 가쁜 숨을 고르고 있다. 반쯤 열린 창문을 통해 가을바람이 스며들었다. 땀에 배인 피부에 서늘한 바람이 스치고 지났고 방안의 열기가 식어간다. 그때 화천이 말했다.

"너에게 내 심신비전을 각각 6장씩만을 주입시켜주마. 그러면 네 무공에 놀랄 만한 진전이 있을 것이다."

"심신비전이 뭐야?"

머리를 돌린 주리홍이 화천을 보았다. 알몸이어서 젖가슴이 화천의 가슴에 닿았고 가슴에 붙여진 얼굴에서 두 눈이 반짝였다. 화천이 말을 이었다.

"나하고 같이 다니려면 네 무공 수준이 높아져야 될 것 같아서 그런다. 자, 일어나 앉아라."

"이대로?"

놀랍고 당황한 주리홍이 젖가슴을 두 손으로 가리며 침상에서 일어나 앉는다. 그때 화천이 두 손을 펴서 주리홍의 머리 위를 덮었다. 그 순간 뜨거운 기운이 주리홍의 머릿속으로 품어졌다. 심신비전 각 72장 중에서 6장씩이 머릿속으로 주입된다.

귀주(貴州)에는 호공이 이끄는 반란군이 가장 세력을 떨치는 중이었는데 20여 개의 현을 장악했고 스스로 주왕(周王)이라고 칭하고는 문무백관을 임명했다. 호공은 백정의 자손이었지만 글을 읽었고 천하장사이며 당년 42세로 잔인무도한 성품이다. 농민군으로 거병한 지 3년, 휘하에 10만 정병을 거느렸으니 관(官)의 손길이 닿지 않는 귀주 골짜기에서 왕 노릇을 할 만했다. 저녁 무렵, 왕성(王城)으로 불린 개음현성의 청에서 호공이 각진 얼굴을 들고 재상 위정진에게 물었다.

"재상, 호남성의 종광이 귀주성으로 온다는 소문이 있어, 정말인가?"

"예, 소신도 들었습니다."

위정진이 대답했다.

"허나 이곳까지는 오지 못할 것 같습니다. 오는 도중에 모래구덩이에 물 빠지듯이 병사들이 사라질 테니까요."

"그렇겠군, 하지만 소문이 나는 이유는 뭐냐?"

"종광하고 대왕 사이를 이간질하려는 명(明)의 간계올시다."

"옳지."

"명(明)은 군사를 보내 토벌할 수는 없으니 각지의 반란군을 이간질해서 서로 연합하지 못하도록 할 뿐입니다."

"과연 제갈량이다."

만족한 호공이 머리를 끄덕였다.

"이제 명은 늙어서 이빨 빠진 호랑이다. 천하는 새 인물이 차지하게 될 것이야."

재상 위정진은 그릇장사 출신이다. 청에 늘어선 장군, 대신 대부분이 농민, 천민 출신이다. 어깨를 부풀린 호공이 늘어선 대신들을 둘러

보았다.

"260년 전 명 태조 주원장은 거지 중이었다. 천자의 씨가 하늘에서 떨어졌느냐? 너희들의 세상이 온 것이다."

이제 호공의 언변도 틀이 잡혔다. 수하들의 마음을 움직이는 것이다.

"무법천지로군."

화천이 다실을 둘러보며 말했다.

"절반이 도둑놈, 강도, 반란군 무리구나."

이곳은 호공의 왕성(王城)인 개음현성 안의 저잣거리다. 다실에는 손님이 가득 차 있었는데 소란스럽다. 미시(오후 2시) 무렵, 화천과 주리홍은 사천성을 떠나 동쪽으로 진출한 지 사흘 만에 6백여 리 떨어진 이곳에 이르렀다. 앞에 앉은 주리홍은 서생 차림으로 두건을 썼고 수염을 붙였다. 주위를 둘러본 주리홍이 쓴웃음을 지었다.

"어찌 그렇게 잘 알아? 내 눈에는 모두 농사꾼, 상인으로 보이는데?"

"왼쪽 기둥 옆에 앉은 두 사내는 무공의 고수다."

화천이 입속말로 말을 이었다.

"놈들은 네가 수염을 붙이고 얼굴에 주름을 만든 것도 아는 것 같다."

긴장한 주리홍이 찻잔을 쥐었지만 그쪽으로 머리를 돌리지는 않았다.

"내가 강호에 나온 것이 실감 나는군."

화천이 얼굴을 펴고 웃었다. 회색 장삼을 걸치고 상제가 쓰는 두건을 쓴 화천은 위장을 하지 않아서 20대의 늠름한 상인 모습이다.

"저기 뒤쪽 문 옆에 앉은 세 사내는 관인(官人) 같다. 품속에 박달나무 마패를 넣었고 비수를 감추고 있구나."

화천의 말에 주리홍이 눈을 흘겼다.

"나한테 주입시켜준 심신 6장으로는 감별이 안 돼, 더 넣어줘."

주리홍의 눈에 교태가 끼여 있다. 이제 주리홍의 무공도 며칠간 장족의 성취를 이루었다. 심신 6장씩 12장의 비전이 주입된 터라 지금도 머릿속에서 끊임없이 혼합되어 새 기술이 창조되는 중이다. 화천의 얼굴에 웃음이 떠올랐다.

"지금의 네 무공으로도 충분해."

"저기, 왼쪽 놈들하고 비교하면 어때?"

그사이에 주리홍도 왼쪽 기둥 옆의 두 사내를 본 모양이다. 화천의 얼굴에 웃음기가 지워졌다.

"저자들이 우리 입속말을 들었다. 엄청난 내공을 지닌 놈들이야."

"그럴 리가."

주리홍의 얼굴도 굳어졌다. 소란한 다실 안이다. 더구나 왼쪽 기둥 옆 사내들 하고는 20보나 떨어져 있는 데다 입놀림도 보이지 않는 위치였기 때문이다.

"파동으로 들은 것이지."

화천이 말하자 주리홍은 숨을 들이켰다.

"지금도?"

"지금은 아니야, 내가 바꿔놓았거든."

"무엇을?"

"저자들은 5각쯤 늦게 우리말을 듣게 되었다. 하지만 그때는 우리말의 파동이 주변 소음에 휩쓸려서 들리지가 않지."

이제는 화천이 소리 내어 말했다.

"우리는 지금 5각쯤 빠른 공간에 앉아 이야기 하고 있는 것이야."

"어, 어떻게."

"내가 이 다탁 주변의 공간을 그렇게 만들었다."

"오늘 밤에 나한테도 그 기법을 가르쳐줘."

주리홍의 눈에 다시 교태가 반짝였다. 밤마다 같이 이불을 덮고 자는 사이에서나 흐르는 교태다. 그때 화천의 눈빛이 강해졌다. 왼쪽 사내들이 자리에서 일어나더니 이쪽으로 다가오는 것이다. 화천의 비스름한 뒤쪽에 앉아 있었지만 다 보인다.

다가선 두 사내는 30대 중반쯤으로 상인 차림이다. 건장한 체격, 가죽조끼와 무명 바지저고리를 입었고 가죽신을 신었다. 머리에 띠를 매었고 뒷머리는 비단 주머니에 넣은 간편한 차림, 사내 하나는 허리에 장검을 찼고 둘이 똑같이 품에 비수 두 자루와 독침 주머니가 있다.

"나리, 잠깐 밖으로 나가시지요."

장검을 찬 사내가 화천에게 공손한 태도로 말했다.

"이유는 묻지 않아도 아실 것입니다."

"귀공의 존함을 말씀해주시면 합니다만."

화천이 부드러운 표정으로 말하자 장검 찬 사내가 빙긋 웃었다.

"추반이라고 합니다."

"처음 듣는 이름인데, 날 아시는가요?"

"우린 대자방에서 왔습니다."

그때 주리홍의 얼굴에 웃음이 떠올랐다. 대자방은 중원 무림의 신진 세력이 일으킨 각 파벌의 연합체 이름이다. 그래서 명 조정에서도 대자방을 끌어들이려고 공을 들이는 중이다. 각 반란군들도 마찬가지다. 호남성의 종광은 대자방의 간부들에게 각 지방 태수를 봉하겠다는 약정서를 보냈다는 소문이 났다. 머리를 끄덕인 주리홍이 먼저 일어서는 바람에 화천이 따라 일어섰다.

이곳은 다실 뒤쪽의 낡은 고찰 안, 빗자루로 마당을 쓸고 있는 늙은 중 하나만 있을 뿐, 고찰은 비었다. 두 사내를 따라 마당으로 들어선 화천이 주위를 둘러보며 빙긋 웃었다.

"이런 고찰이 성 중앙에 있다니, 주왕(周王)은 등에 독사 바구니를 메고 있었구면."

"허허."

장검을 찬 사내가 얼굴을 펴고 웃더니 노인에게 손을 들어 물러나라는 시늉을 했다. 곧 깨끗하게 비질이 된 마당에 넷이 둘러섰다. 햇볕이 환한 가을 오후였다. 장검 찬 사내가 화천에게 묻는다.

"어느 문파의 누구십니까?"

"마하트파의 화천이오."

화천이 옆에 선 주리홍을 눈으로 가리켰다.

"내 부인 홍 씨라고 하오, 그런데 그대들은?"

주리홍이 숨 들이켜는 소리를 냈지만 얼굴빛은 변하지 않았다. 심신 6장씩이 주입되지 않았다면 얼굴이 대번에 붉어졌을 것이다. 그때 장검 찬 사내가 대답했다.

"나는 무당파 출신의 추반이라고 하오, 여기 계신 분은 점창파 출신의 마곡 형이시오."

"그런데 날 보자고 하신 이유는?"

화천이 묻자 추반이 빙그레 웃었다.

"처음에는 관인(官人)인 줄 알았지요, 그러다 두 분의 말씀을 듣고 담소를 나누고 싶었소."

"공력이 높으시오."

화천이 감탄한 표정을 짓고 말했다.

"과연 큰 세상에 큰 인물이 있군요."

"형께서는 어떤 무공을 닦으셨소?"

잠자코 있던 점창파 출신이라는 마곡이 물었다. 목소리가 잔뜩 말라서 먼지 속에서 말이 나오는 것 같다. 그러자 화천이 빙그레 웃으면서 손을 저었다. 그 순간 마곡의 얼굴이 굳어졌다. 입을 꾹 다물고는 숨을 멈추고 있다. 화천이 마곡에게 말했다.

"마 형, 숨을 오래 참을 수 없을 거요, 그러니 입을 벌리고 입안에 남은 독분을 뱉어내시오."

그때 추반이 조금 몸을 젖혔으므로 화천이 그쪽에 대고 말했다.

"어디, 칼을 뽑아 보시오, 추 선생."

그 순간 추반이 후려치듯 장검을 뽑아 화천의 몸통을 베었다. 칼은 한걸음밖에 떨어지지 않은 화천의 허리를 정확하게 가르고 지났다.

"아앗!"

외침은 주리홍의 입에서 터졌다. 영락없이 허리가 베어진 것이다. 그 순간이다. 추반과 주리홍의 입이 동시에 쩍 벌어졌다.

"앗핫핫."

이어서 화천의 웃음소리가 울렸다. 보라, 추반과 주리홍, 마곡의 시선까지 추반이 쥔 장검에 모였다. 장검은 칼날이 붙어 있지 않은 것이다. 추반은 칼자루만 쥐고 있다. 그때 화천의 손이 섬광처럼 뻗어 나가더니 마곡의 등을 쳤다.

"흐윽."

마곡이 숨을 들이켜는 소리다. 입을 꾹 다물고 있다가 등을 치는 바람에 숨이 들이켜진 것이다. 그 다음 순간 고통의 신음이 터진다.

"으아악!"

마곡이 두 손으로 목을 감싸 안았는데 얼굴이 시뻘겋게 변해 있다.

"으으으악!"

다시 비명을 뱉은 마곡의 얼굴이 이제는 시커멓게 되더니 딱 벌린 입에서 검은 피가 쏟아져 나왔다. 그 순간 추반의 손이 가슴속에 들어 가면서 밖으로 뿌리쳐졌다.

"엣!"

기합소리는 그 옆에 서 있던 주리홍한테서 울렸다. 주리홍이 추반의 손이 가슴에 들어가는 순간 목을 찌른 것이다. 목울대를 깊숙이 찔린 추반이 입을 딱 벌리면서 가슴에 들어간 손을 후려치듯 빼내었는데 몸이 비틀렸다. 추반의 손에서 날아간 두 자루의 단검이 바로 옆에서 막 쓰러지던 마곡의 얼굴에 박혀버렸다. 그러나 이미 숨이 끊어진 마곡은 두 자루의 단검을 얼굴에 박은 처참한 모습으로 쓰러졌다. 이어서 목이 뒤로 젖혀진 추반도 뒤로 반듯이 넘어졌다. 모두 눈 두어 번 껌벅이는 순간에 일어난 일이다. 그때 손을 두어 번 더 저어서 몸에 붙은 벌레를 쫓는 시늉을 한 화천이 주리홍에게 물었다.

"아느냐?"

"알 것 같아."

화천이 마당 끝으로 발을 떼면서 말을 이었다.

"그럼 이 두 놈의 수단을 말해 보아라."

"마곡이란 놈이 입안에 독분을 넣고 말을 하면서 우리한테 뿜었어."

화천의 옆을 따라 걸으면서 주리홍이 말을 이었다.

"그때 대형이 손을 저어 독분을 흩트렸지, 그러니까 마곡이 입을 딱 다물어 버린 거야."

입안에 독분을 넣은 채 입을 다물었던 마곡은 화천이 등을 치는 바람에 숨을 들이켰다가 독을 삼켜버린 것이다. 그때 주리홍이 말을 이었다. 얼굴에 웃음이 떠올라 있다.

"그렇구나, 그자들이 자신을 소개할 때 옆에 서 있던 대형이 잠깐 보이지 않는 것 같았어, 잘못 보았나 하고 눈을 깜박였더니……."

그렇다. 그 깜박이는 순간이 화천의 공간에서는 한식경도 된다. 그 사이에 화천은 추반의 칼을 뽑아 칼날을 송두리째 빼내 버린 것이다. 동굴에서는 20여 일 만에 7년 4개월을 보냈지 않은가?

"쳐라!"

그 순간이다. 마당 구석의 요사채 뒤에서 사내들이 쏟아져 나왔다. 모두 5명, 놀란 주리홍이 주춤 멈춰 섰을 때 화천이 손을 저었다. 웃음 띤 얼굴이다. 그 순간 주리홍은 숨을 들이켰다. 와락 달려오던 사내들이 순식간에 두 발짝 앞으로 다가왔기 때문이다. 그때 화천이 손을 뻗어 주리홍의 팔을 잡았다. 주리홍이 허리에 찬 칼을 뽑으려고 했던 것이다.

"기다려."

다음 순간 사내들이 화천과 주리홍을 스치고 지나갔다. 겹쳐 지나갔단 말이 맞다. 주리홍은 몸을 뚫고 사내 두 명이 지나는 바람에 대경실색을 했다.

"이쪽으로."

화천이 주리홍의 팔을 끌고 사내들이 뛰쳐나온 요사채 뒤쪽으로 달려갔다. 뒤를 돌아본 주리홍은 사내들이 엉켜 서서 우왕좌왕하고 있는 것을 보았다. 이제는 화천이 주리홍을 끌고 '공간이동'을 한 것이다. 고찰을 빠져나왔을 때 화천이 발을 늦추더니 한 손을 흔들었다. 그때 주리홍은 뒤에서 오던 사람과 부딪쳤다.

"아앗!"

놀란 외침이 뒤에 선 사내의 입에서 터졌다. 벌건 대낮에 갑자기 앞쪽 사내와 부딪쳤기 때문이다. 더구나 앞에는 아무것도 없었는데 하늘에서 떨어진 듯 가로막고 있었다. 다행히 도로에는 행인이 많았으므로 주리홍의 등에 부딪힌 사내가 먼저 사과를 했다. 앞에 눈이 달린 자의 실수다.

"미안하오, 갑자기……."

"잘 보고 다니시오."

옆에 선 화천이 대신 나무라고는 발을 떼었다.

"대자방이라고 했지?"

걸으면서 화천이 물었다.

"어떤 문파인지 너는 알아?"

"문파가 아냐, 사욕을 위해서 모인 무림의 조직이야, 하지만 세력이 어지간한 반란군보다 낫고 무공이 출중한 놈들이 많아서 모두 두려워하지."

"명 조정에서도 견제를 하겠군."

"회유도 하고 매수도 했지만 저놈들은 그때뿐이야. 반란군보다 더 교활하고 더 위력이 있지."

주리홍의 얼굴이 어두워졌다.

"환관 위충현이 대자방을 이용하고 있어, 대자방주 탁연에게 수시로 밀사를 보내 정적들을 제거하면서 조정에서 제 위상을 높이고 있는 거야."

"그놈을 왜 제거하지 못하나?"

"이미 황궁은 위충현이 장악하고 있어, 지방관은 모두 위충현의 수족이 되었고 군권도 마찬가지야, 오직 몇 개 지역과 외부에 나가 있는 군사령관이 남았지."

긴 숨을 뱉은 주리홍이 화천을 보았다.

"내가 널 만난 것은 이번 잠행에서 가장 큰 소득이야."

"네 서방님을 찾았기 때문이냐?"

"천하가 안정되면 네 부인이 되어서 낙향할 거야."

"지금은 내 처가 아니냐?"

"밤에 엉킨다고 다 처가 되는 게 아냐."

어느덧 둘은 동문 근처의 여관 앞에 멈춰 섰다. 하늘을 올려다본 화천이 주리홍에게 말했다.

"오늘은 이곳에 머물면서 대자방 졸개들을 더 살펴보기로 하지."

"그놈들이 사술을 부렸다고?"

협태가 쓴웃음을 지으며 묻자 사내가 대답했다.

"예, 저만 본 것이 아닙니다. 저까지 다섯이 겪었소. 순식간에 눈앞에 있던 두 놈이 사라졌소, 그것도 마당 한복판에서 말입니다."

옆에 선 사내가 거들었다.

"한 놈의 사술이 교묘했소, 몸을 움직이는 것이 보이지가 않았소, 마치 손발이 팔랑개비처럼 움직였는데 무엇을 하는지 나중에야 알았소."

"무슨 말인지 모르겠다."

이맛살을 찌푸린 협태가 옆에선 오기성을 보았다.

"이놈들이 헛것을 본 것 같다."

마당에 누워 있는 추반과 마곡의 시체는 치웠지만 아직도 피비린내가 맡아졌다. 고찰의 청 앞에는 10여 명의 사내가 둘러서 있었는데 협태가 지휘자다.

"찾아라."

마침내 협태가 어깨를 부풀리며 말했다.

"그놈들이 성안에 있다면 찾아낼 수 있어. 성문을 막고 여관마다 수색해라."

협태는 대자방주 탁연의 밀명을 받고 자칭 주왕(周王)인 호공을 만나러 온 것이다. 호공과 상담하는 도중에 이런 꼴을 당했으니 황당했고 꺼림칙했다. 더구나 무참하게 죽은 추반과 마곡은 협태가 데려온 12명 정예 중의 상위였기 때문이다.

"조장, 그놈들이 이곳 위치를 알 텐데, 장소를 옮겨야 되지 않겠소?"

오기성이 묻자 협태의 얼굴에 웃음이 떠올랐다.

"바라던 바야, 그놈들이 관(官)의 끄나풀이건 호남성 종광의 세작이건 간에 이곳에 들어오면 함정에 빠진 꼴이 될 테니까."

함정을 만들겠다는 말이다. 보좌관 격으로 따라온 오기성은 입을 다물었다.

낮에 성안을 돌아보고 온 주리홍이 저녁을 먹으면서 말했다.

"성안 민심은 평온해, 조세 징발이 없어지고 부역이 없어진 것만 해도 백성들은 살 만해진 거야."

"천하가 곧 도둑놈, 백정이 왕으로 되는 세상으로 바뀌겠다."

화천의 얼굴에 웃음이 떠올랐다.

"나, 화천이가 왕이 되면 어떻겠느냐?"

"이곳에 자리 잡은 호공이나 호남성의 종광보다는 낫겠지."

"너는 왕비가 되고."

화천도 성안을 돌아다녀 본 것이다. 성안 주민은 5만여 명, 주둔한 군사가 3만여 명이었고 호공의 나머지 병력은 근처의 3개 현에 분산 배치되었다. 호공의 동생 2명과 매제, 숙부가 각각 대장군, 태수가 되어서 군사를 거느리고 있는 것이다. 주리홍의 말대로 성안 주민들은 전(前)의 명(明) 치하보다 살기가 낫다고 했다. 주리홍이 화천의 말에 눈을 흘기더니 길게 숨을 뱉었다.

"난 주유교를 도와야 돼, 선제(先帝) 태창제의 유언을 받았어."

"선제가 누구야?"

주리홍이 젓가락을 내려놓고 화천을 보았다.

"너는 누가 전(前) 황제였는지도 모른단 말이냐?"

"비전 연마를 하느라 모른다."

그것보다도 불목하니로 지냈던 터라 누가 황제고 어느 왕조인지도 몰랐던 화천이다. 주리홍이 어깨를 늘어뜨리며 말했다.

"내 부친은 전(前) 황제 태창제이셨지만 황제가 되신 지 29일 만에 돌아가셨어."

"……."

"돌아가시기 전에 나에게 유언을 하셨지. 다음 황제가 될 주유교를 도와주라고, 내가 여자가 아니었다면 후사를 물려주려고 했는데 주유교를 도와 천하를 안돈시키라고 하셨다."

"여황제는 왜 안 되나?"

"선제의 유언을 지킬 거야, 주유교가 살아 있는 동안은."

"지금 황제도 곧 죽나?"

"몸이 약해."

주리홍이 화천을 보았는데 수심에 찬 얼굴이다.

"그래서 내부 정사를 위충현에게 맡겼더니 천하가 이렇게 어지러워진 거야."

화천이 내막은 알았지만 공감하는 얼굴은 아니다. 모두 위충현 때문만은 아닐 것이다.

사천성을 나와 겨우 바깥세상 한 귀퉁이를 밟았을 뿐인데도 난세의 소용돌이에 휩쓸리고 있다. 앞으로 얼마나 많은 사건이 쏟아질 것인가? 과연 난세다. 도처에 기회를 엿보는 무리들이 득실거리고 있다. 대자방이란 파당도 오늘 처음 알았다. 귀주에 들어와 주왕(周王)이라 칭한 도적단 괴수가 있다는 것도 처음 들었으니 당연한 일이다. 천하는 지금 솥 안의 끓는 물 같다. 던져지면 삶아진다. 침상에 누운 채 화천이 그 솥단지를 들어 마당에 던지는 생각을 한다. 물이 쏟아지고 빈 솥이 되었을 때 천하가 평정되는 것인가. 그때 방문이 소리 없이 열리더니 주리홍이 들어섰다. 주리홍은 옆방에서 묵고 있다. 시선이 마주치자 주리홍이 외면하면서 말했다.

"오늘은 다른 공간으로 옮겨가는 비전을 알려줘."

다가온 주리홍이 침상 끝에서 입고 있던 겉옷을 벗었다. 그 순간 불빛 아래 주리홍의 알몸이 드러났다. 주리홍이 알몸으로 화천의 옆에 누웠다. 어느덧 얼굴이 붉게 달아올랐고 피부는 덥혀 있다. 화천이 팔을 뻗어 주리홍의 어깨를 당겨 안았다. 주리홍도 두 팔로 화천의 허리를 당겨 안는다. 이제 둘의 사지는 빈틈없이 엉켜 붙었다.

개음현성에 들어와 있는 무리가 대자방뿐만이 아니다. 호남성의 반란군 수뇌 종광의 세작이 있는가 하면 위충현 직속의 황군호위대도 있다. 화천이 다실에서 본 관인 셋이 바로 그자들이다.

"이놈들은 당분간 움직이지 않을 것 같구먼."

셋 중 우두머리인 고현이 말했다. 셋은 지금 여관방 안에서 술을 마시는 중이다.

"우리 이간계가 먹힌 것 같다. 이놈들은 종광이 서진해 올 것을 겁내고 종광은 이놈들이 동진해 올 것을 경계하게 되었거든."

"그런데 이곳에 대자방 무리가 있다는 말을 들었소."

비장 정관수가 말했다.

"전(前) 현의 호방으로 지금은 성안에서 호공의 신하가 되어 있는 우신이란 자가 그럽디다. 무림 인물로 보이는 자들이 호공을 만나러 여러 번 들락거린다는 것이오."

"대자방이 청부살인을 맡은 모양이군."

고현은 중랑장 직급으로 이곳에는 10여 명의 작업조를 이끌고 온 것이다. 시중에 소문을 퍼뜨린 것도 이들이다. 호남성의 종광이 이곳까지 손을 뻗친다는 소문이다. 그때 정관수가 말을 이었다.

"대자방이 무슨 일을 벌이는가 알고 가는 것이 낫겠소."

"일리가 있습니다."

옆에 앉은 비장 하나가 거들었으므로 고현이 머리를 끄덕였다.

"그러지, 그럼 대자방 놈들이 누구고 어디에 있는지를 알아보도록. 그, 주왕 휘하의 호방이란 놈을 매수하는 것이 낫겠다."

그렇게 해서 황군호위대가 일에 끼어들게 되었다.

다음날 오전, 오늘은 호공의 왕궁 구경을 하려고 내성 담장 주위를 걷던 화천이 마침 문밖으로 나오는 여자 두 명을 보았다. 오시(낮 12시) 무렵, 앞장선 여자는 장옷을 머리 위로 뒤집어쓰고 얼굴을 가렸지만 드러난 눈과 코만 보아도 미색이다. 장옷 끝을 쥔 손가락도 섬섬옥수다. 왕궁의 여자들이 외출을 나가는 것 같다. 화천이 뒤를 따랐고 여자들은 곧 시장거리로 들어섰다. 혼잡한 시장 안의 행인들을 헤치며 둘은 곧장 안으로 들어간다. 이윽고 둘이 들어선 곳은 시장 끝 쪽의 채소가게 안이다. 화천이 지나면서 보았더니 가게 안에는 중년사내 한 명뿐이다. 여자들은 안채로 들어간 것이다. 가게를 지나 옆쪽 골목으로 꺾어진 화천이 담장 옆에 서서 대님 끈을 조이는 시늉을 했다. 그러고는 주위 행인이 보이지 않았을 때 몸을 솟구쳐 담장 위로 머리만 내밀고 안을 보았다. 안은 일반 주택이다. 작은 마당이 있고 뒤쪽에 세 칸짜리 집이 세워졌는데 안쪽 청에서 두런거리는 사내 목소리가 울렸다. 화천의 몸이 골목으로 내려앉은 것은 그야말로 눈 한 번 깜박이는 순간이었지만 그동안 볼 것은 다 보고 듣기까지 한 것이다. 다시 행인이 지나기를 기다렸다가 화천은 몸을 솟구쳤다. 이번에는 한 길 반이나 되는 담장 위에 손을 얹고 나서 안쪽으로 몸을 비틀어 떨어져 내렸다. 마당에 바늘 떨어지는 소리도 내지 않고 내려선 화천이 곧 가옥으로 다가갔다. 그때 사내의 목소리가 이번에는 똑똑히 들렸다.

"거사만 성공하면 황금 1만 냥이오."

사내가 말을 이었다.

"호공이 먹는 음식에 넣기만 하면 한식경이 지나고 나서 어김없이 급사를 합니다. 그러니 흔적도 남지 않고 무엇 때문에 죽은지도 모르게 될 것이오."

화천이 몸을 솟구쳐 마루 위 서까래에 붙었다가 몸을 돌려 위에 엎드렸다. 그러자 몸이 감쪽같이 숨겨졌다. 그때 마당에서 인기척이 나더니 사내 둘이 바깥채에서 들어왔다. 바깥채는 채소가게다. 화천이 서까래 위로 피한 것은 인기척을 느꼈기 때문이다. 그때 두 사내가 주위를 두리번거리더니 제각기 안채 앞쪽에 섰다. 경계하는 자세다. 그때 안에서 여자 목소리가 울렸다.

"내 어머니, 오라버니 식구들은 모두 무사하지요?"

"여기 오라버니 제공의 서신을 가져왔으니 보시지요."

사내가 부드러운 목소리로 말했다.

"이건 모친께서 증물로 보내신 반지요."

"아."

여인의 놀란 외침이 들렸다. 감동한 것 같다. 잠시 시간이 지난 후에 다시 사내의 목소리가 울렸다.

"금을 실은 마차는 북문 밖의 보정사 마당에 가져다 놓겠습니다. 금을 실은 마차에다 가족이 타고 갈 마차까지 두 량을 준비시켜 놓지요, 내일 저녁까지는 보정사에 오실 수 있겠지요?"

내일 저녁까지 끝내라는 말이다. 여자가 끄덕였는지 사내의 목소리에 웃음이 띠어졌다.

"보정사에 오시면 어머님과 오라버니 가족들까지 모두 만나실 수 있을 것입니다."

"만일 약속을 어기면요?"

여자가 물었다.

"난 일을 끝냈는데 나리께서 약속을 어긴다면 어떻게 하죠?"

"믿으시는 수밖에요."

사내의 목소리에는 여전히 웃음이 띠어져 있다.

"난 약속을 지키겠다고 말씀드렸습니다. 믿지 못하신다면 그만두시지요, 난 이 일을 다른 사람한테 시킬 테니까요."

"……."

"결정하시지요, 못하시겠다면 그냥 가시지요, 살려 보내드리겠습니다."

"……."

"다만 어머님과 오라버니 식구 여섯은 오늘 중으로 몰살될 겁니다."

한 시진쯤이 지난 미시(2시) 무렵, 화천이 방안에서 주리홍과 마주앉아 있다. 채소가게 안채에서 들은 이야기를 해주고 있는 것이다. 이윽고 화천이 입을 다물었을 때 주리홍이 말했다.

"호남성 종광이 이렇게 귀주성의 주왕(周王) 호공을 제거하고 세력을 넓히려고 하는군."

"내가 그놈들 은신처를 알아."

"여자는 누구야?"

"내성 경비가 들어가는 그 여자를 보더니 전빈마마라고 부르더군, 전씨(氏)인 모양이야."

"마마라고?"

쓴웃음을 지은 주리홍이 곧 긴장했다.

"지금 호공이 죽어 자빠지면 안 돼, 종광의 세력이 더 이상 커지면 위험해."

"호공을 살리자는 말이냐?"

"살려줘야 해."

"누가?"

"우리가."

주리홍의 시선을 받은 화천이 머리를 저었다.

"난 도둑놈들 전쟁에는 끼어들지 않을 테니까, 네가 해."

"날 도와줘."

주리홍이 눈을 치켜뜨고 똑바로 화천을 보았다. 얼굴이 굳어 있다.

"그것이 백성을 위한 길이야. 명 황실을 위한 것이 아냐."

"그것보다."

입맛을 다신 화천이 눈으로 방 밖을 가리켰다.

"저 문밖의 일당부터 처리해야겠다. 네가 나가서 꼬리에 똥을 묻혀 왔구나."

숨을 들이켰다가 천천히 뱉은 오기성이 허리에 찬 장검 손잡이를 쥐었다. 그러고는 턱으로 문을 가리켰다. 그 순간 문 양쪽에 붙어 서 있던 부하들이 문을 박차고 방안으로 쏟아져 들어갔다.

"왓!"

짧은 함성, 모두 고수들이어서 한 치도 어긋나지 않고 진입했다. 지휘자인 오기성은 맨 나중이다.

"엇."

방에 들어선 오기성의 입에서 탄성이 터졌다. 방이 비어 있었기 때문이다. 창문이 열려 있는 것이 창문 밖으로 빠져나간 것 같다. 이곳은 이 층 방이다.

"철수"

결단이 빠른 오기성이 바로 몸을 돌리면서 뱉듯이 말한다.

"서둘러라, 놈들이 눈치챘다는 건 우리가 역습을 당할 수 있다는 뜻이다."

무리가 들어올 때처럼 쏟아져 나간 지 숨 두 번 쉬었을 때 방안 탁자에 마주보고 앉아 있는 화천과 주리홍이 드러났다. 둘은 그대로 탁자에 앉아 있었던 것이다. 다만 화천이 손을 휘둘러 숨 두 번쯤 쉰 후의 공간으로 이동했다가 돌아왔다.

"이 공간이동 기법을 알려 달라니까."

주리홍이 투정부리듯 말했으므로 화천이 자리에서 일어섰다. 주리홍에게 공간이동 기법을 전수해주지 않은 것이다.

"그건 네가 몇 년을 더 수련해야 돼, 금방 전해주는 게 아냐."

화천이 발을 떼며 말을 이었다.

"따라와, 이놈들이 누군지 알아야겠다."

아직 멀리 벗어나지 못했을 것이다.

밤 해시(10시)가 되었을 때 고현이 묵고 있는 방 앞마당에 인기척이 들리더니 곧 정관수의 목소리가 들렸다.

"중랑장, 데려왔소."

고현이 방문을 열자 어둠에 덮인 마당에서 두 사내가 다가와 옆쪽 마루 앞에 섰다. 비장 정관수와 전(前) 현의 호방이었던 우신이다. 우신이 고현을 향해 머리를 숙여 인사를 했다.

"호방 우신이올시다. 반란군이 현을 차지하고 현령 이하 관리들을 모두 죽였지만 제가 죽지 못하고 살았습니다. 허나 명조(明朝)를 배신하지는 않았소."

"알고 있네."

고현이 부드러운 목소리로 말했다.

"그래서 우리 관인(官人)한테 협조해주는 것이 아닌가?"

"물으시면 아는 데까지 말씀 올립지요."

"거기 내궁의 자칭 왕이라는 놈이 요즘 자주 만나는 무림패가 있다면서?"

"예, 내궁 시녀한테 들었더니 대자방 무인들이라고 합니다."

"옳거니."

고현의 얼굴에 웃음이 떠올랐다.

"그런데 그놈들이 누구이고 무슨 용무로 왔는지 알아야겠네."

고현이 옆에 놓인 비단 주머니를 들고 우신 쪽으로 밀었다. 목침 덩이만 한 주머니가 무거운 소음을 내면서 미끄러져 우신 앞에서 멈췄다.

"금자 2백 냥일세, 그걸 알아오면 내가 그만큼을 더 내겠네."

"내일까지 알아오지요."

금화 주머니를 집은 우신이 결연한 표정으로 말을 이었다.

"내일 이 시각까지 오겠습니다."

진휘는 대머리에 배가 나와서 승복을 입으면 중이 된다. 실제로 태산의 종불사에서 6년간 상좌 노릇도 한 터라 염불도 한다. 깊은 밤, 자시(12시)가 조금 넘었다. 숙소로 삼은 민가 청에서 동이로 가져온 술을 절반쯤 마신 진휘가 수관에게 말했다.

"수관, 내일 전빈이 호공을 죽일 것 같으냐?"

"아니, 그러지 않을 것 같소."

같이 술을 마셨지만 수관이 더 취했다. 풀린 눈으로 기를 쓰듯이 진휘를 보면서 수관이 말을 이었다.

"전빈은 이미 제 식솔이 죽었다는 걸 알고 있는 것 같소."

"어떻게?"

"우리가 약속을 지키지 않을 것을 아니까."

"무슨 말이야?"

"황금 1만 냥을 준다고 한 것이 잘못이었던 것 같소, 식솔들을 다 죽인다고만 했어야 믿었을 거요."

"그런가?"

"제 식솔도 살리고 황금 마차까지 가져간다고 생각하면 너무 많이 받는다는 생각이 들지 않겠소? 그러면 의심이 드는 것이지."

"그런데 그년이 왜 약속을 하고 돌아갔지?"

"안 한다고 하면 그 자리에서 죽었을 테니까."

"그렇다면 다른 놈을 물색해야 될 것 같군."

그때 밖에서 인기척이 들렸으므로 술잔을 들었던 진휘가 물었다.

"누구냐?"

"나야."

마당에서 느긋한 목소리가 울리자 진휘와 수관이 서로의 얼굴을 보았다. 이렇게 대답할 위인은 없는 것이다.

"누구라고?"

수관이 다시 물었을 때 진휘는 옆에 세워놓은 장검을 쥐었다. 그때 방문이 열리더니 뭔가 방안으로 던져졌다. 묵직한 돌덩이 같다. 다음 순간 피비린내가 와락 풍겨 나오면서 둘은 튕겨 오르듯이 일어섰다. 사람 머리통이 방안으로 던져진 것이다. 마당에서 경비를 섰던 부하다.

"에잇!"

장검을 빼 든 진휘가 막 밖으로 뛰쳐나가려고 발을 떼었을 때다. 광풍이 방안으로 휘몰려 들어오더니 촛불 두 자루의 불꽃을 꺼버렸다. 방

안은 금방 칠흑 같은 어둠 속이 되었다. 그때였다.

"으아악!"

바로 옆쪽에서 수관의 비명이 울렸으므로 진휘가 기절초풍을 했다. 화들짝 뒤로 물러선 진휘가 벽에 등을 붙였을 때다. 벽을 뚫고 나온 창이 진휘의 가슴까지 뚫고 밖으로 나왔다. 밖에서 내지른 창 자루가 벽을 뚫고 진휘의 절구통 같은 가슴까지 뚫고 밖으로 나온 것이다.

방으로 들어가 수관을 베어 죽인 것이 주리홍이다. 화천은 밖에서 창을 내질렀다. 이것으로 개음현성의 주왕(周王)을 제거하려고 급파되었던 호남성의 남왕(南王) 종광의 암살대는 궤멸되었다. 주왕 호공의 군사가 아닌 명 제국의 황녀이며 의사당 당주인 주리홍과 그의 정부(情夫) 화천에 의해서다.

"이로써 방해물 하나는 제거했군."

밤길을 걸으면서 주리홍이 말했다.

"그럼 이 지저분한 왕성에는 몇 무리가 남은 셈인가?"

주리홍이 제가 묻고 제가 대답했다.

"대자방이 남았고 황궁호위대 놈들이 남았구나."

걸음을 늦춘 화천이 주리홍을 보았다.

"가만, 황궁호위대는 아군 아니야? 너는 명의 의사당주 아니냐?"

"그놈들은 관인(官人) 명색이지만 환관 위충현의 사병(私兵)이나 같아, 강소진하고 같은 족속이야."

깊은 밤이어서 거리에는 행인도 없다. 화천이 머리를 끄덕였다.

"그럼 네 우군은 화천광풍 하나뿐이란 말이냐?"

주리홍은 대답하지 않았다.

다음 날 아침, 내궁에 있던 전빈에게 시녀 하나가 찾아와 말했다.

"마마, 서문 밖에서 마마를 찾는 손님이 있소."

"누구냐?"

"오라버니 친구분이라고 했습니다."

놀란 전빈이 측근 시녀 옥보에게 말했다.

"네가 나가보아라."

옥보는 어제 전빈과 함께 진휘를 만나고 온 시녀다. 옥보가 치마에 바람을 일으키며 내달려갔다가 숨을 헐떡이며 돌아왔다. 그러고는 가쁜 숨을 뱉으며 말했다.

"웬 사내가 어제 채소가게에서 만난 중을 죽였다면서 왕 전하한테 약을 먹이실 필요가 없다고 합니다."

주위를 둘러본 옥보가 소리죽여 말을 잇는다.

"정말인 것 같습니다. 마님, 중이 창에 꿰어 죽었다면서 오라버니와 어머님은 아무래도 돌아가신 것 같다고 하오."

그러더니 입을 딱 다물었다가 벌리면서 외마디 소리를 뱉는다.

"마하트."

"그게 무슨 말이냐?"

전빈이 이맛살을 찌푸렸다. 그러자 옥보가 전빈을 보았는데 눈동자의 초점이 멀다.

"마하트 님이 오늘 밤에 오신다고 합니다."

"마하트가 누구야?"

"밤 자시경에 오신다고 했습니다."

"이년이 실성을 했나?"

눈을 치켜떴던 전빈이 주위를 둘러보았다가 다시 물었다.

"내 어머니와 오라버니가 모두 죽었다고, 정말이야?"

"예, 그 중도 죽였다고 합니다."

"오늘 밤 자시에 누구한테 와?"

"예, 마마한테……."

"이년이 갑자기 왜 이렇게 되었지?"

"마하트."

그러자 겁이 난 전빈이 뒤로 한 걸음 물러서더니 옥보를 노려보았다.

"이년아, 매를 맞기 전에 물러가!"

그러나 호공에게 약을 먹이려는 생각은 천리만리 달아났다. 친정식구가 다 죽었다는 말에 억장이 내려앉으면서도 사실인 것 같았다. 어제도 그렇게 생각했기 때문이다. 그런데 밤에 찾아온다니, 어떻게 궁으로 들어온단 말인가. 이름이 마하트라고. 말은 알아들었는지 허둥지둥 앞을 떠나는 옥보의 뒷모습을 보면서 전빈의 머릿속은 뒤죽박죽이 되었다. 마하트란 이름도 있는가.

"대자방의 밀사는 협태라는 자로 호공한테서 무슨 부탁을 받은 것 같습니다."

우신이 조심스럽게 말을 이었다.

"하지만 밀담을 나누는 터라 그 내막은 모르겠습니다."

"그렇겠지."

고현이 머리를 끄덕였다. 오시(낮 12시)가 되어갈 무렵이다. 거처로 사용하는 민가 뒤채에서 우신의 보고를 받는 중이었는데 주위는 경계가 삼엄했다. 우신이 이곳까지 오는데도 수하들이 여러 번 미행을 확인했다. 그때 우신이 금자를 받은 값을 하겠다는 듯이 상반신을 내밀고 열

115

심히 말했다.

"하지만 나리, 수소문한 결과 이것 한 가지는 알아냈습니다. 주왕 호공이 이번에 비밀창고에 쌓아놓았던 재물을 두 자루나 꺼냈다고 합니다."

"……."

"비밀창고는 내궁의 왕 침전 옆에 있는데 문이 놋쇠로 되어 있어서 열려면 장정 10여 인이 힘을 써야 되지요. 그래서 은밀하게 처리하려고 해도 여럿이 알게 됩니다."

"그 재물을 대자방 밀자 놈들한테 주었단 말이군."

"예, 나리, 그렇게 내궁 시녀들한테 소문이 났습니다."

"그만하면 제 몫을 한 셈이지."

고현이 커다랗게 머리를 끄덕였다.

"이거 약속한 금자일세, 또 정보를 가져오면 다시 사례를 하지."

"감사합니다, 나리."

이제는 우신이 대뜸 손을 내밀어 고현이 밀어준 가죽 주머니를 받았다.

그날 오후에 성안에 나갔다가 돌아온 정관수가 고현에게 말했다.

"중랑장, 성안을 떠돌던 종광의 세작들이 보이지 않소, 그놈들이 그냥 돌아가지는 않았을 텐데 말입니다."

고현의 시선을 받은 정관수가 말을 이었다.

"호공이 대자방 자객들에게 종광의 세작들을 없애달라고 부탁한 것이 아닐까요?"

"그럴 수도 있지."

머리를 기울였던 고현이 정관수를 보았다.

"보이지 않는 것이 확실한가?"

"예, 내성의 정문 앞, 시장 입구와 끝, 시장 여관의 앞, 마장의 앞에 꼭 한 명씩 서 있던 졸개들이 모두 사라졌소, 그래서 주 비장이 지금은 그 놈들을 찾는다고 나갔소."

"괴이하군."

"하룻밤 사이에 사라진 것이 이상해서 다른 곳도 훑었지만 보이지 않소."

"호공이 종광의 세작들이 이곳에 와 있는지를 알까?"

"이곳은 호공의 영역입니다. 알고 있지 않겠습니까?"

"지난번 다실에서 만난 둘도 범상치 않았어. 하나는 여장남자였던 둘 말이야."

"두 놈이 데리고 나가서 어떻게 되었을까요?"

고현은 대답하지 않았다. 뒤를 따라 나가 보았지만 이미 그들은 사라져서 보이지 않았기 때문이다.

"그렇다면 이곳에는 대자방하고 우리만 남은 셈인가?"

정관수가 혼잣소리로 말했다.

밤, 자시가 되었을 때 내성에는 북이 울린다. 그 북소리를 신호로 순찰이 시작되고 통행인은 예외 없이 투옥한다. 주왕(周王) 호공의 명인 것이다. 전빈은 13번을 치는 북소리가 끝났을 때 길게 숨을 뱉었다. 다른 때 같았으면 진즉 잠이 들었을 것이다. 그런데 옥보의 말을 듣고 나서 자시가 될 때까지 잠을 이루지 못했다. 오히려 시간이 지날수록 점점 더 긴장이 되었다. 주위는 조용하다. 이곳은 내성의 중심, 호색한 호공은 후궁이 12명이나 있는 데다 닥치는 대로 여자를 상관하기 때문에 전빈은 잠자리를 한 지가 1년도 더 되었다. 그동안 독수공방을 했던 것이다. 이윽고 전빈이 머리 장식을 풀고는 베개에 머리를 눕혔다. 이미 방안의 불은 꺼놓아서 창호지 밖의 마루방 등빛이 흘러들어왔다. 그때였다. 갑자기 머리 위에 따뜻한 물체가 놓였으므로 전빈이 놀라 입을 딱 벌렸다. 그러나 다음 순간 벌어진 입이 다물리면서 온몸에 따스한 기운이 퍼져나갔다. 그때 어둠 속에서 사내의 목소리가 울렸다.

"마하트."

"마하트."

저도 모르게 따라 부른 전빈이 눈을 크게 떴다. 사내 하나가 바로 머리말에 앉아 있었지만 놀랍지가 않다. 가슴이 거칠게 두근거리는 것은 기대감 때문일 뿐이다. 사내가 손바닥으로 자신의 이마를 덮고 있는 것이다. 그때 사내가 물었다.

"네 이름이 무엇이냐?"

"전향입니다."

전빈이 고분고분 대답했다. 몸이 더워졌으므로 전빈이 덮은 이불을 걷고 저고리의 깃을 벌렸다. 사내가 다시 묻는다.

"이곳은 어떻게 왔느냐?"

"제 고향이 사천성 영주입니다. 그곳에서 부친이 역마를 키워 마장을 운영했지요. 그러다 호공의 군사가 습격해서 저를 데려왔습니다."

"납치되었느냐?"

"예, 제가 호공의 눈에 띄는 바람에 부친이 목숨을 건졌지요."

"나이가 몇이냐?"

"스물셋입니다."

그때 사내의 손이 이마에서 떨어졌으므로 전빈이 가쁜 숨을 뱉으며 물었다.

"나리, 어디 가십니까?"

"왜 그러느냐?"

"저를 이렇게 만들어놓고 그냥 가십니까?"

그때 사내가 어둠 속에서 이를 드러내고 소리 없이 웃었다. 화천은 전빈의 몸이 뜨겁게 달아올라 있는 것을 안다. 이미 온몸의 성감대는 꿈틀거리는 중이었고 골짜기 안의 동굴은 뜨거운 생명수로 흘러넘치고 있다. 터질 듯이 무르익은 전빈의 몸이다. 그때 전빈이 화천의 옷자락을 움켜쥐었다.

"나리, 절 죽여주세요."

"마하트."

화천이 전빈의 가슴을 움켜쥐었다.

"마하트."

전빈이 몸부림을 치면서 같이 부른다. 그러더니 전빈이 옷을 찢는 듯이 벗기 시작했다. 저고리가 벗겨졌고 곧 치마가 던져졌다. 화천은 천천히 바지를 벗었다. 그때 어느덧 알몸이 된 전빈이 화천의 허리를 끌어당겼다.

"마하트."

전빈의 목소리는 갈라졌다.

"마하트.가쁜 숨소리에 이어서 외침이 숨찼다. 그때 화천이 전빈의 몸 위에 올랐다.

"마하트."

헛소리처럼 부르던 전빈의 입이 딱 벌어졌다. 화천의 몸이 깊숙이 들어갔기 때문이다.

"으아악."

전빈이 이를 악물고 신음을 뱉더니 허리를 흔들기 시작했다. 전빈의 몸은 뜨겁다. 화천이 전빈에게 말했다.

"나를 기다려라."

전빈이 신음과 함께 대답했다.

"예, 마하트."

"내가 너에게 지시를 할 것이다."

"예, 마하트."

"내 이름은 화천광풍."

"예, 마하트."

"네 주인이다."

"예, 마하트."

그러더니 전빈이 하체를 추켜올리면서 이 사이로 부르짖는다.

"화천광풍, 내 주인이시어."

주위를 둘러본 호공이 목소리를 낮췄다.

"그럼 대자방에 함천을 맡기겠소."

"염려하지 않으셔도 될 것입니다."

협태가 웃음 띤 얼굴로 앉은 채 머리를 숙였다. 밤, 자시(12시)가 넘어서 축시(2시)가 되어갈 무렵이다. 내성의 접견실에는 주왕 호공과 재상 위정진, 그리고 대자방 밀사로 온 협태와 보좌역 오기성까지 넷이 둘러앉았는데 이제야 협상이 끝났다. 협태가 말을 이었다.

"함천이 장악하고 있는 귀주 서남부는 산세가 험해서 대군이 움직일 수가 없습니다. 그러니 요수만 엄밀히 방어하고 밀정을 잘 운용하면 충분히 대비할 수가 있습니다."

"한 달에 황금 3천 냥이면 기마군 1천을 양성할 수가 있소."

"우리가 기마군 5천 역할을 할 겁니다."

협태가 말을 이었다.

"더구나 흔적도 남기지 않고 적정을 탐지해서 방비를 하고 요인을 암살합니다."

대자방에서는 요수와 형안성 주변에 밀정 1백을 풀어놓게 될 것이었다. 귀주 서남쪽 형안성을 중심으로 농민을 이끌고 함천이 봉기했는데 여섯 달밖에 되지 않았는데도 5개 현을 장악했고 군세는 5만에 이르렀다. 그래서 주왕 호공은 대자방에게 함천의 감시와 견제를 의뢰한 것이다. 그 대가가 한 달에 황금 3천 냥이며 대자방은 밀정 1백을 낸다는 것이다.

"그럼 지금부터 형안성으로 내려가겠습니다. 앞으로는 수하로 부려 주시지요."

협태가 넉살 좋게 말했으므로 호공의 얼굴에 웃음이 떠올랐다.

"위에는 종광이 있는 데다 발밑에서 쥐새끼가 꿈틀거리고 있어서 꺼림칙했었는데 이제 좀 낫군."

"쥐가 어떻게 움직이는지 샅샅이 보고를 드리지요."

협태가 맞장구를 쳤다.

호공과 협태 일행이 접견실을 떠났을 때는 잠시 후였다. 그때 천장의 가로로 뻗은 서까래가 흔들리는 것 같더니 그것이 곧 사람의 형체로 변했다. 바로 주리홍이다. 주리홍이 긴 숨을 뱉었을 때 방으로 화천이 들어섰다. 마치 제 방으로 들어서는 것처럼 태연한 표정이다.

"왜 이제 오는 거야?"

방바닥으로 소리 없이 내려선 주리홍이 묻자 화천이 먼저 빙긋 웃었다.

"분신술이 제법 갖춰졌구나."

"다 낭군께서 전이해주신 덕분이지."

"하지만 어깨가 아직도 기둥이 되어 있는 것을 모르는군."

화천의 지적에 놀란 주리홍이 제 어깨를 보았다가 쓴웃음을 지었다. 어깨가 검은 나무토막처럼 굳어 있었기 때문이다. 어깨를 흔들자 제 몸으로 돌아왔으므로 주리홍이 이제는 유심히 화천을 보았다.

"내궁에 들어가 뭘 한 거야?"

"백상교도를 하나 만들었어."

화천이 바로 화제를 돌렸다.

"호공과 대자방 사내들하고의 밀담은 다 들었나?"

"이제 귀주의 도적떼 상황을 다 알게 되었어."

주리홍의 얼굴에 생기가 띠어졌다.

"대자방 무리는 위충현의 사병(私兵) 노릇만 하는 것이 아니었어. 천하(天下)를 흥정하는 놈들이었어."

4장
주유천하

다음 날 아침, 눈을 뜬 화천이 창가에 서 있는 주리홍을 보았다. 창에 비치는 햇살로 보면 아침 묘시(6시)쯤 되었다. 시선을 느낀 주리홍이 몸을 돌렸는데 눈빛이 가라앉아 있다.

"나, 황성으로 돌아가야겠어."

누운 채 화천은 시선만 주었고 주리홍이 말을 이었다.

"이 상황을 알려줘야만 해. 너하고 같이 간다면 좋겠는데."

"황성으로 말이냐?"

화천의 얼굴에 쓴웃음이 떠올랐다.

"가서 황제를 뵙고 벼슬하나 받으란 말이구나."

"벼슬을 원한다면 대장군도 시켜주지."

침상으로 다가온 주리홍이 정색했다.

"나를 부인으로 맞을 수도 있고."

"지금은 아니냐?"

"지금은 주리홍을 가졌을 뿐이지, 황제의 누이하고 맺어진 건 아니야."

“난 네 몸만 있으면 돼.”

“역시 같이 가지 못 하겠다는 말이군.”

어깨를 늘어뜨린 주리홍이 지그시 화천을 내려다보았다.

“그럼 너는 여기서 뭘 할 테냐?”

“이 조그만 성에서 떠나야지.”

침상에서 몸을 일으킨 화천이 웃었다.

“주유천하하면서 백상교도를 만들 테다. 그래서 천하에 백상교도를 깔아 놓을 거다.”

“색도(色道)로 천하를 통일한다는 말인가?”

“난세에 억압받고 굶주리고 병든 백성들에게 색락(色樂)을 주겠다는 것이야. 너 같은 주씨 일문은 생각지도 못 했던 방법이다.”

“과연.”

쓴웃음을 지은 주리홍의 얼굴이 붉어졌고 두 눈이 번들거렸다. 어느덧 색욕이 일어났기 때문이다. 주리홍이 화천을 노려보며 저고리를 벗었다.

“네가 색기(色氣)를 뿜어낸 것을 이제 나도 알 만큼은 되었어.”

“옳지.”

화천이 웃음 띤 얼굴로 주리홍을 보았다. 주리홍은 치마를 벗는 중이다.

“그래, 하지만 참을 수는 없지 않느냐?”

어느덧 알몸이 된 주리홍이 음부를 가리지도 않고 침상 위로 올라오더니 화천의 옷을 벗긴다. 주리홍이 가쁜 숨을 뱉으면서 말했다.

“마하트.”

"뭘 드시려우?"

하인이 다가와 묻자 화천이 건성으로 국수와 삶은 돼지고기, 그리고 술을 시켰다. 저녁 유시(6시) 무렵, 이제는 혼자가 된 화천이 개음현성의 주막에서 저녁을 시키고 있다. 주리홍은 오후에 황성으로 떠났다. 언제 다시 만나기로는 기약하지 않았지만 화천이 주유 일정을 말해주기는 했다. 곧 귀주를 떠나 난세의 중심이 된 호남성으로 떠난다고 한 것이다. 명(明) 제국의 의사당 당주이며 공주인 주리홍이 호남성에 오지 않을 수가 없을 것이다. 곧 종업원이 술부터 가져왔는데 화천은 술병을 보고는 입가에 웃음을 떠올렸다. 주막 안에는 손님이 가득 차 있는 데다 소란했다. 손님들은 농민, 상인, 지나던 행인이 대부분으로 화천도 때 묻은 도복을 걸친 여행자 차림이다. 잔에 술을 채운 화천이 무심한 시선으로 주위를 둘러보았다. 시선을 마주치는 사람은 없다. 그러나 술병의 술에는 독약이 섞여 있다. 50여 명의 군상 중에 연루된 인간이 있을지도 모른다. 이윽고 잔을 든 화천이 한 모금에 술을 삼켰다. 목구멍으로 독이 넘어갔지만 곧 해독이 되어서 위 안으로 떨어졌다. 화천에게 독은 물이나 마찬가지다. 독은 사천성 거미독이다. 독을 한 방울이라도 마시면 사지가 비틀리면서 즉사한다. 독의 효능도 아는 터라 화천은 즉시 사지를 비틀면서 땅바닥으로 넘어졌다. 그 순간 주변에서 소란이 일어났다. 하인들이 달려와 화천의 상태를 보더니 즉시 사지를 떠메고 주방 뒤쪽으로 데려갔는데 사람들은 치료를 하려는 줄로 알았겠지만 일사불란했다. 뒤쪽 땅바닥에 화천을 눕힌 하인들이 금방 물러선 것도 그렇다. 어둠에 덮인 주막 뒷마당에 누워 있는 화천의 옆으로 발자국 소리가 다가왔다. 곧 두 사내가 화천의 옆에 섰다.

"거미독의 효력이 크군."

사내 하나가 감탄했다.

"한 잔을 마시더니 즉시로 사지를 뻗었어."

그때 화천의 등짐을 뒤지던 사내 하나가 놀란 외침을 뱉었다.

"이크, 이런 횡재가 있나? 황금이 들었네!"

"어디?"

사내 하나도 그쪽에 달라붙었다. 화천의 등짐에는 금화가 2백 냥 가깝게 들어 있었던 것이다.

"이런, 오늘은 1년 벌이를 했구나. 우리 이걸 나눠 갖고 주인한테는 말하지 말자."

"아, 그래야지."

"자, 내가 품에 넣을 테니까 일 끝나고 나누기로 하지."

"빨리 이놈을 벗겨야 돼, 몸이 굳기 전에 만두소로 만들어야 한단 말이야."

둘의 시선이 다시 화천에게로 옮겨졌다.

"이놈은 커서 만두소로 만들면 손님 1백 명은 먹이겠다."

"털만 다 벗기면 뼈까지 곰탕 국물용으로 쓰이니까."

웃음 띤 목소리로 말한 둘이 화천에게 붙어 앉았다.

잠시 후에 어둠 속에서 주방 하인들이 다가왔다. 세 명이 각각 커다란 고기 담는 그릇을 들었는데 앞장선 사내가 툴툴거렸다.

"에, 피비린내가 진동을 하는군, 다 해부를 해놓은 모양이다."

"자, 어서 담세."

따라온 사내가 그릇을 내려놓고 말했다. 어둠 속이라 희끗한 얼굴만 보인다.

"어, 여기 다리가 있군."

시체를 모두 토막으로 잘라놓은 것이다. 셋은 마당에 주저앉아 토막을 낸 시체를 그릇에 담는다. 주방으로 가져가 고기로 사용하려는 것이다.

"가만, 이게 팔이 몇 개여?"

어깨에서부터 잘려진 팔을 그릇에 담던 사내 하나가 소리쳤다.

"팔이 세 개 아녀?"

"아니, 여기는 다리가 네 개……."

다른 사내가 다리를 줍다가 소리쳤을 때

"으악!"

옆쪽 사내가 벌떡 일어섰다.

"머리통이 두 개다!"

민심이 흉흉하면서 주막에서 뜨내기손님을 잡아 고기로 쓰는 일이 빈번해졌다. 이 주막이 잘되는 이유가 있었다. 뜨내기손님을 잡아 고기로 팔고 있었던 것이다. 잠시 후에 주방장 황 씨가 이맛살을 찌푸리며 짜증을 내었다.

"이 빌어먹을 놈들이 왜 안 오는 거야? 지금 만두소를 넣어야 하는데?"

주막은 장사가 잘되어서 주방에만 여섯 명이 일한다. 주방장 겸 주인 황 씨가 옆에 있는 하인에게 말했다.

"네가 뒷마당에 가봐라, 이놈들이 만두소를 넣어야 하는데 게으름을 피우고 있다."

그때 주방으로 사내 하나가 들어섰으므로 시선을 들었던 황 씨가 숨을 들이켰다. 조금 전에 자신이 '만두소 고기'용으로 지명했던 손님인 것이다. 죽어서 뒷마당으로 실려 갔던 놈이 멀쩡한 모습으로 주방에 들어왔다. 그러나 황 씨는 입을 열지도 못했다. '만두소 고기' 손님이 옆에 놓인 고기 자르는 칼을 들어 황 씨의 목을 쳤기 때문이다. 단칼에 머리통이 도마 위로 떨어지자 사내는 칼끝으로 머리통을 끓는 물속에 넣었다.

"으앗!"

놀란 주방 안에서 비명이 터졌지만 잠시 후에는 들리지 않았다. 남아 있던 주방 하인 다섯은 모조리 머리통이 몸에서 떼어져 끓는 솥 안으로 던져졌기 때문이다. 주방 바닥에는 머리 없는 시체만 즐비하게 늘어져 있다.

다 죽인 김에 화천은 주막 안채로 들어가 살이 피둥피둥 찐 주인 황 씨의 처와 하인 둘까지 머리통을 떼어놓았다. 그러고는 장롱을 뒤져 금자 3백 냥까지 꺼내 등짐에 넣었다. 이 금자도 행인을 죽이고 강탈한 것이 분명했다. 방에서 나오다가 밖에서 들어오던 황 씨의 스물서너 살짜리 아들까지 베어 죽인 후에 뒷문으로 해서 주막을 나왔다. 일가를 몰살한 셈이다.

밤길을 걸어 화천이 북상하고 있다. 자시(12시) 무렵, 주왕 호공의 왕성인 개음현성을 떠난 지 두 시진쯤 되었다. 짙게 어둠이 덮인 밤길을 걸으면서 화천의 머릿속에 수많은 상념이 떠오른다. 계양산 용문사의 불목하니 시절부터 동굴 안의 7년 4개월 동안까지가 주마등처럼 머릿속을 스치고 지나간다.

"마하트시어."

별들이 가득 찬 하늘을 우러러보면서 화천이 소리쳤다.

"마하트시어! 저는 큰 세상을 보려고 합니다!"

마하트는 저 깊은 하늘 속 어딘가에서 온 것이 분명했다. 마하트는 인류가 아닌 것이다. 시간이 지날수록 심신비전 144장이 머릿속에서 혼합되어 새로운 기술, 새로운 몸이 창조되고 있다. 이것은 인류의 창조물이 아니라는 것이 점점 분명해지고 있는 것이다. 마하트는 절대자의 기록인이었으나 절대자의 이름이 없는 터라 대리인인 마하트를 불러 찬양하는 것이다.

"마하트시어! 저를 이끄소서!"

"오냐, 이리 오너라."

불쑥 옆쪽 숲에서 대답 소리가 들렸으므로 화천의 시선이 옮겨졌다. 그러나 놀라지는 않았다. 이미 1백여 보 거리에서부터 풀숲에 사내 네 명이 잠복하고 있는 것을 알았기 때문이다. 밤도둑이다. 걸음을 멈춘 화천의 앞으로 사내 넷이 다가와 섰다. 모두 손에 칼과 비수를 들었는데 살기가 충천했다. 칼에서도 피비린내가 난다. 화천의 무공(武功)은 강호무림인과는 전혀 다른 양식이다. 무공이라고 불릴 것이 없다고 봐야 될 것이다. 무술과는 다른 유형의 기술이다. 무(武)란 호반을 뜻하는 말이니 화천의 기술은 외계인 절대자가 전수해준 '인간의 절대기능'이라는 표현이 맞다. 무림인(武林人)은 무림인을 안다. 네 사내는 제각기 무술을 익힌 터라 상대방인 화천이 체구는 장대했지만 전혀 무술의 기세를 풍기지 않는 것을 간파했다. 그리고 마음을 놓는다.

"이봐라, 보퉁이를 내려놓고 가거라."

넷 중 하나가 점잖게 말했다.

"보아하니 무술을 모르는 상인 같은데 반항하면 베어 죽이겠다. 자,

어서.”

“너희들 숙소가 어디냐?”

화천이 되물었더니 넷의 반응이 제각각이다. 그러나 놀란 사내는 없다. 대꾸하기도 싫다는 듯이 먼저 말을 꺼낸 사내가 맨 왼쪽 사내에게 지시했다.

“죽여라.”

그 순간 왼쪽 사내가 번개처럼 들고 있던 비수로 화천의 가슴을 찔렀다. 한 발짝 거리여서 비수는 여지없이 화천의 가슴에 깊숙이 박혔다.

“앗!”

그때 외침은 비수를 쥔 사내에게서 터졌다. 비수가 허공에 내질러졌기 때문이다. 그런데 목표는 그 자리에 떠 있다.

“에잇!”

다시 비수를 거둬들인 사내가 이번에는 좌우로 후려쳤다. 목을 벤 것이다. 그러나 이번에도 헛칼질이다.

“왜 이러는 거냐?”

그때 나머지 사내들이 한 걸음 뒤로 물러서면서 투덜거렸다. 어둠 속에 선 사내를 향해 제 동료가 칼질을 하는 것이 이상했기 때문이다. 그림자를 베었는가? 그렇다. 화천의 몸통을 벤 것은 맞다. 그러나 한순간 전의 몸을 벤 것이다. 화천은 이미 같은 공간에서 이동을 했기 때문에 영상만 남은 것이다. 그때 지시를 했던 맨 오른쪽 사내의 머리가 갑자기 땅바닥으로 떨어졌다. 어둠 속이어서 목에서 피가 솟아 나와 옆으로 튀겼을 때야 옆쪽 사내들이 알아차렸다.

“예, 저 곳입니다요.”

130

사내가 가리킨 곳은 산골짜기의 낡은 폐사, 깊은 밤이었지만 허물어진 대웅전과 요사채가 드러났다.

"저곳에 진을 치고 도적질을 했습지요."

길에서 10리(5km)쯤 떨어진 산속이라 인적도 뚝 끊긴 곳이다. 화천은 넷 중 하나만 살려 도적들의 근거지로 안내시킨 것이다. 폐사로 다가갔을 때 안쪽에서 인기척이 났다. 그때 사내가 묻지도 않았는데 말했다.

"예, 안에 납치해온 여자 둘에 두목과 두목의 처가 있습니다."

"앞장서라."

화천이 말하자 사내가 앞장을 섰다. 길도 없는 바위투성이의 골짜기다. 폐사 앞으로 다가갔을 때 인기척을 들었는지 앞쪽에서 사내 목소리가 울렸다.

"마광이 오느냐?"

"나, 후성이오!"

사내가 제 이름을 부르자 앞쪽에서 다시 물었다.

"왜 둘만 오느냐?"

어딘가에서 다 보고 있는 것 같다. 그때 화천이 소리쳤다.

"금을 가져오느라고 뒤에 처졌소!"

놀랍게도 금방 대답한 후성이란 사내의 목소리와 똑같다. 놀란 후성의 시선을 받은 화천이 다시 소리쳤다.

"행인 하나를 털었는데 금화 1천 냥을 지니고 있었소!"

"무엇이!"

"마광이 우리더러 먼저 가라고 해서 오는 길이오."

그때 20보쯤 앞으로 다가간 폐사의 어둠 속에서 검은 그림자가 나타났다. 큰 체구에 손에는 긴 창을 쥐었다.

"마광, 그놈이 금을 가지고 뒤에 처졌다고? 누구하고?"

그때 화천이 앞으로 다가갔다. 거리가 가까워지자 사내의 윤곽이 드러났다. 사내도 화천이 보일 것이었다.

"아니, 너는……."

눈을 치켜뜬 사내의 체구는 컸다.

"네놈은 누구냐?"

"내 이름은 화천."

화천이 다가가면서 말을 이었다.

"천하를 유람하는 중이다."

"이, 이놈."

다섯 걸음 간격이 되었을 때 사내가 내지른 창이 화천의 목을 스치고 지나갔다. 내공이 실린 엄청난 기세가 느껴졌다. 그러나 창은 길이가 긴 만큼 회수하기가 어렵다. 사내가 창을 옆으로 휘둘렀으나 몸을 비낀 화천이 손으로 목뼈를 쳤다.

"뿌득!"

목뼈가 부러지면서 머리가 비틀리며 꺾어진 사내는 그대로 넘어지면서 절명했다. 뒤를 따르던 후성이 숨을 들이켰다. 동료 셋의 죽음도 끔찍했다. 셋이 모두 머리통이 떼어져 죽었는데 마치 무를 자르듯이 단번에 몸통과 분리시켰다. 가볍게 칼을 휘두르는데도 머리가 양초로 붙여놓은 것처럼 몸통에서 떨어진 것이다.

"자, 가자."

화천이 마치 제집으로 들어가는 것처럼 뒤를 따르는 후성에게 말했다.

"네 낭군이 두목이야?"

요사채 끝방은 멀쩡했고 바닥에는 호피까지 깔려 있어서 현령의 침실보다 나았다. 화천이 두목이 앉았던 자리에서 앞쪽의 여자한테 물었다. 촛불이 일렁거리면서 여자의 얼굴에 그림자가 흔들렸다. 역시 약탈해온 것이겠지만 비단 치마저고리를 입은 여자는 절색이다. 도무지 흉악한 몰골의 두목 부인 같지 않다. 그때 여자가 눈을 들고 화천을 보았다.

"그렇습니다."

맑은 눈, 조금도 두려움이 보이지 않는 표정이다. 여자의 시선을 받은 화천의 얼굴에 웃음이 떠올랐다.

"네가 음탕한 년이구나."

여자는 시선만 주었는데 물기를 머금은 눈이 불빛을 받아 번들거렸다. 얇고 윤기 흐르는 입술은 꾹 다물렸으며 반듯한 콧날은 매끄럽다. 피부는 붉은 기가 떠 있었는데 숨결에 향내가 맡아졌다. 뒤쪽에 선 후성이 숨을 죽였다. 그때 화천이 말했다.

"너 같은 색골은 내가 처음 만난다. 넌 하룻밤에도 한 놈과는 양이 차지 않는 년이다. 그렇지 않으냐?"

"어찌 그리 잘 아십니까?"

여자가 놀랍지도 그렇다고 부끄러움을 타는 것 같지도 않은 얼굴로 물었다. 제 남편을 죽이고 온 사내가 무섭지도 않은 것 같다. 화천이 지그시 여자를 보았다.

"남자를 밝히는데도 지금까지 한 번도 극락구경을 못 했구나. 하면 할수록 갈증이 나서 미칠 것 같지 않더냐?"

이제 여자는 숨을 죽였고 화천의 말이 이어졌다.

"물이 많구나, 그것은 욕망의 열기가 몸에서 습기를 빨아들여 분출시키는 것이다. 너는 방사를 할 때 바닥을 질펀하게 적신다, 그렇지 않느냐? 너는 색욕이 넘쳐서 두목 놈의 처 노릇을 했지만 이곳 졸개들을 가만 내버려 두었을 리는 없겠지."

화천이 머리를 돌려 문 옆에 서 있는 후성을 보았다.

"너도 상관했겠지?"

"아, 아니오."

질색을 한 후성이 시선을 피했을 때 화천이 쓴웃음을 짓고 말했다.

"가서 납치해온 여자 둘을 데려오너라."

곧 여자 둘이 방안으로 들어왔으니 폐사 도적단의 살아남은 식구는 다 모인 셈이다. 여자 둘은 20대와 30대로 둘 다 박색은 면한 용모여서 도적들이 주방일과 잠자리 시중을 들게 하려고 잡아온 것이다. 화천이 문 옆에 꿇어앉은 둘에게 물었다.

"내가 도적단을 다 죽였다. 너희들을 풀어줄 테니 떠나지 않겠느냐?"

둘이 제각기 반색을 했으므로 화천이 후성에게 물었다.

"두목 놈이 모아놓은 재물이 있느냐?"

후성이 두목 처의 눈치를 보자 이번에는 화천이 처에게 묻는다.

"재물 숨겨놓은 곳을 대라, 숨기거나 애를 먹이면 죽이고 찾아낼 테니까."

"저쪽 상자에 들었소."

두목 처가 눈으로 구석에 놓인 나무 궤를 가리켰다. 화천이 후성에게 말해서 상자를 열어보았더니 금화가 1백 냥 가깝게 들어 있었다. 그것을 절반씩 나눠서 여자들에게 준 화천이 후성에게 물었다.

"너도 살려주마, 하지만 여자들이 먼저 가고 나서 떠나거라."

"예, 나리."

후성이 고분고분 대답했다.

"목숨을 살려 주신 것만으로도 태산 같은 은혜를 입었소이다."

여자들이 화천에게 몇 번이나 사례를 하고 떠났을 때 화천이 하품을 하고 나서 말했다.

"너도 한숨 자고 아침에 떠나거라."

후성에게 한 말이다.

아침에 후성이 떠난다고 인사를 했으므로 화천은 두목의 방을 뒤져 값이 나갈 만한 물건을 가져가라고 했다. 그랬더니 호피를 걷어 묶었고 상자를 뒤져 금붙이와 패물을 찾아내었다. 후성이 떠나자 폐사에는 둘이 남았다. 실컷 자고 난 화천이 피로가 풀린 몸으로 마루에 나왔더니 여자가 뒤에서 물었다.

"저는 어떻게 하시렵니까?"

"뭘 어떻게 한단 말이냐?"

신발을 신으면서 물었더니 여자가 뒤로 다가와 섰다.

"어젯밤에 왜 저를 안지 않으셨습니까?"

여자를 제 방에다 두고 화천은 옆방에서 잔 것이다. 머리를 돌린 화천이 여자를 보았다.

"음탕한 년일세."

"맞습니다, 그렇다고 하시지 않았습니까?"

"네 욕망을 채워주기가 싫었다."

"나리의 색욕은 채우지 않으십니까?"

"나한테서 색의 절정을 알게 되겠지만."

화천이 정색하고 여자를 보았다.

"너는 다른 남자한테서는 그 쾌락을 느끼지 못 한다. 그래서 결국은 말라 죽게 된다."

"무슨 말씀이오?"

"네 색기를 채워줄 남자를 만날 수가 없게 될 테니 찾다가 말라죽는다는 말이다."

"나리."

여자의 두 눈이 더 번들거렸다.

"죽어도 좋소."

혀로 입술을 축인 여자가 말을 이었다.

"이 더러운 인생 절정이나 맛보고 죽을 테요."

한낮, 골짜기의 폐사에서 기괴한 외침이 울린다.

"아아아아."

짐승의 외침 같기도 했고 죽어가는 사람의 단말마 비명처럼 들리기도 한다.

"아아악."

신음 같은 비명은 계속되고 있다. 폐사로 날아왔던 새들이 놀라 도망쳤고 먼 쪽에서 짐승이 동료 울음인 줄 알았는지 길게 울어 응답했다.

"아아악악."

외침은 계속되었다. 끈질기게 이어지는 외침은 지치지도 않는 것 같다. 더욱 커졌다가 잦아지기를 반복하고 있다. 어느덧 한 시진이 지나 두 시진째에 접어들었고 햇살이 비스름하게 그림자를 만들었을 때 외침이 높아지기 시작했다. 그러더니 하늘이 터질 것 같은 신음으로 바뀌었다.

"으아아악."

그러고는 폐사에 정적이 덮였다. 이것은 멀리서 폐사에 다가가지도 못하고 얼쩡거렸던 늑대 한 마리의 귀에 들린 소음이다. 소음이 그쳤지만 늑대는 폐사에서 풍기는 암내의 유혹에서 벗어나 몸을 돌렸다. 그러고는 꼬리를 말고 사라졌다.

"나리."

알몸이 땀으로 젖어 물을 쏟아 부은 것 같은데도 여인은 사지를 가리지도 않고 화천을 불렀다. 가쁜 숨이 아직 가라앉지 않아서 목구멍에서 쇳소리가 난다. 그러나 화천을 바라보는 눈은 열기를 띠고 있다. 옷을 차려입은 화천이 서서 여인을 내려다보았다. 말짱한 얼굴, 숨도 고르다.

"왜 그러느냐?"

"이젠 죽어도 여한이 없소."

여자의 눈에서 주르르 눈물이 흘러내렸다. 눈가로 흘러내린 눈물이 귓가로 떨어진다.

"나리, 고맙습니다."

"네 이름이 무엇이냐?"

"소향입니다."

겨우 몸을 일으켜 앉은 여자가 옷가지로 음부만을 가리고 화천을 보았다.

"제 색욕을 이렇게 아름답게 마무리를 해주시다니요, 저는 전혀 부끄럽지도 않고 기뻐 소리치고 싶습니다."

"그래야지."

"이제 죽어도 여한이 없습니다."

"네 본색이 무엇이냐?"

"본래 운남성의 향관 딸이었지만 어렸을 때부터 음탕하다고 소문이 나서 쫓겨나 사내를 밝히고 다녔습니다."

소향이 말을 잇는다.

"그러다 도둑떼를 만나 어젯밤 죽은 놈의 잠자리 상대가 되었다가 신의 도움으로 나리를 만나게 되었습니다."

"내가 그냥 떠나려고 했지만 생각을 바꾸었다."

화천이 손을 뻗어 소향의 머리 위를 덮었다.

"이제 네 몸 안으로 마하트의 색기가 주입된다. 넌 앞으로 네 색(色)으로 마하트 교도를 모아라."

"마하트."

"너와 색을 나눈 사내는 모두 마하트 교도가 된다."

"마하트."

이제 소향도 상아진과 같은 마하트교 전도사가 된 것이다. 이윽고 화천이 손을 떼자 소향이 두 손을 모으고 물었다.

"교주님이시어, 어디로 가십니까?"

"난세의 중심으로."

소향의 시선을 받은 화천이 발을 떼었다.

"언제든지 교주께서 부르시면 달려가겠습니다."

화천의 등에 대고 말한 소향이 합장한 채 자취가 보이지 않을 때까지 눈을 떼지 않았다. 화천이 폐사를 나와 골짜기를 내려간다. 난세의 중심에서 무엇을 찾으려는가?

이곳은 귀주성 서쪽 양양현, 인구수가 많고 물산이 풍부한 곳이라 현청이 위치한 양양성(城)의 상주인구는 15만이 된다. 유동인구까지 합하면 하루에 20여만이 성안을 메우고 있다. 미시(오후 2시) 무렵, 현청 건너편의 다보각 여관으로 손님 하나가 들었다. 삿갓에 회색 장삼을 입고 등에 등짐을 메었는데 장신이다. 삿갓 밑으로 윤곽이 뚜렷한 호남 용모가 드러났으니 바로 화천이다.

"방이 있느냐?"

다가온 하인에게 묻자 바로 대답이 왔다.

"예, 은 한 냥짜리 방이 비었소."

"제일 좋은 방은 얼마냐?"

"금 두 냥짜리 귀빈실인데."

40대쯤의 하인이 쥐 같은 얼굴을 기울였다.

"귀빈실을 드리리까?"

화천이 잠자코 소매 속에서 금 두 냥을 꺼내 하인에게 던졌다. 금화가 몸에 맞고 바닥에 떨어져 번쩍이자 주위 시선이 모였다.

"아이고, 어서 드시지요."

옆쪽에서 사태를 관망하던 지배인이 그때서야 두 손을 내밀고 다가왔는데 염소수염을 붙인 얼굴이 환하게 펴졌다.

"소인이 모시지요."

앞장서 계단을 오르면서 지배인이 떠들썩한 목소리로 지껄였다.

"하인 놈의 무례를 용서해 주십시오. 제가 사죄하는 뜻으로 술 한 병을 올리겠습니다."

"술을 가져오려면 여자도 있어야지, 기녀 둘만 데려오게."

"나리, 그럼 금자 석 냥을 더 내셔야……"

화천이 다시 소매 속에서 금자 석 냥을 꺼내 지배인에게 내밀었다.

"아이고, 나리. 술상을 크게 봐드리지요. 기녀도 절색으로만 골라 보내겠습니다."

금자를 받은 지배인의 얼굴이 상기되었다. 지배인이 안내한 2층 방은 청과 다실까지 갖췄고 안쪽에는 목욕통까지 있다. 서둘러 지배인이 나갔을 때 화천이 삿갓과 보퉁이를 내려놓고는 장삼을 벗었다. 사천성을 떠나 중원(中原)으로 들어선 지 엿새째, 하루에 3백 리도 갈 수 있지만 세상 물정을 살필 겸 마을마다 쉬고 어떤 때는 한나절만 걸었다. 그러는 바람에 하루에 1백 리도 걷고 어제는 70리밖에 걷지 못했다. 목욕통에 더운물이 담겨 있었으므로 씻고 옷까지 갈아입고 나왔을 때 곧 문이 열리더니 하인들이 술상을 받쳐 들고 들어왔다. 뒤를 붉은 비단 바탕에 금박을 입힌 옷을 입은 기녀 둘이 따랐고 그 뒤를 악공들이 따른다. 그때 맨 뒤에 들어온 한 여인이 화천에게 절을 하며 말했다.

"소녀가 유곽 매파 옥선입니다. 기녀 둘을 데려왔지만 마음에 들지 않으시면 바꿔드리겠습니다."

화천이 기녀 둘을 보았지만 얼굴에 흰 칠을 한데다 입술은 금방 핏물을 마신 꼴이어서 똑같이 보였다.

"저것들은 되었다."

화천의 시선이 다시 매파에게 옮겨졌다.

"너도 남아서 시중을 들어라."

옥선이란 매파의 눈동자가 한번 흔들렸다가 고정되었다. 입술에는 옅게 웃음기가 떠올라 있다. 30세쯤 된 용모였고 가는 체격에 얼굴 윤곽은 섬세하다.

"나리, 제 값은 조금 비쌉니다."

"얼마냐?"

"금자 석 냥입니다."

화천이 옆에 놓인 가죽 주머니에서 금자 석 냥을 꺼내 내밀었다.

"옜다."

"그럼 저도 시중을 들지요."

금자를 받은 옥선이 악공들에게 자리를 배치했고 기녀에게는 시중들 지시를 했다. 노련한 움직임이다. 옥선이 허리춤에서 엽전을 꺼내더니 음식상을 놓고 나가는 여관 하인들에게 나눠주었다.

"고맙습니다, 조두(組頭)."

엽전을 받은 하인들이 일제히 옥선에게 사례했다. 하인들이 방을 나갔을 때 화천이 옥선에게 물었다.

"조두란 무엇이야?"

"예, 제가 기녀 20명을 데리고 있는 조두올시다. 그래서 그렇게 부릅니다."

"그렇군."

"나리께선 사천성에서 오셨군요."

"말투가 그런가?"

"예, 이곳은 처음이시지요?"

"잘 맞추는군."

옥선이 오른쪽에 앉았고 기녀 둘은 왼쪽이다. 잔에 술을 채운 옥선이 화천의 입술에 대어 주었다.

"나리, 무공(武功)이 높으신 분이군요."

"그걸 어떻게 아느냐?"

"몸을 보면 압니다."

화천이 잔에 손도 대지 않고 술을 삼키더니 입맛을 다셨다.

"색향(色香)이 나는구나."

"예, 이 술을 마시면 색정(色情)이 일어난다고 해서 색주(色酒)라고 부르지요."

"너도 한잔 마셔라."

"그러지요."

그때 악공들이 악기를 연주하기 시작했고 옥선의 눈짓을 받은 기녀 둘이 나가서 춤을 추면서 노래를 부르기 시작했다. 한낮이다. 여관의 이 층 방에서 풍악과 함께 노랫소리가 퍼진다.

"웬 놈이야?"

방준이 묻자 지배인 하사마가 대답했다.

"사천에서 온 촌놈입니다. 그런데 등짐 안에 금자가 가득 들었습니다."

방준의 표정을 본 하사마가 빙긋 웃었다.

"무게로 보면 5백 냥은 될 것 같습니다."

"복덩어리가 굴러들었군."

"행색을 보아하니 복건성이나 절강성으로 가서 하물을 구입하려는 상인 같습니다."

"거금을 쥐고 혼자 다니다니, 미친놈 아닌가?"

"저런 미친놈 덕분에 내가 사는 것 아닙니까?"

"하긴 그렇다."

방준이 손바닥으로 곰보 얼굴을 쓸면서 웃었다.

"오늘 밤 끝내야겠군."

"대형, 제 몫으로 2할만 주십시오."

"2할은 많아, 1할을 주지."

"좋습니다. 자시에서 축시 사이에 일을 치러 주시고 핏자국은 많이 나지 않도록 부탁드립니다. 지난번에 닦느라고 혼났습니다."

하사마가 웃음 띤 얼굴로 허리를 굽혀 보이고는 몸을 돌렸다. 방준은 양양현에서 출몰해온 강도단 두목이지만 타지인을 대상으로 했기 때문에 흔적이 거의 남지 않았다. 30대 중반의 방준은 검술에 능했고 몸이 날래서 이 층에서 땅바닥으로 뛰어내릴 때도 바늘 떨어지는 소리도 내지 않는다고 했다.

악기와 노랫소리를 들은 일행이 또 있다. 1층 다실에서 차를 마시던 세 사내다.

"이 층 올라갈 때 보았는데 상인 행색에 무공을 익히지 않은 놈이었소."

장진이 말하자 옆에 앉은 육기도가 머리를 끄덕였다.

"먼 길을 온 놈이 모처럼 기녀를 끼고 허세를 부리려는 것입니다."

"그렇다면 세상 물정을 모르는 놈이군."

쓴웃음을 지은 맹달이 둘에게 말했다.

"양양성이 아직 전화(戰火)에서 멀리 떨어져 있다는 표시인가?"

"성주 유권창이 선정을 베푼다고 하지만 태풍 속에서 저 혼자 비바람을 맞지 않겠다는 것이나 같습니다."

참모 역할의 육기도가 말했다. 셋은 호남성 반란군 총수인 남왕(南王) 종광의 수하로 양양성주 유권창에게 반란군에 가담할 것을 권유하러 와 있는 것이다. 그러나 인맥을 통해 내성 안에 서신을 보냈지만 닷새가 지나도록 아직 회신이 없다. 그때 맹달이 입을 열었다.

"오늘 밤까지만 기다렸다가 내일 다시 최후통문을 보내기로 하자."

"양양성은 귀주 서북면에서 가장 부유한 성이지요."

옥선이 술기운으로 붉어진 얼굴로 말했다. 악공들은 악기를 다듬는 중이었고 기녀들은 자리로 돌아와 쉬는 중이다. 옥선이 말을 이었다.

"성주님은 명관(名官)이시고 아직 전란의 영향을 받지 않아서 타지방에서 이주해오는 백성들이 많습니다."

"그런가?"

화천이 웃음 띤 얼굴로 옥선을 보았다.

"그런데 여관 지배인의 얼굴에 살기가 있었고 2층 계단에서 피 냄새가 진하게 맡아졌다."

순간 옥선은 물론이고 기녀들의 얼굴도 굳어졌다. 술잔을 든 화천이 한 모금을 삼키고 나서 옥선에게 물었다.

"최근에 여관에서 살인 사건이 일어나지 않았나? 피가 흐른 정도를 보면 셋이 죽은 것 같다."

"어찌 그리 잘 아십니까?"

놀란 옥선이 주위를 둘러보더니 목소리를 낮췄다.

"바로 옆방에 있던 손님이 도둑에게 당했지요, 옆방 손님의 위사가 도둑 하나를 베어 죽였지만 곧 손님과 함께 죽임을 당하고 재물을 빼앗겼습니다."

"태평성대가 아니지 않느냐?"

"그쯤은 태평성대에서도 일어납니다, 나리."

"그래서 어떻게 되었어?"

"순창군사가 와서 검시를 하고 범인을 쫓았지만 근거지 없는 강도단 소행으로 결론짓고 끝냈습니다."

"나도 그렇게 될 것 같구나."

"아이고, 나리, 그런 말씀 마시오."

옥선이 눈을 흘기더니 다시 기녀들을 일으켰고 악공들에게 지시했다.

"다시 노래하고 춤을 추어라."

"이 시각에 풍악을 울리며 놀다니 별 손님이 다 있구나."

마침 다보각 밑을 지나던 현령 겸 성주 유권창이 쓴웃음을 짓고 말했다. 마을 순시를 갔다가 돌아오는 길이었는데 밀행이어서 장삼에 깊은 삿갓을 썼다. 그때 옆을 따르던 중랑장 비규가 대답했다.

"이곳에서 닷새 전에 살인이 일어났습지요. 강서성에서 사천으로 가던 상인 조씨가 위사하고 둘이 살해되었습니다."

"그런가?"

발걸음을 멈춘 유권창이 이 층을 올려다보더니 여관 입구를 향해 몸을 돌렸다.

"나리."

질색을 한 비규가 불렀지만 막을 수는 없다. 옆에 바짝 붙은 비규에게 유권창이 말을 이었다.

"음악이 좋고 기녀의 노래가 일품이다. 나도 같이 듣자고 청해 보아라."

"예에."

건성으로 대답한 비규가 뒤를 따르던 호장과 판관을 손짓으로 부르면서 옆으로 비켜섰다. 모두 미복을 입은 미행이어서 한 무리의 사내들이 우왕좌왕하는 꼴이 되었다. 앞장선 유권창이 여관 입구로 들어서자 하인들이 달려왔다.

"어서 오십셔!"

먼저 소리친 하인에게 비장 하나가 어깨를 밀어젖히면서 눈을 부릅떴다.

"시끄러워! 이 잡놈아!"

그때 뒤따라 나오던 지배인 하사마가 유권창을 보더니 입을 딱 벌렸다. 하사마는 유권창의 얼굴을 아는 것이다.

"아이고, 성주께서."

현관 바닥에 털썩 무릎을 꿇은 하사마가 두 손을 짚더니 거북이 모습이 되어서 머리만 들었다.

"성주께 지배인이 문안드리오."

"성주께서 저 노래를 같이 들으시겠다니 네가 자리를 준비해라."

비규가 꾸짖듯이 말하자 지배인이 서둘러 대답했다.

"예, 예, 여부가 있습니까?"

"이놈아, 그럼 빨리 일어나 준비하지 않고 뭘 하느냐!"

"예이."

퉁기듯이 일어난 하사마의 얼굴에 땀이 배어 나왔다.

"나, 나리, 기녀와 악공을 어, 어디로 부를깝쇼?"

"이놈아, 같이 들으시겠다고 하지 않았느냐?"

비규가 걷어찰 듯이 다가갔더니 하사마가 재빠르게 몸을 돌리고는 계단을 뛰어올랐다. 그 뒷모습을 본 유권창이 쓴웃음을 짓고서 말했다.

"태평성대라고 해도 이 시간에 풍악을 울리면서 기녀의 노래를 듣는다는 건 과하다."

　화천이 방으로 들어선 유권창을 보았다. 40대 후반쯤으로 마른 체격에 눈빛이 강하다. 입은 꾹 다물었지만 입술 끝이 올라가 웃음 띤 표정이다. 화천이 허리를 숙여 절을 했다.

　"사천성 용제현의 화천이 성주님을 뵙습니다."

　"오, 내가 결례를 했어. 노랫소리가 너무 좋아서 말이네."

　다가온 유권창이 지그시 화천을 보았다. 화천이 유권창의 눈에 떠 있는 호기심과 놀람을 읽는다. 방안은 잠깐 정적에 덮였다. 문 앞에는 유권창을 수행해온 중랑장 비규와 비장 둘이 서 있고 그 뒤쪽에 지배인 하사마가 숨을 죽이고 있다. 조두 옥선은 머리를 숙인 채 굳어 있었는데 기녀 둘은 그 뒤쪽에 숨듯이 서 있다. 그때 유권창이 입을 열었다.

　"같이 노래를 들어도 되겠는가?"

　"예, 모시게 되어 영광입니다."

　유권창이 화천이 권하는 상석에 앉았고 곧 방안의 굳은 분위기가 풀렸다. 화천은 유권창의 비스듬한 옆쪽에 앉았는데 비규와 마주 보는 위치다. 옥선이 유권창의 시중을 들었고 자연스럽게 기녀 둘이 화천과 비규의 양쪽에 붙게 되었다.

　"그런데 화공(和公)."

　술잔을 든 유권창이 화천을 보았다. 다시 모두의 시선이 화천에게 모였고 유권창이 물었다.

　"화공은 상인인가?"

　"아닙니다. 소인은 의원입니다."

　"의원이라니? 병을 치료하는 의원이란 말인가?"

놀란 듯 유권창의 눈이 커졌다.

"예, 각지를 유람하며 병든 자, 다친 자를 치료하고 있습니다."

"허어."

눈을 가늘게 뜬 유권창이 화천을 보았고 옥선도 놀란 것은 마찬가지인 것 같다. 화천한테서 시선을 떼지 않는다. 그때 비규가 불쑥 물었다.

"이보시게, 의원, 내 몸을 진맥 한번 해보시지."

화천이 힐끗 비규를 보더니 말했다.

"위가 좋지 않아서 채소는 소화가 안 되고 고기만 드시는군요."

비규가 숨을 들이켰고 화천이 말을 이었다.

"밤에 소변을 여러 번 보시는데 내가 오늘 밤부터 낫게 해드리리다."

"으음."

비규의 얼굴이 하얗게 굳어지더니 유권창을 보았다.

"나리, 맞췄습니다."

"오호, 그런가?"

유권창이 감탄한 듯 눈을 크게 떴다.

"화 의원, 그럼 내 신체를 봐주겠나?"

"성주께선 어지럼증이 있으셔서 가끔 혼절을 하십니다."

"오오."

유권창의 얼굴이 굳어졌다. 간질병이다. 요즘은 일 년에 세 번 정도로 발작이 일어났는데 다행히 발작 징후가 있다. 수족이 저리면서 머리가 납덩이가 든 것처럼 무거워진다. 그 직후에 간질병이 발작하는 것이다. 징후가 보이면 재빠르게 내실로 피하거나 몸을 숨겼기 때문에 성안에서 그 사실을 아는 관리는 없다. 그때 화천이 말했다.

"머리에 돌덩이가 든 것처럼 무겁고 수족이 저리지 않습니까? 그때 혼절을 하시게 되지요."

유권창이 어금니를 물었을 때 화천이 얼굴을 펴고 웃었다.

"소인이 하룻밤만 치료하면 낫게 되실 겁니다. 깨끗하게 지워드리지요."

"화씨 성을 썼는데 명의 화타의 후손 아니신가?"

유권창이 정색하고 묻더니 지그시 화천을 보았다.

"화공, 이럴 것 없네. 우리, 내 처소로 가세, 어서 일어나게."

"성주하고 같이 내성으로 돌아갔어?"

놀란 방준이 눈을 부릅떴다. 오후 술시(8시) 무렵, 여관 뒷마당의 마구간 옆쪽에 지배인 하사마와 방준이 마주보고 서 있다. 내성이란 성주의 처소인 것이다.

"그렇다니까요. 그놈이 알고 보니 신통한 의원이었소. 성주가 그놈한테 화타의 후손이 아니냐고 했습니다."

제 눈으로 직접보고 들은 터라 하사마가 입에 침을 튀기면서 열변을 토했다.

"아, 글쎄, 중랑장의 병을 대번에 알아맞히더니 성주의 병을 오늘 밤 안에 낫게 해준다고 했소."

"……."

"그랬더니 성주가 술 한 잔 마시지도 않고 그놈을 끌고 갔단 말이오. 아마 오늘 밤 내궁에서 잔치를 벌여줄 거요."

"이런, 젠장."

방준이 혀를 찼다.

"내가 부하를 여섯이나 불러왔는데 술값도 못 주게 생겼다."

그때 하사마가 몸을 돌렸으므로 방준이 소매를 쥐었다.

"술값을 내놓아."

남왕(南王) 종광의 수하 맹달은 제 눈으로 성주 유권창이 여관에 들어왔다가 나오는 것을 본 터라 더 안달이 났다. 유권창이 노랫소리에 끌려왔다가 용한 의원을 만나 데리고 돌아갔다는 말은 들었지만 그건 상관없는 일, 유권창을 직접 본 터라 더 조급해졌다. 그렇다고 만인이 보고 있는 터에 유권창과 만날 수는 없는 노릇이다.

"내일 밤에 내가 직접 들어가겠다."

맹달이 결심하고 말했다. 지금까지 사람을 시켜서 유권창에게 종광의 서신을 전했을 뿐 만나지는 못한 것이다.

"장군, 괜찮겠습니까?"

육기도가 묻자 맹달이 쓴웃음을 지었다.

"이곳에서 날 잡을 놈은 없다."

맹달은 소림사 부방주 출신으로 20여 년간 무술 사범을 지냈다. 그랬다가 2년 전 남왕 종광에게 투신하여 지금은 장군 칭호를 받는다. 육기도와 장진을 둘러본 맹달이 말을 이었다.

"내일 밤에 결말을 내고 돌아가기로 하자. 유권창이 불응한다면 죽이고 가야지, 우리에게 적이 될 놈이니까."

유권창은 47세로 지방관 생활만 10여 년이다. 성품이 곧고 청렴해서 주민의 인망은 높았지만 윗사람의 시기를 많이 받아서 출세는 늦었다. 유권창과 같이 급제를 한 동문 중에 조정의 상서, 시랑, 태사 등 고위직이 수십 명이나 된다.

"자, 내 집 술은 여관보다 못하네."

처소로 돌아와 다시 술상을 차렸을 때 유권창이 술을 권하면서 말했다. 이제는 말투도 은근해졌고 손님 대접이다. 내실의 청 안이다. 벌써 명의가 왔다는 소문이 나서 청의 위쪽에는 유권창의 식구들이 둘러앉았다. 처자식에 하녀까지 10여 명이나 된다. 그때 화천이 술잔을 내려놓고 말했다.

"먼저 나리의 병부터 고쳐 드리지요."

"어허, 그래 주겠는가?"

이제는 화천을 철석같이 믿게 된 유권창이 반색을 했다. 그때 자리에서 일어선 화천이 유권창의 옆에 다가가 섰다. 그러고는 유권창이 쓴 두건을 벗기더니 머리 위에 손바닥을 얹었다. 유권창이 불안한 듯 눈동자가 흔들렸다가 곧 눈을 감는다. 모두의 시선이 모였고 청 안에는 무거운 정적이 덮였다. 화천의 손바닥을 통해 심신비전의 진기가 유권창의 머리뼈를 뚫고 몸 안으로 흘러들어간다. 진기는 곧 혈액을 정화시켰고 심장 혈관을 보강시켰다. 핏속의 불순분자가 소멸되기 시작하더니 곧 깨끗하게 청소되었다. 손바닥을 통해 몸의 상태를 확인한 화천이 이윽고 손을 떼었다. 그 순간 눈을 뜬 유권창이 긴 숨을 뱉더니 온몸으로 땀을 쏟기 시작했다.

"아니."

놀란 유권창이 자신의 땀을 보더니 곧 웃었다.

"이럴 수가, 땀이 쏟아져 나오는구나."

"불순물이 모두 땀으로 배출되는 겁니다."

자리에 앉은 화천이 말을 이었다.

"이제 어지럼증은 다시 일어나지 않을 것입니다."

"오, 그런가?"

"벌떡 일어나 보시지요."

그 순간 유권창이 벌떡 일어나더니 얼굴을 펴고 웃었다.

"과연 그렇구나."

"옷을 갈아입고 나오시면 새 몸이 되어 있으실 것입니다."

"고맙네."

유권창이 허리를 굽히더니 화천에게 절을 했다. 앞쪽 식솔들이 감동한 듯 웅성거렸고 여자 몇 명은 울기까지 했다.

"내 딸이야."

유권창이 술을 따르는 여자를 눈으로 가리키며 말했다.

"아비의 은인에게 술을 따르겠다고 해서 데려왔네."

"황송합니다."

잔을 쥔 화천이 여자의 얼굴을 보았다. 20세쯤 되었을까? 갸름한 얼굴의 미녀. 몸은 성숙했지만 아직 색향은 풍기지 않는다. 여자는 수줍은 듯 얼굴이 붉게 상기되었고 시선을 들지 않는다.

"아버님의 은인입니다. 감사합니다."

여자가 맑은 목소리로 말하더니 허리를 숙여 보이고는 물러갔다. 청안에는 이제 둘이 남았다. 사방에 촛불을 밝혀 놓았으므로 청 안은 환하다. 그때 유권창이 웃음 띤 얼굴로 물었다.

"이보게, 오늘 밤 내 후실 중 한 명을 데리고 자지 않겠는가?"

"무슨 말씀입니까?"

정색한 화천이 묻자 유권창이 쓴웃음을 지었다.

"다 사정이 있으니 두말하지 말고 내 성의를 받게나."

"나리."

화천의 얼굴에도 웃음이 떠올랐다.

"둘만 있으니 저도 말씀을 드리지요."

"뭔가?"

"이번에 나리의 어지럼증뿐만 아니라 양기도 회복시켜 드렸습니다. 그러니 오늘 밤 시험해 보시지요."

"그게 무슨 말인가?"

되물으면서도 유권창의 준수한 얼굴이 붉어졌다. 화천이 말을 이었다.

"오늘 밤부터 방사를 즐기실 수가 있게 되셨다는 말씀입니다."

"아아, 그런가?"

어깨를 부풀렸다가 내린 유권창이 번들거리는 눈으로 화천을 보았다.

"그렇다면 그 은혜까지 갚아야 되지 않겠는가? 내 딸을 데려가게."

"나리, 소인은 정처 없이 떠도는 상민입니다."

"아니, 내 생명의 은인일세."

머리를 저은 유권창이 자리에서 일어섰다.

"침소로 내 딸을 보내겠네."

밤 자시(12시) 무렵, 침소에 누워 있던 화천은 다가오는 발자국 소리를 듣는다. 청에서 술을 따라준 유권창의 딸일 것이다. 주위는 조용하다. 자리에서 일어나 앉은 화천이 잠자코 문 쪽을 보았다. 발자국 소리가 점점 다가오더니 곧 문 앞에서 멈춰 섰다. 가죽신을 신고 조심스럽게 걸었지만 화천의 청각은 인간의 수십 배다. 이윽고 문이 열리면서 딸의 모습이 드러났다. 딸은 흰 비단 치마저고리로 갈아입었는데 침상에 앉아 있는 화천을 보더니 순식간에 얼굴이 붉어졌다. 그러나 결심한 듯 발을 내디디며 말했다.

"불을 끄겠습니다."

화천이 대답하지 않았지만 여자는 몸을 돌려 방안의 촛불을 껐다. 하나, 둘, 셋, 하나씩 촛불이 꺼지면서 어둠이 덮이더니 마지막 네 개째가 꺼졌을 때 방안은 먹물처럼 까매졌다. 그러나 화천의 눈에는 다 보인다. 그때 여자가 옷을 벗기 시작했다. 저고리부터 벗고 치마를 벗어 바닥으로 떨어뜨린다. 이제 여자는 속바지만 입은 차림이다. 화천이 숨을 들이켜자 여자의 살 냄새가 맡아졌다. 여자의 숲에 싸인 골짜기 냄새도 흘러들어왔다. 한 번도 사내의 손길이 닿지 않은 처녀림이다. 그때 여자가 발을 떼었다. 조심스럽게 발을 떼어 침상으로 다가온다. 여자의 가쁜 숨소리가 들렸다. 화천은 몸을 움직여 침상 끝으로 다가가 앉았다. 다가오는 여자를 받아 안으려는 것이다. 화천의 손이 여자의 어깨 위에 놓여졌다. 놀란 듯 여자가 몸을 굳혔을 때 화천은 허리를 안아 침상에 눕혔다. 여자의 몸은 나무토막처럼 굳어 있다.

"낭자, 그냥 누우시오."

화천이 부드럽게 말했다.

"나는 주유천하하는 몸, 하룻밤 인연으로 평생 짐을 지고 가기는 싫소."

제 말이 우스운 화천이 어둠 속에서 슬며시 웃었다. 그동안 상관한 여자들이 떠올랐기 때문이다. 그러나 그들에게는 색락을 전해주려고 했다. 백상교의 후신 마하트교를 전파하여 교주 정현상의 대업을 이어야 한다. 화천이 침상에서 나와 어둠 속을 걸어 창가의 의자에 앉았다.

주위는 조용하다. 침상 위의 여자도 숨소리를 죽이고 있다.

"다음에 인연이 있으면 만나게 되겠지요. 오늘 밤은 그대로 돌아가시오."

화천이 말했을 때 여자가 침상에서 상반신을 일으켰다.

"제 이름은 하경입니다."

여자가 말했다.

"아버님을 불치의 병에서 구해주셨으니 제가 몸으로 보상해드리는 것은 자식의 도리였습니다."

화천은 시선만 주었고 하경이 말을 이었다.

"허나 대인의 말씀도 일리가 있습니다. 남녀 간의 인연은 시키거나 보상으로 맺어지는 것이 아니지요."

화천이 얼굴을 펴고 웃었다.

"낭자께서 이해를 해주시는군요. 마음이 놓입니다."

아직 하경은 속치마 바람이었으므로 화천이 돌아서며 말했다.

"옷을 입고 돌아가시지요."

뒤쪽에서 하경이 옷을 찾아 입는 소리가 들리더니 이윽고 낮은 목소리가 울렸다.

"화천대인(和天大人), 살아 계신다면 언젠가 꼭 만나 뵙기를 고대하고 있겠습니다."

곧 소리죽인 발자국 소리가 들리더니 하경이 방을 나갔다. 몸을 돌린 화천이 긴 숨을 뱉었다. 색(色)에도 도(道)가 있는 것이다. 길을 가는 여자를 잡아 색락을 느끼도록 할 수도 있지만 진심을 나누고자 하는 상대에게는 아껴주고 기다려 주는 것이다. 교주의 딸이며 마하트교 후계자로 내세운 정명에게도 심신비전을 주입시켜주고는 정(情)을 통하지 않았다. 그리고 이번이 두 번째다. 화천이 다시 침상으로 돌아가 앉으면서 쓴웃음을 지었다.

"참는 것이 색락의 기본 중의 하나인 것을."

다음날 오전, 유권창은 하경이 온전하게 방을 나간 줄 모르는 모양으로 화천에게 아예 사위 취급을 했다. 어젯밤 10여 년 만에 방사의 즐거움을 누린 터라 얼굴에는 화색이 돌았다.

"이보게, 자네는 신의(神醫)일세, 화타보다도 낫네."

같이 아침을 먹으면서 유권창이 떠들썩한 목소리로 말했다.

"어떤가? 내 딸 하경이를 데려간다면 내가 혼수를 준비해 줄 테니까 걱정 말고 혼사를 치르세."

"저는 곧 떠날 몸입니다."

당황한 화천이 정색하고 말했다.

"주유천하하는 중이라 다시 돌아오면 반드시 뵙겠습니다."

"그렇게 하든지."

선선히 승낙한 유권창이 화천을 보았다.

"어쨌든 자네는 내 사위야. 나는 신의(神醫) 사위를 얻었어."

그때 하인이 다가와 허리를 굽혔다.

"나리, 중랑장이 문안 인사차 왔습니다."

"그자가 안 하던 짓을 하는군."

눈을 크게 떴던 유권창이 곧 얼굴을 펴고 웃었다.

"옳지, 벌써 현청에 소문이 나서 중랑장이 제 병을 고치겠다고 왔구나."

유권창이 눈을 가늘게 뜨고 화천을 보았다.

"이봐, 사위, 그자는 부자야, 병을 낫게 하려면 황금을 받아."

"예, 나리."

"장인이라고 불러야 되지 않나?"

"예, 장인어른."

머리를 든 유권창이 하인을 보았다.

"중랑장에게 병이 나으려면 황금 5백 냥이 필요하다고 해라. 신의인 내 사위가 그렇게 말하더라고 해."

중랑장 비규의 머리에 손을 얹은 화천이 내장의 순환을 느끼고 있다. 뜨거운 열기가 내장을 훑고 내려갔다가 올라오는 것을 반복하는 바람에 비규는 온몸으로 땀을 쏟는 중이다. 그것을 유권창은 물론이고 10여 명의 관리, 하인들이 바라보고 있다. 이곳은 현청의 대기실 안이다. 이윽고 화천이 손을 떼자 비규가 신음을 뱉으며 옆으로 쓰러졌다가 곧 일어났다. 그런데 얼굴에 웃음이 떠올라 있다.

"어이구, 시원해. 날아갈 것 같구나."

그때 화천이 말했다.

"내일 아침이면 증세를 알 수 있을 것이니 치료비는 내일 받겠소."

"치료만 되었다면 황금 천 냥이 대수겠는가?"

비규가 얼굴의 땀을 손바닥으로 씻으면서 유권창을 향해 절을 했다.

"나리, 소인이 나리 사위 덕을 보았습니다, 은혜를 갚지요."

"암, 당연히 갚아야지."

유권창의 얼굴에도 웃음이 떠올랐다.

"내 사위가 신의지만 먹고는 살아야 되지 않겠는가?"

그날 밤, 해시(10시)가 되었을 때 화천의 방으로 하경이 들어섰다. 뒤를 따라 하녀 둘이 술상을 들고 따라온다. 화천과 시선이 마주치자 하경이 외면하면서 웃었다. 얼굴이 붉어져 있다.

"술상을 가져가라고 해서요."

모두 몸을 섞은 줄 아는 터라 혼자 자는 것이 오히려 부자연스럽다. 오늘 떠날 작정이었다가 중랑장 비규의 병을 치료했기 때문에 하룻밤을 더 늦게 된 것이다. 오늘 밤이 지나야 비규의 병이 나았는지를 확인할 수가 있다. 술상이 놓이고 하녀들이 나갔으므로 방에는 둘이 남았다. 이제 하경은 어젯밤의 수줍음이 가셔졌고 두 눈이 반짝이고 있다. 화천의 잔에 술을 따르면서 하경이 물었다.

"내일 떠나시지요?"

"그렇소."

"그럼 오늘 밤은 저를 안아주세요."

하경의 시선이 이번에는 떨어지지 않는다. 이윽고 화천이 머리를 저었다.

"낭자, 안 되겠소."

"왜요?"

하경의 얼굴이 더 붉어졌다.

"낭군께선 제가 싫으신가요?"

"아니오, 낭자처럼 앳되고 아름다운 여인은 처음이오."

"그럼 인연을 맺기 싫으신 것이군요."

"언제 돌아올지 기약 없는 몸이오."

술잔을 든 화천의 얼굴에 쓴웃음이 번졌다.

"단 하룻밤의 색욕으로 낭자의 인생을 망치고 싶지가 않소."

"제가 원하고 있어요."

"그건 색욕이오."

다시 머리를 저었던 화천이 불쑥 손을 뻗어 하경의 손을 쥐었다. 하경이 놀랐지만 곧 손을 맡긴다. 그 순간 하경의 몸에 색락의 진기가 뻗쳐 들어갔다. 온몸에 뜨거운 기운이 번지자 하경이 입을 딱 벌렸다가 눈을 감는다. 화천은 하경에게 마하트의 진기를 주입시키고 있는 것이다. 심신비전 144장에는 욕망의 절제와 인내심이 포함되어 있다. 이윽고 화천이 손을 떼었을 때 하경이 긴 숨을 뱉으면서 말했다.

"마하트."

"낭자, 마하트는 심신을 평안케 하고 기쁨을 주는 교리요."

"마하트."

하경이 반짝이는 눈으로 화천을 응시하며 말했다.

"낭군께서 오실 때까지 마하트를 외우며 기다리겠습니다."

그때 화천이 머리를 기울였다.

"누구냐?"

다시 유권창이 물었을 때 문밖에서 낮은 목소리가 울렸다.

"남왕(南王) 종광 전하의 사신으로 온 사람이오."

그때 문이 열리면서 유권창의 모습이 드러났다. 이곳은 내전 안이다. 유권창은 오늘 밤 후실 방선의 방에 들어가 있었는데 막 옷을 벗고 색락을 즐기려던 참이었다. 문밖은 마루방이었는데 사람이 보이지 않았으므로 유권창의 얼굴이 더 굳어졌다. 마루방 앞쪽은 마당이고 건너편의 사랑채에 사위 화천이 묵고 있다.

"거기 누구요?"

빈 마루방에 대고 물었을 때 갑자기 허공에서 검은 그림자가 펄럭이는 것 같더니 사람이 내려왔다. 마룻바닥에 발을 디뎠는데도 나뭇잎 떨어지는 소리도 내지 않는다. 숨을 들이켠 유권창이 한 걸음 물러섰다. 그때 안에서 방선이 불렀다. 걱정이 된 것 같다.

"나리, 괜찮으십니까?"

"어, 괜찮다."

뒤쪽 방문을 닫은 유권창이 옷깃을 여미고는 사내를 보았다. 검정옷을 입은 사내의 표정은 가라앉아 있었는데 건장한 체격에 허리에는 장검을 찼다. 내전까지 들어오려면 문을 4개 통과해야 되었고 경비군도 10여 명을 거쳐야 한다. 사내는 흔적 없이 이곳까지 진입한 것이다. 유권창이 마루방 위쪽에 놓인 의자에 앉으면서 앞쪽 의자를 눈으로 가리켰다.

"앉으시오."

이미 남왕 종광의 서신을 받은 터라 크게 놀라지는 않았다. 현의 관리를 통해 서신을 받았기 때문이다. 마주보고 앉았을 때 먼저 맹달이 말했다.

"나는 남왕(南王)의 사신, 장군 맹달입니다. 양양 성주께 남왕의 서신을 전했는데 받으셨는지요?"

"받았습니다."

유권창이 머리를 끄덕였다.

"그렇지 않다고 회신을 보내려고 했는데 어디로 보낼지 막막했습니다."

"서신을 보낸 관리 아준에게 주시면 되었을 것입니다."

맹달이 상반신을 기울여 유권창을 보았다.

"성주께선 마음을 굳히셨는지요?"

"예."

심호흡을 한 유권창이 맹달을 보았다.

"남왕 전하의 호의는 태산처럼 무겁게 느껴지나 아직 소직은 양양을 떠날 생각이 없습니다."

"떠나시지 않고도 얼마든지 남왕 전하와 함께 천하를 공모하실 수 있습니다."

"그것이 힘듭니다."

정색한 유권창이 맹달을 보았다.

"소직은 아직 명(明)을 떠날 준비가 되어 있지 않습니다."

"이 부패한 명(明)을 말씀이오?"

"저는 왕실보다 주민을 위하고 싶습니다. 명이나 남왕 전하의 왕국이나 마찬가지라는 생각이 듭니다."

그때 맹달이 시선을 내리더니 긴 숨을 뱉었다. 마루방에 매달아 놓은 등불의 불꽃이 흔들렸다. 이윽고 시선을 든 맹달의 얼굴에 웃음이 떠올랐다.

"성주, 유감이오."

"저도 그렇습니다."

"그렇다면."

어깨를 부풀렸다가 내린 맹달이 자리에서 일어섰으므로 유권창도 따라 일어섰다. 그 순간이다. 맹달이 허리를 비트는 것 같더니 소매 속에서 비수를 꺼내어 유권창을 덮쳤다.

"아앗."

저도 모르게 유권창의 입에서 놀란 외침이 터졌다. 그 순간이다. 유권창은 옆쪽에서 흰색 옷자락이 펄럭이는 느낌을 받았다. 검은 옷을 입은 맹달의 몸 위로 옷자락이 덮인 것이다.

"으악."

신음이 울리면서 옷자락이 곧 사람의 형체로 변했다.

"아니, 자네가."

놀란 유권창이 더듬거렸다. 눈앞에 사위 화천이 서 있었기 때문이다. 마룻바닥에는 맹달이 엎어져 있었는데 움직이지 않는다. 그때 화천이 말했다.

"청에서 말소리가 들려 나와 보았더니 마침 이자가 장인어른께 덤비고 있었습니다."

화천은 맨손이다. 어떻게 처리했단 말인가?

5장
남왕

남왕(南王) 종광은 호남성 마곡현 출신으로 본래 역졸이었다가 농민과 부랑자들을 모아 반란을 일으켰다. 미천한 신분이었지만 포용력이 있는 데다 기지가 뛰어난 편이어서 관군을 여러 번 대파, 호남성 광양에 기반을 닦고 2년째 남왕(南王)으로 군림하고 있다. 종광이 어전이라 불리는 청에 나왔을 때는 오시(낮 12시) 무렵, 47세인 종광은 처첩이 12명이나 되는 호색가다. 비대한 체격에 수염이 짙어서 자못 위풍당당한 풍모다.

"전하, 귀주 양양성에 갔던 밀사가 돌아왔습니다."

대장군 후노가 말했으므로 종광이 흐린 눈을 들었다. 어젯밤 과음을 해서 아직 술이 덜 깬 얼굴이다.

"맹달이 돌아왔단 말이냐?"

"그것이……."

도열한 신하가 많았는데 분위기가 무겁다. 눈치를 챈 종광이 눈을 번쩍 치켜떴다.

"무슨 일이 있느냐?"

"예, 맹달이 피살되고 육기도와 장진이 겨우 도망쳐 나왔다고 합니다."

"무엇이? 피살이 돼?"

종광이 소리쳐 물었다.

"예, 유권창을 만나려고 밤에 들어갔다가 피살되어 시체가 현청 밖으로 버려졌다고 합니다."

후노가 말을 이었다.

"그러고는 관군을 풀어 일당을 잡는다고 성안을 수색하는 바람에 급히 도망쳐 나왔다고 합니다."

"이놈, 유권창, 가소로운 놈 같으니."

종광이 발로 청 바닥을 찼다.

"이놈을 죽여야겠다. 자객을 보내라."

"예, 전하."

허리를 굽혀 보인 후노가 말을 이었다.

"이 소문이 퍼지게 되면 대남국(大南國)의 위상이 흔들리게 될 것입니다. 기필코 유권창을 잡아 죽여야만 합니다."

"지당합니다."

둘러선 장군, 관리들이 제각기 지당하다고 외치는 바람에 청 안이 떠들썩해졌다. 대명(大明)의 체제를 모방해서 상서, 시랑, 대장군, 비밀 감찰 조직인 동창에다 금의위까지 만들어서 청 안은 관리들로 가득 찼다. 종광이 수염을 쓰다듬어 내리면서 결론을 냈다.

"금의위가 처리해라."

화천은 양양성을 떠난 지 닷새 만에 호남성 서쪽 당서 호숫가에 도착했는데 이곳은 절경으로 소문난 곳이었다. 때는 여름이 지나 가을 단풍이 되기 직전이어서 날씨는 서늘했고 오곡이 무르익는 시기다. 그러나 호수와 숲은 절경이었지만 주민의 얼굴은 삭풍에 시달리는 것 같았다. 호숫가의 주막에 들어섰을 때는 오후 미시(2시) 무렵, 점심때인데도 손님이 한 명도 보이지 않았고 주방 앞에 우두커니 앉아 있던 사내가 일어섰다. 40대쯤으로 눈동자가 어지럽게 흔들렸다.

"술하고 돼지고기를 주게."

화천이 말했을 때 주방에서 주모가 나왔다. 30대쯤의 반반한 얼굴에 눈동자가 반짝였다. 주모가 물었다.

"고기를 얼마나 드릴까요?"

"두 근만 주게."

"다릿살이 한 근에 은 두 냥입니다."

"왜 그렇게 비싼가?"

화천의 눈이 커졌다. 50여 리 뒤쪽 마을에서는 돼지고기 1근에 엽전 10푼이었던 것이다. 네 배나 비싸다. 그때 사내가 대답했다.

"여긴 돼지고기가 귀해서 그렇소."

"싼 고기는 뭔가?"

"인육이지요."

사내가 뱉듯이 말했으므로 화천이 아연한 얼굴로 시선만 주었다. 그것을 본 주모가 혀를 찼다.

"여보, 그렇게 말하면 어떻게 해? 도망치려고 하잖아? 잡는 데 애먹겠다."

"아니, 차가하고 구가가 와 있어."

그때 문에서 인기척이 나더니 두 사내가 쑥 들어섰다. 구가하고 차가인 것 같다. 둘은 각각 손에 도끼와 칼을 들고 있었는데 웃음 띤 얼굴이다.

"이놈 잡으면 고기 1백 근은 나오겠군."

하나가 말하자 주모가 거들었다.

"아니, 내장까지 합하면 2백 근은 돼."

"어이구, 난 인육은 짜서 싫어."

도끼 든 사내가 머리를 저으며 말하더니 화천을 지그시 보았다. 흰자위 에 핏발이 섰고 눈동자는 번쩍였다. 그때 화천이 천천히 머리를 끄덕였다.

"너희들이 인육을 파는 연놈들이구나."

"아니, 이놈이 겁이 나서 실성했군."

칼 든 사내가 한 걸음 다가서더니 호흡을 가누었다. 두 손으로 쥔 칼이 중간까지 올라가더니 멈췄다. 후려칠 기세다. 도끼 든 사내는 어느 새 옆으로 비켜나 옆구리를 찍을 태세였고, 안쪽 사내는 등에 꽂은 식칼을 꺼내 쥐었다.

"피를 많이 쏟게 하지 마. 피는 선지로 써야 돼."

그때 여자의 목소리가 주막 안을 울렸다.

화천은 소문은 들었지만 인육 장사하는 무리는 처음 보았다. 그 순간이다. 장검을 든 사내가 껑충 뛰어올랐다. 칼을 치켜들었는데 떨어지면서 내려칠 것이다. 그 섬광 같은 순간, 화천이 손을 휘저어 심신비전을 적용했다. 그 순간 뛰어오른 사내는 허공에 머물렀고 도끼를 든 사내, 주모와 주인은 마치 석상처럼 움직이지 않는다. 그때 화천이 허공에 떠 있는 사내에게 다가가 칼로 바지 끈을 잘랐다. 바지가 흘러내렸고 사내의 쪼그라진 양물이 드러났다. 칼을 들어 양물과 불알까지 통째로 잘라냈지만 허공에 뜬 사내의 표정은 그대로였다. 몸을 돌린 화천이 도끼를 쥐고 있는 사내에게로 다가가 장검으로 목을 후려쳤다. 주방 앞의 주막 주인에게로 다가간 화천이 칼을 내려쳐 두 팔을 잘라버리고는 제자리로 돌아왔다. 그러고는 마루 끝에 엉덩이를 걸쳐 앉고 나서 손을 휘저어 시공(時空)을 제자리로 돌렸다.

"으악"

신음이 한꺼번에 울렸다. 뛰어올랐던 사내는 바지가 벗겨진 채 양물과 불알이 한꺼번에 잘려진 상태로 토방에 엎어졌으며, 도끼를 든 사내의 머리가 떼어져 바닥으로 떨어졌고 주막 주인의 두 팔이 어깨 아래에서부터 잘라져 떨어졌기 때문이다. 그런데 대신 손님은 마루에 앉아 있는 것이 아닌가? 주모의 눈에 보인 그 순간은 귀신이 곡을 할 만했다. 눈 깜짝하는 순간에 사내들 셋이 당했는데 목표로 삼았던 인육덩어리는 마루에 앉아 있는 것이다.

"으아아악!"

이것은 두 번째 비명이다. 머리통이 없어진 사내를 제외하고 두 사내가 고통에 못 이겨 내지른 것이다.

"이것, 시끄럽군."

입맛을 다신 화천이 다시 팔을 휘둘러 주막 안 시공(時空)을 바꿔놓고는 양물이 잘린 사내와 주막 주인의 머리를 몸통에서 떼어 놓았다. 화천이 다시 자리에 앉아 시공을 원상으로 돌려놓았을 때 소음이 뚝 그치더니 주모의 숨소리만 났다. 거친 숨소리다. 이를 악물었다가 떼면 이가 부딪치는 소리가 난다. 그때 화천이 말했다.

"인육 말고 돼지고기를 가져오너라."

화천의 시선이 시체 셋을 훑고 지나갔다.

"이 셋은 주방으로 가져가 인육으로 써라."

그러나 잠시 후에 화천은 주막을 나와 다시 발을 떼었다. 주방에 들어가 보았더니 인육이 쌓여 있어서 식욕이 달아났기 때문이다. 그래서 주모까지 머리를 잘라 죽이고 벽에 피로 인육주막(人肉酒幕)이라고 커다랗게 써놓고 나온 것이다. 호수를 따라 10리쯤 내려갔더니 작은 마을 입구에 주막 깃발이 세워져 있었는데 이곳은 바깥 평상에도 손님이 앉았다. 다가간 화천이 안에다 대고 소리쳤다.

"주인 있나?"

"예, 여기 있소."

안에서 대답하며 나온 여자가 화천을 보더니 눈웃음을 쳤다. 30대쯤의 뼈대가 굵었지만 용모가 시원시원한 여자다.

"먼 길을 오셨구려."

"그렇다네, 술과 고기를 주게."

주막 안에도 손님이 많았으므로 화천이 앞쪽 평상 귀퉁이에 앉았다. 화천은 상인 차림으로 등에는 등짐을 메었고 손에 다섯 척짜리 지팡이를 쥐었다. 허리에 석 자짜리 검을 찼는데 여행자가 무기를 소지하는 것은 당연한 일이다. 주모가 물었다.

"고기는 뭐로 드시겠소?"

"돼지고기로 주게."

"한 근에 열두 푼이오. 몇 근 드리리까?"

"두 근하고 술은 얼마인가?"

"백주가 한 병에 스무 푼이오."

"백주도 두 병 주게."

화천이 등짐에서 은화 두 냥을 꺼내 내밀었다.

"이것이면 되었는가?"

"남은 건 고기로 드리리다."

은화를 받은 주모가 몸을 돌렸을 때 옆에서 둘의 대화를 듣던 일행 셋 중 하나가 말을 걸었다. 30대 중반쯤으로 보이는 상인 행색인데 건장한 체격이다.

"위쪽에서 내려오시던데 호숫가 버드나무 숲 앞쪽 주막은 들르시지 않았소?"

인육주막이다. 사내의 시선을 받은 화천이 정색했다. 사내의 가슴에는 비수가 세 자루가 나란히 숨겨져 있다. 던지기 쉽도록 손잡이가 비스듬하게 붙었고 소매 안에는 기름종이에 싼 독분이 들었다. 이것은 강도 무리다. 화천이 머리를 저었다.

"난 호숫가로 오지 않았으니 버드나무 숲은 보지 못했소."

"그렇군요. 그런데 어딜 가시오?"

"왜 묻소?"

"같이 동행하면 좋지 않소? 이곳저곳에서 강도가 출몰하고 있으니 말이오."

"나는 혼자가 좋소."

"허어, 이 사람이……."

그때 주막 하인이 세 다리 소반에 삶은 돼지고기와 양념, 술병과 잔을 놓고 가져왔다. 고기에서 김이 올랐고 냄새가 풍겼다. 셋의 시선이 고기로 옮겨졌다가 일제히 침을 삼킨다. 셋 앞에는 채소 절임에 술병이 하나뿐이다. 그것도 술병이 진즉 비워진 것 같다. 화천이 맛있게 고기를 씹고 술을 삼키자 사내 하나가 입속말을 했다.

"고개 중턱에서 기다려야겠군."

도처에 강도가 들끓었고 도둑떼가 기승을 부려서 백성들은 명(明)의 관리보다 차라리 반란군 치하에서 사는 것이 낫다고 생각할 정도였다. 반란군 영역에서는 치안이 확실해서 도둑떼가 범접하지 못했기 때문이다. 이곳 서쪽 지역은 명(明)의 관리하에 있었으니 도둑과 강도떼가 가뭄에 메뚜기가 들끓는 것처럼 출몰했다. 고기를 씹으면서 화천은 이 주막이 번잡한 이유가 궁금해졌다. 강도단이 운영하는 주막 같지도 않다. 그렇다고 관(官)의 보호를 받는 것도 아닌데 강도떼가 고개 중턱에서 잡자는 이유는 무엇인가? 주막 안에 손님이 10여 명이나 있었는데 술에 취해서 고성과 함께 웃음소리가 들렸다. 그때 화천이 밖으로 나온 주모에게 말했다.

"주모, 여기 옆 손님에게 돼지고기 여섯 근하고 술 세 병을 주게, 얼마인가?"

놀란 듯 주모가 세 사내의 눈치를 살피더니 말했다.

"은화 네 냥만 주시오."

화천이 등짐에서 은화 네 냥을 꺼내 주모에게 건네주자 먼저 말을 걸었던 사내가 정색하고 화천에게 묻는다.

"이보시오, 갑자기 왜 그러시오?"

"나 혼자 먹고 마시기가 미안해서 그렇소, 난세에 함께 먹어야지요."

"그렇소?"

사내 하나가 쓴웃음을 짓더니 화천을 향해 머리를 숙였다.

"잘 먹겠소."

170

"고맙소."

고개 중턱에서 기다리자던 사내도 화천에게 사례했다. 그때 맨 먼저 말을 건 사내가 지그시 화천을 보았다.

"나는 이곳에서 20리 떨어진 배돌산의 산채에 사는 귀성이라고 하오."

화천의 얼굴에 웃음이 떠올랐다. 사내가 본색을 밝힌 것이다. 머리를 끄덕인 화천이 셋을 둘러보았다.

"나는 의원(醫員) 화 씨라고 하오."

"어, 의원이시구려."

셋의 얼굴에 일제히 웃음이 떠올랐다.

그때 술과 고기가 셋 앞에 놓였으므로 분위기는 더 밝아졌다.

"우리 산채에는 식구가 1백 명 가량인데 운암산파가 조금 많지요."

고기를 씹으면서 귀성이 눈으로 주막 안을 가리켰다.

"주막 안에는 운암산파들이 있소."

"운암산과 배돌산은 같은 식구요?"

화천이 묻자 셋이 얼굴을 마주 보고 웃었다.

"아니오, 원수지간이오."

다른 사내가 대답했다.

"하지만 이곳 주막을 중심으로 반경 5리는 중립지대요, 중립지대에 서는 강도짓을 안 하고 서로 싸우지 않기로 합의했소."

"괴이하군."

그러자 셋이 다시 웃더니 귀성이 말했다.

"그래야 손님이 모이지 않겠소? 고기를 잡으려고 떡밥을 뿌리는 것과 같은 이치요."

"그럼 5리 밖에서 싸우는 거요?"

"싸울 때도 있지."

"고기는 어떻게 잡소? 고기 차지하려고 서로 싸우는 거요?"

"그것은 주모가 결정을 해주지요."

"주모가?"

"화 공이 주막을 떠나실 때 배돌산 몫이냐 운암산 몫이냐를 정해 줄 것이오."

"그럼 고개 중턱에서 기다린다는 것은 무슨 뜻이오?"

그러자 셋이 다시 얼굴을 보며 웃었다. 술기운이 들어간 셋의 표정은 밝다.

"들으셨구려."

"귀가 밝소."

"고개 중턱에 먼저 가서 기다렸다가 화 공을 가로채자는 말이었소."

귀성이 대답했다.

"화 공이 혼자시니 운암산파에 할당되더라도 기껏 셋이 따라올 테니 말이오."

"나 때문에 전쟁이 나겠군."

"요즘은 장사가 잘 안 되오. 운암산파는 며칠 전 관리 행차를 털어서 저렇게 실컷 마신다오."

"아니 그런데."

궁금한 것이 많아진 화천이 턱으로 주막 안을 가리켰다.

"주모가 왜 결정을 하오? 양쪽 두목하고 좋은 관계요?"

"주모가 대동계의 회장이오."

귀성이 말하고는 웃었다.

"내가 화 공한테 비밀을 말해버렸구려."

"비밀은 무슨, 이 근방 사람은 다 아는데."

다른 사내가 말하더니 지그시 화천을 보았다.

"주막을 중심으로 5개 산적파가 있소. 배돌산파, 운암산파, 철산파, 가막골파, 그리고 인육을 파는 조가파까지 다섯이오."

"그렇군."

인육을 파는 조가파의 주막을 결딴내고 왔지만 화천은 시치미를 떼었다. 사내가 말을 이었다.

"오늘은 주막에 2개 파만 모였지만 어떤 날은 5개 파가 다 모여서 시끄럽다오. 모두 도둑놈들이라 산개들이 모인 것 같지."

"그렇겠소."

셋의 얼굴을 둘러보며 화천이 머리를 끄덕였다. 셋의 얼굴이 그렇다.

"그런데 아까 내가 의원이라고 했더니 반가운 기색이던데 왜 그렇소?"

"눈치가 빠르시구려."

"그래서 난세에 이렇게 살아 다니오."

"우리가 의원이 필요하오."

귀성이 말했고 다른 사내도 거들었다.

"이렇게 다 말해주는 것도 그 때문이오."

"날 끌고 가시려고?"

"아니오, 부탁드리는 것이지, 다른 산채에서 알면 서로 끌고 가려고 할 테니까."

"허어, 야단났군. 병자가 많소?"

화천의 시선이 귀성에게로 옮겨졌다.

"하긴 당신은 성병이 걸린 지 오래되었구먼, 손을 보지 않으면 곧 양물이 썩어 떨어지겠소."

순간 귀성의 얼굴이 시뻘겋게 되었고 두 사내도 입을 딱 벌렸다.

"신의(神醫)시오, 어찌 얼굴만 보고도 그쪽을 아시오?"

다른 사내가 말했을 때 화천이 눈을 가늘게 떴다.

"당신은 폐가 나빠서 뛰지를 못하는군, 가끔 피를 토하지 않소?"

"그, 그렇소."

사내가 젓가락을 내려놓더니 화천을 보았다.

"우리가 신의를 만났구먼, 두령이 춤을 추겠어."

"누가 당신 산채에 간다고 했소?"

쓴웃음을 지은 화천도 젓가락을 놓았다.

"난 오늘 밤 이곳에서 묵을 테니 당신들은 병이 낫고 싶다면 남으시오."

"그러시오."

주모가 순순히 대답하더니 이를 드러내고 웃었다.

"배돌산파한테서 들으신 모양이오, 이곳이 안전하다고 말씀이오."

주방 옆 창고 앞은 손님들의 시선을 벗어난 곳이다. 화천이 지그시 주모를 보았다.

"주모, 날 어디로 넘기시려고 했소?"

그러자 주모가 다시 이를 드러내고 웃었다.

"내 이야기는 듣지 못하신 모양이오."

"다 들었소, 대동계 회장이라고."

"왜 대동계 회장이 되었겠습니까?"

한 걸음 다가선 주모가 화천을 올려다보았다. 두 눈이 이글거리고 있다. 여자치고 체격이 커서 어깨도 넓고 팔도 길다. 화천의 얼굴에 웃음이 떠올랐다.

"점괘를 보시는군."

"날 읽으실 줄 알았소."

머리를 끄덕인 주모가 한 걸음 물러섰다.

"첫눈에 범상치 않으셔서 내가 잡으려고 했소."

그렇다. 주모는 역술에 능해서 다섯 산채 두령들의 길흉화복을 알려주었는데 대부분이 맞았다. 그래서 두령들이 조정을 맡긴 것이다. 주막이 다섯 산채의 중심부에 위치해 있는 것도 그 이유 중의 하나가 되었다. 떡밥 노릇까지 하면서 산채들의 조정자 역할을 해온 것이다. 그날 저녁, 저녁까지 먹고 주막 뒤쪽 골방에서 화천이 성병에 걸린 귀성에게 주막 근처에서 뜯은 풀을 짓이겨 만든 풀떡을 건네주었다.

"이걸로 오늘 밤 당신의 양물을 감싸두고 지내시오."

그러고는 귀성의 머리 위에 손을 얹고 심신비전의 양기를 잠깐 흘려보냈다. 잠깐 동안 손을 붙였는데도 귀성의 양물에서 검은 오줌이 쏟아져 바지는 물론이고 방바닥을 흥건하게 적셨다. 옆에서 구경하던 동료 둘이 질색을 하고 물러나 앉았고 귀성의 얼굴은 시뻘겋게 되었다.

"닦아내시오."

손을 뗀 화천이 말하자 귀성이 허둥지둥 오물을 치웠는데 그 와중에도 놀란 기색이 가득했다. 귀성이 풀떡을 갖고 방을 나갔을 때 이번에는 폐병이 걸린 사내가 화천의 치료를 받았다. 양기를 흘려 폐의 손상을 덮고 혈관을 강화시킨 것이다.

"이제 나가서 10리쯤 뛰어갔다가 와보시오."

화천이 말하자 사내가 입을 딱 벌렸다. 10리는커녕 1백 보도 달음질을 할 수가 없었기 때문이다. 숨이 막혔고 기침과 함께 피가 뿜어진다.

"어서."

화천이 재촉하자 사내는 동료와 함께 방을 나갔다. 방에 혼자 남았을 때 곧 인기척이 들리더니 밖에서 주모 목소리가 들렸다.

"의원 나리, 술 드시겠소?"

해시(밤 10시) 무렵이 되어 있었는데 아직도 주막의 술 손님들은 떠들썩했다.

"그러지요."

화천이 대답했더니 문이 열리면서 세 다리 상에 술병과 고기 접시를 놓은 주모가 방으로 들어섰다.

"조금 전에 폐병쟁이 만 씨가 구 씨하고 뛰어나가던데 웬일이오?"

화천이 웃기만 했더니 주모가 상을 내려놓고 앞에 앉아서 말을 이었다.

"열 걸음도 뛰지 못했던 만 씨가 밖으로 뛰어나가는 걸 보고 운암산파들이 죽으러 간다고 합디다."

화천이 잔에 술을 따르면서 말을 돌렸다.

"내 점괘가 어떻소?"

"신인(神人)이신 건 첫눈에 알았소."

주모가 눈웃음을 쳤다. 주모한테서 향내가 풍겼는데 바로 색향이다. 화천의 시선을 받은 주모의 볼이 붉어졌다.

"그리고 첫눈에 내 오금이 저렸소."

"또 있소?"

"왕(王)이 되실 상이오."

쓴웃음을 지은 화천이 지그시 주모를 보았다.

"나하고의 방사를 고대하고 계시군."

"나리께서 색기(色氣)를 전해주셨지 않소?"

되물은 주모가 눈을 흘기더니 일어섰다.

"자시가 되면 돌아오겠소."

주모의 이름은 문아, 귀주 상곡현에서 무당의 딸로 태어나 어렸을 때는 평범한 일상을 살았으나 12살이 되면서 신기(神氣)를 보이기 시작하더니 사람의 길흉화복을 맞추기 시작했다. 체구도 커서 힘이 장사인 데다 사람 운명을 귀신같이 알아맞히니 주위에서 대무당으로 떠받들었지만 20살 때 사달이 났다. 현령의 난봉꾼 아들이 문아의 무당집 하녀를 끌고 갔던 것이다. 굿을 거들던 하녀여서 문아가 하녀를 찾으러 갔다가 오히려 봉변을 당하고 쫓겨났는데 사달은 그날 밤에 일어났다. 하녀를 겁탈하던 현령 아들이 피를 토하고 죽은 것이다. 현령은 문아가 저주를 했다고 믿고 잡아들이라고 지시했다. 그러나 청 안에도 문아 덕을 본 관리가 많아서 도망칠 수 있었던 것이다. 도망치는 것이 분했던 문아는 현청에 불을 질러 3백 칸 현청을 재로 만들었는데 화재로 현령의 가족 수십 명이 타 죽었다. 그때부터 문아는 귀주를 떠나 이곳 호남성에 정착하고 주막 주인 행세를 하면서 대동계 회장이 된 것이다. 문아는 28세, 아직도 남자관계가 없지만 겉으로는 35세이며 수많은 남자를 겪은 것으로 알려졌다. 본인의 입으로 낸 소문이다. 비전 심편 70장의 심안(心眼)으로 상대의 과거를 읽은 터라 길흉화복을 점친다는 문아보다 더 정확한 것이다.

"골방 손님이 누구요?"

늦게까지 주막 안에서 술을 마시던 운암산파 부두목 탁기주가 물었다.

"의원인데 내 손님이야."

문아가 하인과 함께 옆쪽 술상을 치우면서 말을 이었다.

"내 고향 근처 사람이어서 고향 소식을 들으려고."

"의원이면 우리 산채에서도 필요한데."

관심을 보인 탁기주가 말을 이었다.

"그래서 배돌산파 세 놈이 거머리들처럼 붙어 있었군."

주막 안에는 운암산파가 8명이나 남아 있었는데 모두 자고 갈 것이었다. 먹고 자는 값은 지불하도록 되어 있는 터라 오히려 주막에서는 반갑다.

"낮에 조가가 오기로 했는데 안 와서 오늘 밤은 자고 가야 할 것 같소."

이미 잔뜩 술에 취한 탁기주가 말을 이었다.

"그놈이 병장기를 구해준다고 금 22냥을 가져갔는데 약속을 안 지키는군, 그래서 사람을 보낸 거요."

그때 주막 안으로 뛰어나갔던 배돌산파 폐병쟁이가 뛰어 들어왔다. 얼굴이 환해졌고 뒤를 따르는 사내도 마찬가지다. 둘이 그들을 지나 뒷마당으로 뛰어갔을 때 탁기주가 혀를 찼다.

"저 폐병쟁이 놈은 오늘 밤 뛰다가 자결할 모양이군, 곧 피를 쏟겠다."

"그런데 웃고 있는 것이 수상쩍소."

부하 하나가 말했을 때 허리를 편 문아가 뒷마당으로 나갔다. 그러자 골방 앞에 엎드린 폐병쟁이가 보였다. 주위는 짙은 어둠에 덮여서 폐병쟁이 배돌산파의 얼굴은 보이지 않는다. 대신 목소리가 뒷마당을 울렸다.

"나리, 의원나리, 내 폐병이 나았소!"

폐병쟁이가 울먹이며 소리쳤다.

"10리도 넘는 길을 달렸는데도 멀쩡합니다. 숨도 차지 않소!"

그때 방 안에서 짧은 웃음소리가 났다.

"그럼 술 한 잔 하고 주무시오."

몸을 돌린 문아가 주막 안으로 들어섰을 때 그때는 탁기주가 부하의 보고를 받는 중이었다.

"주막 안에 조가하고 마누라, 부하 둘까지 처참하게 죽어 있었소. 그리고 벽에……."

인육주막에 다녀온 부하다.

인육주막의 조가 부부가 부하 둘하고 몰사한 것이다. 놀란 탁기주가 부하들을 이끌고 뛰쳐나갔으므로 주막 안은 텅 비었다. 뒤쪽 창고 옆의 배돌산파가 묵는 방만 떠들썩했다. 폐병이 나은 만 씨가 술을 마시면서 떠드는 소리다. 아직 사타구니에 풀 뭉치를 덮고 있는 귀성도 덩달아서 흥이 났다. 내일 아침이면 지긋지긋한 성병에서 해방될 것이기 때문이다. 그러다가 자시가 되었다. 화천은 인기척도 없이 방문이 열렸지만 빙그레 웃었다. 문아가 들어섰는데 어느새 새 옷을 입고 얼굴이 반질반질했다. 씻고 온 것이다.

"허어, 새색시가 되었는가?"

화천이 놀리듯이 물었을 때 문아가 방에 한 개 켜놓은 촛불을 소매를 저어 껐다. 방 안이 어두워졌지만 화천의 눈에는 문아의 모습이 그대로 보인다. 그러나 화천이 능청을 떨었다.

"이런, 보이지 않으니 안을 수가 있나?"

그때 벽에 붙어선 문아가 저고리를 벗었다. 숨소리가 가빠지고 있는 것도 들린다.

"어디 있소?"

저고리를 벗은 문아가 치마끈을 쥐고는 망설였다. 침상 끝에 앉은 화천이 문아를 응시하며 물었다.

"준비는 되었소?"

"되었어요."

문아의 목소리는 메말랐다. 입안이 바짝 말라 있었기 때문이다.

"그럼 다 벗고 오시오."

"속치마만 입으면 안 되나요?"

"어두운데 무슨 상관이오? 다 벗으시오."

화천이 옷을 벗으면서 말했다. 그러자 문아가 치마를 벗기 시작한다. 화천은 문아의 풍만한 몸을 보았다. 넓은 어깨, 커다랗게 부풀어 오른 젖가슴, 두둑한 아랫배와 허벅지, 그리고 허벅지 사이의 짙고 무성한 숲, 숲 사이로 골짜기도 보인다. 이윽고 알몸이 된 문아가 침상으로 다가왔다. 조심스럽게 다가오는 문아를 응시하면서 화천은 두 눈에 열기가 오르는 것을 느꼈다.

"마하트."

저절로 입안에서 마하트가 울린다.

문아는 온몸이 하늘에 떠 있는 것 같다. 아래쪽의 쾌감이 솟구치면서 몸이 하늘로 치솟아 오르는 것이다. 짜릿한 쾌감이 동굴에서 전신으로 퍼져 나간다. 머리칼이 곤두서는 느낌이 들고 발가락 끝이 저절로 잔뜩 굽혀졌다. 이제 온몸은 땀으로 흠뻑 젖었지만 화천의 움직임은 그치지 않는다. 문아는 제 입에서 터지는 비명을 제 귀로 들으면서 더 자지러진다. 이제는 누가 들어도 상관없다. 누가 봐도 상관없다. 사지를 빈틈없이 화천에게 매달렸다가 떨어졌고 시킨 대로 체위를 바꾸면서 폭발하고 또 폭발했다. 이윽고 문아는 다시 한 번 터지면서 의식을 잃었다. 까무러친 것이다.

화천은 문아의 호흡이 잠깐 끊겼다가 불규칙하게 운용되는 것을 들었다. 문아가 잠에서 깬 것이다. 곧 문아가 눈을 떴으므로 화천이 물었다.

"자, 깼느냐?"

"마하트."

문아의 입에서 저절로 마하트가 터졌다. 상반신을 일으킨 문아가 알몸으로 더듬거리며 옷을 찾아 입는다. 아직도 방안의 불은 꺼놓았으므로 문아는 한참 지나서야 옷을 갖춰 입고 침상 끝에 앉아 긴 숨을 뱉었다. 그때 화천이 말했다.

"넌 이제 마하트교 신자가 되었다."

"마하트."

문아가 어둠 속이었지만 마하트를 외우고는 웃었다.

"낭군께선 이제 저를 여자로 만들어 주셨습니다."

"네 몸은 명기(名器)다. 네 몸에 빠진 남자는 헤어나지 못할 것이다."

"제가 조금 전처럼 만족할 수 있을까요?"

"널 만난 남자는 다 빠져든다."

"저는 만족합니까?"

"마하트."

화천이 손을 뻗어 문아의 머리를 짚었다가 떼었다.

"마하트를 외우면 너도 만족하게 된다."

"마하트."

문아가 두 손을 모으고 앞쪽에 앉은 화천을 보았다. 어둠 속이었지만 검은 눈동자가 반짝이고 있다. 문아의 머릿속에는 이제 마하트경이 박혀져 있는 것이다.

"낭군께선 마하트 왕국을 세우시는 것이군요. 이제 알았습니다."

문아가 말을 이었다.

"첫눈에 왕자(王者)의 상이셨소. 도무지 이 세상 사람 같지 않은 점괘가 나왔단 말씀입니다. 이제 그 의문이 풀렸습니다."

"너도 신통하다."

화천이 머리를 끄덕였다. 마하트는 인류에서 기원한 것이 아닌 것이다.

아침에 떠들썩한 소란이 두 군데서 일어났으니 하나는 뒤채 창고 옆방에 묵던 귀성의 성병이 씻은 듯이 나았기 때문이다. 아침에 풀 덩이를 떼어냈더니 갓 태어난 돼지 앞발 같은 깨끗한 성기가 덜렁거리고 있었으므로 귀성은 그놈을 감싸 쥐고 대성통곡을 했다. 그 소란이 하나요, 또 하나는 인육주점에서 돌아온 운암산파 부두목 탁기주가 부하들을 모아놓고 회의를 하느라고 떠들썩했다. 조가한테 병장기를 구입해 달라고 금화 22냥을 준 것이 떼인 것이나 같게 되었기 때문이다. 도살장이 된 주막을 샅샅이 뒤졌지만 쌓인 인육만 보았지 금화는 찾지 못했다.

"조가파는 모두 열댓 명이요, 죽은 것이 조가 연놈하고 부하 둘이니 나머지 열 명을 찾아봅시다."

부하 하나가 말하자 탁기주는 눈을 흘겼다. 그렇지 않아도 감시를

182

두 명 남겨놓고 온 것이다.

"이 자식아, 그 연놈들은 죽은 지가 이틀은 된 것 같던데 놈들이 와서 보고 도망친 것이 분명하다. 누가 돌아오겠느냐?"

"우리가 거기서 인육장사나 합시다. 그럼 금자 22냥 밑천은 금방 뽑을 거요."

부하 하나가 말했다가 탁기주가 휘두른 손에 귀싸대기를 맞았다.

"이 오라질 놈아, 네놈이 인육으로 만두소 넣을래?"

"사람은 잡지요."

조금 덜떨어진 부하가 말대답을 하는 바람에 탁기주가 분기가 일어나 옆에 세워놓은 도끼를 집었다.

"그만해!"

그 순간 뒤에서 벽력같은 외침이 울렸다. 문아다. 문아가 주방 쪽 뒷문으로 들어오면서 소리친 것이다.

"여기가 운암산파 대청이냐! 나가! 곧 철산파 식구들이 아침 먹으러 온다고 했어!"

"이런 젠장"

탁기주가 눈을 치켜떴다가 도끼를 들고 자리에서 일어섰다.

"앞마당으로 나가자."

운암산파가 밖으로 나갔을 때 문아 뒤를 따라 들어온 화천이 물었다.

"여기가 강도단 집합소인 줄은 알겠는데 관(官)에서는 오지 않나?"

"낭군께선 모르시는군요."

문아가 교태 어린 눈웃음을 치고는 하인을 시켜 아침상을 가져오라고 시키더니 앞쪽 자리에 앉았다.

"서쪽에 개봉현청이 있고 그 북서쪽으로 서부병마절도사 휘하의 군사 2천여 명이 있지만 절도사 이하 장수, 장교들까지 다 썩었습니다. 강도단에게 무기까지 팔아먹고 소탕 작전을 하라는 지시가 내려오면 돈을 받고 미리 정보를 알려주지요, 명(明)은 곧 망합니다."

"그래서 인육상점 조가가 무기를 구입한다고 했군."

"조가가 병마절도사 군영을 제집 드나들 듯이 했거던요."

"남왕(南王) 종광의 무리는 이곳에 들락대지 않나?"

문아가 빙그레 웃었다.

"방금 아침 먹으러 온다는 철산파가 남왕에게 가담했지요. 철산파는 무리가 5백여 명으로 가막골파와 비슷한 규모인데 이제 곧 이곳 정세도 달라질 것 같습니다."

"어떻게 말인가?"

"운암산파가 2백여 명, 배돌산파가 3백여 명, 조가파가 10여 명으로 가장 적은데 이제는 조가파 두령이 죽었으니 이제 네 개 파가 남지 않았습니까?"

"그렇지."

"남왕이 밀어주는 철산파가 나머지 세 개 파를 장악하려고 합니다."

"다른 파들은 모르나?"

"알지요."

"그렇다면 연합해야 될 것 아닌가?"

"철산파와 배돌산파가 손을 잡았고 운암산파와 가막골파가 손을 잡았습니다. 숫자는 철산파 쪽이 조금 많지만 싸움은 붙어 봐야지요."

"점괘는 어떻게 나오나?"

"모두 물어보길래 다 너희들이 이긴다고 해주었지요."

문아가 이를 드러내고 웃었다. 얼굴에 색정(色情)이 가득 차 있다. 그때 하인이 밥상을 앞에 내려놓았다. 돼지고기 삶은 것에 밥이다. 화천이 젓가락을 들었을 때 문아가 말을 이었다.

"철산파 수령 이청은 잔인하고 포악하지만 교활해서 수하를 잘 다룹니다. 검술의 달인으로 벌집 앞에서 벌떼를 베어 죽였는데 한 번도 침을 쏘이지 않았다고 합니다."

"귀신이군."

"그와 대적하는 가막골파 수령 방우는 천하장사로 오백 근이나 되는 바위를 뽑아 던지는 것을 제 눈으로 보았습니다. 50근짜리 철봉을 나뭇가지처럼 휘두르는데 아무리 날고뛰는 검객이라도 철봉에 맞으면 다 부러지고 날아간다고 합니다."

"이건 도깨비군."

"둘이 서로 견제해서 대리인을 내세우고 실제 부딪칠 일이 없었는데 남왕이 나타나는 바람에 이곳도 전쟁터가 될 것 같습니다."

"점괘는 어떻게 나오나?"

"서로 비등하게 나왔는데 어제 낭군께서 오시는 바람에 분명해졌습니다."

"마하트."

문득 화천이 외웠더니 문아가 눈을 흘겼다.

"마하트."

두 손을 모은 문아가 똑바로 화천을 보았다.

"낭군께서 승리하십니다."

"이 사람아, 이청이냐, 방우냐를 묻지 않나?"

"낭군이십니다."

그때 먼 쪽에서 말굽 소리가 울렸으므로 문아가 서둘렀다.

"낭군, 뒷방으로 잠시 피하시지요, 철산파가 오는 것 같습니다."

주막 안으로 들어선 무리는 철산파 부두목 여상보가 이끄는 20여 명의 산적 떼다. 그들은 밖에 앉아있는 운암산파 무리를 흘겨보고 들어오더니 곧 문아에게 여상보가 물었다.

"이보시오, 회장. 조가파가 도륙되어서 주막에 조가 부부의 인육까지 걸려 있던데, 회장도 아시오?"

"밖의 운암산파한테서 들었소."

"저놈들은 조가파를 통해서 관군 무기를 사려다가 망했어."

기둥 옆에 앉은 여상보가 턱수염을 쓸면서 소리 내어 웃었다. 여상보는 철산파 5명 부두목 중 하나로 별명이 관운장이다. 관운장 닮은 구석이라고는 때깔 좋은 턱수염뿐이지만 허리에 칼을 두 개나 찼고 품에는 비도를 여섯 자루 품고 다닌다. 그때 동맹을 맺은 철산파 부두목이 행차했다는 것을 알고 뒷방의 귀성과 만 씨, 구 씨가 안으로 들어왔다. 셋이 인사를 하자 여상보가 수염을 훑으며 묻는다.

"너희들은 아침 일찍 왔구나, 셋이냐?"

"예, 저희들은 어젯밤 이곳에서 묵었습니다."

귀성이 대답하자 여상보가 눈을 가늘게 떴다.

"이놈들 얼굴에 화색이 돌고 있구먼, 술 퍼먹었느냐?"

"아닙니다. 술을 마시다니요?"

귀성이 손까지 젓자 여상보의 시선이 만 씨에게로 옮겨갔다.

"하긴 저놈은 폐병쟁이지, 술 마실 수가 없지."

"아니오, 이제는."

어깨를 편 만 씨가 소리치듯 말했다.

"폐병 다 나았소. 이젠 어떤 놈하고도 칼로 대적할 수가 있소."

만 씨는 검술의 대가 취급을 받았다가 숨이 차는 바람에 3합 이상을 겨루지 못했던 것이다. 그래서 한이 맺혔었다.

"빨리 몸을 피하시랍니다."

하인이 서두르며 말했다.

"뒷산에 사당이 있으니 그곳에 가 계시면……."

그때 발자국 소리가 들리더니 이제는 굵은 사내의 목소리가 울렸다.

"안에 의원 계신가?"

화천은 쓴웃음을 지었다. 철산파 무리가 왔다. 하인은 철산파가 곧 찾으러 올 테니 몸을 피하라는 문아의 심부름을 왔던 것이다. 병이 나은 귀성과 만 씨 등이 자랑삼아 말한 때문이다. 방문 밖에는 대여섯 명이 모여 있는 것 같다. 다시 목소리가 울렸다.

"이보시게, 의원, 우리 부두목께서 잠시 보자시네, 어서 나오시게."

제법 정중하게 청하고 있다. 자리에서 일어선 화천이 문을 열었다. 과연 밖에는 대여섯이 둘러서 있었는데 영락없는 강도 상(相)이다. 강도 질을 오래 하면 모두 강도 얼굴이 되고 선한 일을 많이 하면 부처의 인상이 된다. 화천이 웃음 띤 얼굴로 사내들에게 말했다.

"내가 부두목께 할 이야기가 있으니 이리 모셔오게."

"어허."

당황한 사내들이 서로의 얼굴을 보았다. 화천의 당당한 태도에 놀라면서도 화가 난 것 같다. 눈을 부라리는 사내도 있었지만 대들지는 않는다. 귀성과 만 씨로부터 신의(神醫)라는 칭송을 들었기 때문이기도 할 것이다. 화천이 부드럽게 다시 일렀다.

"내가 방에서 기다리겠네."

그러고는 문을 닫았더니 투덜거리는 소리는 났지만 다시 부르지는 않았다.

잠시 후에 문밖에서 헛기침 소리가 들리더니 사내가 말했다.

"의원 계신가? 나, 여 씨라는 사람인데 잠깐 들어가도 되겠는가?"

화천이 문을 열자 여상보가 빙그레 웃었다. 화천이 머리를 끄덕이며 뒤로 물러났다.

"들어오시게."

그 순간 여상보가 눈을 치켜떴고 뒤에 서 있던 졸개들이 술렁거렸다. 한눈에 보아도 화천은 20대 초반의 약관이요. 여상보와는 10여 년의 나이 차가 있었기 때문이다. 그러나 여상보가 곧 헛웃음을 웃더니 방으로 들어섰다. 졸개 둘이 따라 들어와 마루방에는 넷이 둘러앉았다. 앉자마자 여상보가 묻는다.

"듣자하니 그대가 신의라면서? 화타가 환생했다고 하던데 어떤가? 내 병을 진맥해봐 주겠는가?"

화천이 물끄러미 여상보를 보았다. 여상보는 과식을 해서 위가 늘어난 것 빼놓고는 잔병이 없다. 색을 밝혀서 닥치는 대로 여자하고 상관을 하지만 조루 증세가 있는 터라 열 번 이상을 내지른 적이 거의 없다. 다만 금방 회복이 되는 터라 시간보다 횟수로 때우는 형편이다. 머리를 끄덕인 화천이 손을 뻗으며 말했다.

"내가 진맥을 하겠네."

여상보가 잠자코 있었으므로 화천의 손바닥이 머리를 덮었다. 숨을 들이켠 화천이 손바닥에 진기를 넣었다. 그 순간 손바닥을 통해 심신비전의 진기가 여상보의 머리뼈를 통해 주입되었다. 뇌를 바꾼다. 심전(心傳)의 기능이 이미 화천에게는 극대화되어 있는 터라 뜨거운 기운이 여상보의 뇌를 마비시켰다가 새로운 의식으로 개조시켰다. 이윽고 화천이 손을 떼었을 때 여상보가 두 손을 모으면서 말했다.

"마하트."

"이제 나가거라."

"예, 마하트시어."

다시 두 손을 모은 여상보가 자리에서 일어서더니 멀뚱거리는 두 부하를 꾸짖었다.

"이 오라를 질 놈들이 일어나지 않고 뭐하고 자빠졌느냐?"

놀란 두 부하가 튕기듯이 일어서자 여상보가 화천에게 다시 허리를 굽혀 절을 했다.

"제자는 나가 보겠습니다."

심전(心傳) 16장에 뇌를 운용하는 심법이 있다. 이 심법에 화천의 뜻을 주입시켜 여상보의 의식을 개조해버린 것이다. 청으로 나온 여상보가 부하들의 시선을 받고 이맛살을 찌푸렸다.

"뭘 그렇게 보느냐?"

마침 청에 있던 문아도 구석에서 여상보를 보고 있다. 여상보가 상석에 앉으면서 말했다.

"과연 신의였다. 내 머리에 손을 얹었다가 떼니 대번에 두통이 낫고 속이 편해졌다."

"그럼 제 치통도 낫게 해줄 수가 있겠군요. 제가 지금……."

부하 하나가 말했을 때 여상보가 번개처럼 팔을 휘둘러 귀뺨을 쳤다. 귀싸대기 맞는 소리가 마치 우물물에 두레박이 떨어지는 것 같았다. 머리가 한 바퀴나 돌아갈 정도로 귀뺨을 맞은 부하가 정신을 차리지 못했고 주위는 조용해졌다.

"이런 호래자식들이 신의를 뭐로 보고?"

여상보가 으르렁거렸다.

"신의가 계시는 뒤채로 가는 놈은 내가 다리를 분질러 놓을 테니 명심해라."

그것을 본 문아의 얼굴에 웃음이 떠올랐다.

남왕(南王) 종광의 세력이 강한 것이 아니라 대명(大明)의 천하가 너무 썩었기 때문에 반란군의 세력이 팽창하는 것이다. 관군(官軍)이 오히려 더 강도단 같았고 강도단이 마을의 질서를 지켜주는 곳도 있는 세상이다. 화천은 관(官)도 아니요, 그렇다고 반란군도 아닌 터라 누구 역성을 들 것도 없다. 다만 굶주리고 착취당하는 백성이 시달리는 꼴은 눈앞에서 보지 못할 뿐이다. 저녁 무렵이 되었을 때 여전히 시끌벅적하던 주막 안 청이 조용해지는 것 같았으므로 화천은 낮잠에서 깨어났다. 갑자기 조용해져도 잠이 깨는 법이다. 그때 문밖에서 인기척이 나더니 벌컥 문이 열렸다. 문아가 얼굴만 디밀고 말했는데 다급한 표정이다.

"나리, 남왕 종광의 밀사가 왔습니다. 밖으로 나오지 마세요."

"밀사라니?"

"예, 철산파 수령 이청을 만나려고 두 번 이곳에 들른 적이 있습니다. 고준이라는 남왕의 시종장이라는데 눈치가 빠르고 축지법을 쓰는 놈입니다. 나리께서 그놈한테 얼굴을 보이시면 득이 될 것이 없습니다."

"그것이 점괘에 나와 있어?"

"그러자 문아가 눈을 흘겼는데 교태가 줄줄 흘렀다."

"그것까지는 점괘에 나오지 않았소."

"그놈이 여상보를 만나나?"

"여상보가 지금까지 뭉그적거린 것이 그자를 기다리고 있었던 것 같습니다."

"그렇군."

그때 안에서 부르는 소리가 났으므로 문아가 문을 닫고 사라졌다. 남왕 종광의 세력이 예상보다 뿌리가 깊고 넓게 퍼져 있다. 양양성의 청에서 종광의 수하 장군 맹달을 죽이고 성주 유권창을 구해낸 적도 있는 화천이다. 한동안 생각에 잠겨 있던 화천이 자리에서 일어나 벽에 걸어놓은 겉옷을 걸쳤다. 오후 유시(6시)가 되어가고 있다.

고준은 가는 체격에 얼굴도 마르고 길어서 족제비 상(相)이다. 그러나 가는 두 눈의 눈빛이 강한 데다 목소리가 굵어서 주위를 압도했다. 수염에 백발이 드문드문 섞인 40대 중반쯤의 나이였고 전직이 형주자사 휘하의 판관이었다고 했다. 고준이 술잔을 들고 여상보를 보았다.

"오다가 배돌산과 졸개들을 만났는데 이 주막에 신의가 묵고 있다던데 정말인가?"

"신의라고 할 것 없습니다. 과장된 말이니 믿으실 것 없소."

여상보가 턱수염을 쓸면서 딴청을 했다.

"자, 어서 드시고 산채로 가십시다."

"이보게, 자네도 만났다면서?"

"만났지만 그저 그랬소."

"왜 나를 똑바로 보지 않는가?"

그때 여상보가 이맛살을 찌푸리고 고준을 보았다.

"자, 보았소, 어쩔 테요?"

"자네가 신의라고 떠들었다는데. 그 배돌산파 졸개들이 그랬어."

"떠들어? 내가?"

마침내 여상보가 어깨를 부풀리며 목소리를 높였다.

"보자보자 하니 나를 아랫사람 취급하는구먼. 이보시오, 우리 철산
파에서 나도 한몫을 하고 있소, 우리가 투항병이오?"

"이봐, 왜 목소리를 높이나?"

고준의 목소리도 커졌다.

"그까짓 의원 한 놈 갖고 이게 무슨 짓인가? 내가 못할 말이라도 했
어?"

"갑자기 똑바로 보지 않으니 어쩌느니 하고 신문하는 것처럼 대하지
않았소?"

그때 문아가 다가와 둘에게 말했다.

"뒷방 의원 말씀하시는 거요? 지금 보니 방이 비었습니다. 내가 바빠
서 들여다보지 못했는데 그사이에 떠나신 모양이오."

"무엇이?"

놀란 여상보가 엉덩이를 들었다가 놓았을 때 문아가 몸을 돌리면서
말했다.

"여관비는 다 받았으니 나야 상관이 없지만 왜들 그러시는지 모르
겠네."

더 이상 소동을 일으키기 싫어서 화천은 주막이 내려다보이는 산등
성이로 올라와 있다. 이제 술시가 넘은 시각이라 주위는 짙은 어둠에

덮었다. 아래쪽 주막의 불빛이 반딧불이의 불처럼 보였다가 꺼졌다가 하는 것은 앞을 가린 나뭇잎이 바람에 흔들리기 때문이다. 이윽고 몸을 일으킨 화천이 다시 걸음을 떼었다. 문아에게도 말을 하지 않고 나왔지만 떠나는 인사말에 얽매일 화천이 아니다. 바람처럼 왔다가 또 맞바람이 불면 다시 돌아갈 수도 있겠지. 남왕(南王) 종광이 반란군 수괴라지만 백성을 등 따숩게 하고 배불리 먹여주는 임금이 된다면 누가 막겠는가? 지금의 대명(大明)을 개국한 시조 주원장도 한때는 거지 중이 아니었던가 말이다. 역졸 출신의 종광은 그보다 윗길이다. 길도 없는 숲을 헤치고 산등성이를 넘으면서 밑을 내려다보았더니 이미 주막은 보이지 않았다. 숲에 가려 있는 데다 이미 멀다. 그때 앞쪽에서 기척이 났으므로 화천이 걸음을 멈췄다. 사람이다. 두 발로 숲을 헤치며 이쪽으로 다가온다. 바람이 세게 불었지만 땅을 딛는 기척은 화천의 귀에 분명하게 들린다. 심신비전을 7년 4개월간 통달을 했고 그것이 지금도 머릿속에서 끊임없이 교합, 충돌을 하면서 새 기능이 생성되고 있는 화천인 것이다. 절대자께서는 인간의 뇌에 무한한 가능성을 심어주셨다. 그것이 바로 심신비전이다. 어느덧 발자국의 주인공이 다가왔을 때 화천은 나무둥치에 붙어 서 있었다. 정확하게 표현하면 나무둥치가 된 것이다. 이윽고 사내 하나가 다가왔는데 어깨에는 노루 한 마리가 얹혀 있다. 사냥꾼이다. 사내는 화천의 앞을 지나 옆쪽 능선으로 향했는데 가쁜 숨결이 나무둥치에 닿았다. 그 순간 화천이 빙그레 웃었다. 나무둥치 한 부분이 조금 비틀려 올라갔다. 사냥꾼은 여자였던 것이다. 남장을 했지만 어둠 속에서도 뚜렷한 윤곽의 미인이다. 나무에서 몸을 뗀 화천이 남장 사냥꾼의 등에 대고 물었다.

"어디로 가는가?"

"으악."

비명을 지르며 놀란 사냥꾼이 어깨의 노루를 떨어뜨리면서 함께 땅바닥에 털썩 주저앉았다. 목소리가 여자다. 다가간 화천이 여자를 내려다보았다.

"귀신이 아니다. 놀라지 마라."

"그런데 누구시오?"

올려다보고 묻는 여자의 목소리는 아직도 떨렸다. 스물두어 살쯤 되었을까? 날씬한 몸매에 치켜뜬 눈이 맑다.

"집이 어디인가?"

화천이 되묻자 여자는 엉거주춤 일어섰다.

"그건 알아서 뭐하려고?"

아직도 여자는 굳어 있다. 등에 활과 활통을 메었고 허리에는 단검을 찼는데 손이 단검 자루를 옮겨쥐었다. 화천이 한 걸음 디기기 섰다. 여자의 눈빛을 받은 순간 심법(心法) 70장 심안(心眼)이 작동하면서 여자의 과거가 주마등처럼 화천의 머릿속에 박히면서 지나갔다. 섬광처럼 빠른 순간에 어느덧 유찬의 과거를 지난 일처럼 겪은 것이다. 유찬은 22세, 지금 위쪽 골짜기에서 어머니와 둘이 산다. 유찬의 부친은 유원탁, 영주 태수까지 지내다가 역적으로 몰려 처형당했다. 유찬은 어머니와 둘이 도망쳐 이곳 벽지 산골까지 온 지 2년째가 되어간다. 화천이 유찬을 지그시 보았다.

"네 부친이 남왕 종광의 간계에 빠져 역적으로 몰려 죽었구나."

소스라치게 놀란 여자가 화천을 보았다.

"당신은 누구시오?"

"점술가다. 관인이 아니니 걱정할 것 없다."

"그럼 내가 누군지도 아시오?"

"영주자사 유원탁의 무남독녀 유찬이지."

숨을 들이켠 유찬의 동공이 멀어졌다. 깊은 밤, 숲을 흔들고 지나던 바람이 어느덧 잠잠해져 있다. 그때 화천이 말을 이었다.

"종광의 머리에서 나온 계략이 아니지, 시종장 고준이란 자의 짓이다. 그자는 형주판관이었다가 종광에게 붙었는데 한때 네 부친의 비장으로 지낸 적이 있지, 그렇지 않으냐?"

"그렇소."

어느덧 유찬의 눈에 눈물이 가득 고였다.

"그놈이 와서 아버님을 회유했지만 거절했는데, 그놈이 환관 위충현에게 익명으로 투서를 했소."

"위충현이 직언을 일삼는 네 부친을 눈 안의 가시로 보고 있었지."

"과연 점술가시오."

그때서야 정신을 차린 유찬이 땅에 떨어진 노루를 들었다.

"이리 내라."

화천이 노루를 받아들더니 앞장섰다.

"어딜 가시오?"

당황한 유찬이 물었으므로 화천이 쓴웃음을 지었다. 이미 유찬의 집이 머릿속에 박혀 있었던 것이다. 그러나 그것까지 말한다면 귀신처럼 느껴질 것 같다.

"네 집으로, 네가 앞장서야겠다."

"가서 무슨 짓을 벌이려는 것 아니오?"

앞장을 서면서 유찬이 물었는데 진심이다. 산 중턱의 폐가에 기거하는 두 모녀에게 외부 손님은 처음이다. 더구나 그 손님이 건장한 남자인 것이다. 화천이 유찬의 등에 대고 대답했다.

"너를 만난 것도 인연이 닿았기 때문이야."

"무슨 말씀이오?"

"네 부친을 죽인 원수가 마침 지척에 와 있다."

"고준 말이오?"

놀란 유찬의 목소리가 골짜기에 부딪혀 돌아왔다.

"그렇다."

화천은 고준과 악연이 있는 유찬을 이곳에서 만난 것이 마하트의 계시처럼 느껴졌다. 그렇다. 마하트는 세상 어느 곳, 어느 경우도 다 꿰뚫어 보고 계신다.

산중턱의 폐가는 밤에 다 가려지는 것이 아니라 오히려 더 흉하고 을씨년스럽다. 헛간이 무너져 내렸고 담장 한쪽은 쓰러졌으며 숲에 가려서 보이지 않았지만 지붕에도 풀이 돋아 무성했다. 사냥꾼이 살던 집인 것 같다.

"어머니."

방에 불도 켜지 않았지만 유찬이 마당으로 들어서며 묻자 안에서 인기척이 났다.

"유찬이냐?"

"응, 손님하고 같이 왔어."

"무어? 손님?"

놀란 목소리에 이어 벌컥 문이 열렸다. 밤이었지만 흰 얼굴이 드러났다. 40대 초의 여인, 아직 피부는 탄력이 남았고 목소리도 생생하다.

그때 화천이 다가서서 말했다.

"나는 천하를 유람하는 점술가이자 의원이오, 우연히 유찬을 만나 오게 되었소."

그때 유찬이 거들었다.

"내 내력을 다 맞춰, 그리고 지금 근처에 원수 고준이 와 있다고 했어."

"무엇이? 고가 놈이?"

역시 여인이 놀랐고 방으로 들어간 유찬이 부시로 기름등에 불을 켰다. 그러고는 부인 대신 화천에게 말했다.

"들어오세요."

노루를 마당에 내려놓은 화천이 몸의 먼지를 털면서 방으로 들어섰다. 불빛을 받은 모친의 자태도 곱다. 눈이 마주치자 심안을 작동한 화천의 머릿속으로 부인의 내력이 주르르 들어왔다. 이름이 여옥, 41세, 19살 때 유원탁의 정실이 되어 유찬을 낳았다. 명 조정의 예부 시랑을 지낸 여필규의 딸로 명문 출신이다. 여옥이 화천의 시선을 받더니 비스듬히 비껴 앉았는데 옷차림은 남루했지만 미색의 기운이 남았다. 둥근 얼굴에 입술은 아직 윤기가 흘렀고 몸에서는 색향(色香)이 풍겨 나온다. 아직 남자를 모르는 유찬보다 몇 배나 진한 색향이다. 색정(色情)은 시선만 부딪쳐도 번갯불에 감전이 된 것처럼 몸에 흐른다. 지금 여옥이 그렇다. 2년 동안 남자의 시선을 받지 못했던 터라 더 강해졌다. 그때 유찬이 여옥에게 묻는다.

"어머니, 배가 아파서 누워만 있었어?"

여옥이 어깨를 늘어뜨린 채 머리만 끄덕였으므로 유찬이 혀를 찼다.

"내가 죽 끓일 테니까 조금만 기다려, 노루도 잡아왔으니까 고깃국도 좀 마시고.”

“노루는 내가 잡지.”

화천이 말하고는 자리에서 일어나 겉옷을 벗었다.

“그런 건 남정네가 해야 되는 거야.”

유찬이 고마운 듯 웃음을 띠었지만 여옥은 시선만 들었다가 내렸다. 화천과 함께 방을 나가면서 유찬이 한마디 더 했다.

“원수 놈이 가까운 곳에 와 있다니 정신 차려야 돼, 어머니.”

밤 해시(10시)가 넘었을 때 산속 폐가에서 손님까지 셋이 늦은 저녁을 먹는다. 한때 불목하니 노릇을 했던 화천인지라 노루를 익숙하게 잡아 가죽을 벗기고 요리를 해서 유찬보다 두 배나 빨리 요리를 만들었다. 유찬은 처음 몇 달은 패물을 팔아 양곡을 바꿔 먹었다가 지금은 사냥으로 두 식구가 연명했는데 이랬을 때부디 무술을 사사 받은 것이 큰 도움이 되었다. 유찬은 1백 보 거리에서 움직이지 않는 목표는 백발 95중이었고 움직이는 목표는 80중이라니 놀라운 궁술이다. 여옥이 고깃국만 떠먹고 있었으므로 화천이 물었다.

“부인, 명치가 쑤시고 숨을 들이켤 때마다 심장이 짓눌려 깨지는 것 같은 고통이 오지 않으시오?”

그때 놀란 부인이 숨을 들이켜다가 손바닥으로 가슴을 누르며 신음했다.

“으으으으.”

머리를 숙인 부인이 사지를 비틀었다가 폈는데 어느덧 얼굴에 땀이 배어나 있다.

“맞습니다. 어찌 그리 잘 아시오?”

"그리고 밤에 소변을 자주 보시지 않소? 하룻밤에 대여섯 번씩 말이오."

"맞아요."

대답은 유찬이 했다. 눈을 크게 뜬 유찬이 반색을 했다.

"과연 점술가에 명의(名醫)시군요, 바로 맞추셨어요."

머리를 끄덕인 화천이 상 위의 고기를 집어 들면서 말했다.

"내가 오늘 밤에 낫게 해 드리지요."

"어떻게요? 좋은 약재가 있나요?"

머리를 든 화천이 유찬을 보았다.

"낭자는 우리가 만났던 산마루까지 다녀올 수가 있겠지? 저녁을 먹고 말이야."

"거기는 왜요?"

"그곳에 약초가 있었어."

"눈 감고도 다녀올 수가 있어요."

유찬이 생기 띤 얼굴로 말했다.

"한 시진이면 다녀옵니다. 밤에 사냥을 나간 적이 많아서 이 근방은 내 집안 마당이나 같아요."

"그곳 큰 소나무 밑에 진한 향내가 나는 약초가 있어. 잎이 손바닥만 하고 두 가닥으로 찢겨서 금방 찾을 수 있을 거야, 그 약초 뿌리를 세 개만 캐오면 돼."

화천이 차분한 표정으로 말했다.

"그 뿌리만 탕에 끓여 먹으면 내일 아침에는 씻은 듯이 나을 거야."

그러고는 화천이 정색했다.

"그 약초는 해가 뜨면 시들고 향이 없어지기 때문에 밤에 찾아야 돼,

그래서 지금 가야만 하는 거야.”

방구석에 등을 붙이고 앉은 여옥의 숨소리가 고르지 않다. 위쪽에 앉은 화천이 찻잔을 들고 한 모금을 마셨다. 집안은 조용하다. 조금 전에 유찬은 서둘러 약초를 캐려고 떠난 것이다. 멀리서 뻐꾸기 울음소리가 들렸다. 곧 마당에서 풀벌레가 울기 시작했다. 그때 화천이 머리를 들고 여옥을 보았다.

“부인, 약초는 온몸을 편안하게 만드는 효능이 있습니다. 하지만…….”

말을 그친 화천이 여옥을 보았다. 시선을 받은 여옥의 창백했던 볼이 순식간에 붉어졌다. 서둘러 시선을 내린 여옥에게 화천이 말을 이었다.

“부인은 색향을 풍기고 계시오, 그것이 아니라고 하시겠소?”

여옥의 얼굴이 더 붉어졌고 숨결이 거칠어졌다. 그러자 여옥의 이맛살이 찌푸려졌다. 심장의 고통이 온 것이다. 그때 화천이 말했다.

“부인, 누우시오.”

“싫습니다.”

“지금 거부할 때가 아니오, 부인의 병은 내가 잘 압니다.”

여옥이 두 손으로 가슴을 덮은 채 가는 신음을 뱉는다. 화천이 재촉했다.

“자, 누우시오. 그래서 내가 유찬을 산으로 보낸 것이오.”

놀란 듯 여옥이 시선을 들었다가 곧 내렸다.

“어서 누우시오, 내가 다 낫게 해드릴 테니.”

그때 여옥이 긴 숨을 뱉더니 방바닥에 몸을 눕혔다. 어느덧 두 눈을 감았지만 두 손은 가슴을 덮고 있다. 다가가 앉은 화천이 여옥의 두 손을 떼어내었다. 여옥이 잠깐 손에 힘을 주었다가 늘어뜨렸을 때 화천의 손이 옷 속으로 들어가 젖가슴을 덮었다. 아직도 탄력이 강한 젖가슴이다. 그때 여옥이 눈을 떴다가 다시 감았는데 얼굴이 새빨갛게 달아올랐다. 화천은 손바닥을 펴 여옥의 젖가슴을 눌렀다. 뜨거운 기운이 젖가슴을 통해 몸 안으로 빨려 들어갔다.

"아아."

여옥이 입을 벌리더니 탄성과 같은 신음을 뱉는다. 어느덧 이맛살이 펴졌고 평온한 얼굴이 되었다. 화천이 물었다.

"어떠시오?"

"좋습니다."

여옥이 허덕이며 말했다. 화천이 이제는 여옥의 젖가슴을 주무르기 시작했다.

"어떠시오?"

"아아아."

여옥이 대답 대신 탄성을 뱉었다. 그때 화천이 여옥의 치마를 젖히고는 속바지를 끌어내렸다. 여옥이 잠깐 다리를 오므렸다가 벌리더니 바지가 잘 벗겨지도록 허리까지 들어 올렸다. 그러고는 허덕이며 말했다.

"유찬이가 오기 전에 끝내주세요."

"시간은 충분하오."

화천이 웃음 띤 얼굴로 말했다. 손을 뻗어 여옥의 숲을 덮은 화천이 손가락으로 골짜기를 더듬었다.

"아아아."

여옥의 탄성이 더 높아졌다. 이미 여옥의 골짜기는 샘물이 넘쳐흐르고 있었던 것이다. 곧 여옥이 손을 뻗어 화천의 양물을 감싸 쥐더니 허덕이며 말했다.

"어서 해주세요."

"부인이 밤에 소변을 자주 보는 것은 양기를 받아들이지 못했기 때문이오."

화천이 바지를 벗으면서 말했다.

"아아, 어서요."

여옥이 몸부림을 치며 말했으므로 화천은 곧 여옥의 몸 위에 올랐다. 여옥이 서두르는 듯 화천의 허리를 감싸 안는다.

"아아아악."

그 순간 집안이 떠나갈 것 같은 신음이 울렸다. 화천의 몸과 합쳐졌기 때문이다. 두 다리로 화천의 하반신을 감싸 안았던 여옥이 소리쳤다.

"아아아, 나리."

방안에는 이제 신음 같은 탄성이 터져 나오기 시작했다. 거친 숨을 마음껏 들이켜면서도 여옥은 고통을 느끼지 않는다. 연약해 보였던 여옥은 두 다리로 힘껏 화천을 감아 안았다가 몸을 받아 올리기까지 한다. 방안은 뜨겁고 습한 열기로 뒤덮였고 여옥의 신음은 더 커졌다. 마음껏 소리를 질러대며 마음껏 숨을 들이켜면서 여옥은 쾌락의 절정으로 오르기 시작했다.

"아이고, 여보."

마침내 여옥은 폭발하면서 흐느껴 울었다. 여옥은 난생처음으로 색의 절정을 맛보았다. 이렇게 강하고 이렇게 뜨거운 절정은 처음이다.

골짜기가 무섭게 팽창하는 느낌이 들었다가 이제는 꽉 찬 것 같기도 하다. 여옥은 화천의 몸에 빈틈없이 엉켜 있다가 마침내 정신이 들고 나서 불쑥 말했다.

"마하트."

그러고는 화천의 입에 입술을 붙였다가 떼고는 눈물을 쏟았다.

6장
광풍(狂風)

미친 세상이다.

다음 날 아침 눈을 뜬 화천의 머릿속에 떠오른 생각이다. 오전 묘시 (6시) 무렵, 동쪽 창문이 흐릿하게 밝아지고 있다. 난세(亂世)다. 세상이 뒤집히는 중이다. 어제의 귀족, 고관대작이 역적이 되어 산중으로 피신 했고, 역졸이 왕이 되어서 세상을 비웃는다. 그때 안쪽 방에서 유찬의 외침이 들리더니 곧 방문 열리는 소리가 났다.

"나리! 의원 나리!"

맑은 유찬의 목소리가 울렸다. 곧 방문 앞으로 뛰어온 유찬이 가쁜 숨을 뱉으며 소리쳤다.

"어머니 병이 다 나았어요! 어젯밤에 드신 약이 바로 신약(神藥)이었 습니다!"

화천의 얼굴에 쓴웃음이 번졌다. 그러나 대답은 엄숙하게 했다.

"다행이야, 이제 얼마든지 산을 다닐 수도 있을 거야. 네가 캐어온 약 초가 효능이 있었다."

문을 연 화천이 마당에 서 있는 유찬에게 말했다.

"바깥세상은 험악하다. 너희 모녀가 나가서 풍파를 헤치고 살기에는 너무 힘들 것이다. 그러니 이곳에 머물고 있는 것이 낫다."

"나리."

토방 마루에 걸터앉은 유찬이 반짝이는 눈으로 화천을 보았다.

"제 원수가 지척에 있다면서요? 제 원수를 갚아주세요."

"난 의원이야, 점술도 조금 보지만."

화천이 천천히 머리를 끄덕였다.

"하지만 머릿속에 새겨 놓을 테니 나를 믿고 잊도록 해라."

"나리, 제가 산 너머 마을에 다녀올 동안 쉬고 계시지요."

유찬이 자리에서 일어서며 말했다.

"나리께 제 모녀가 정성으로 차려드리는 식사를 대접해 드리려고 합니다."

"마을에 뭘 하러 가는가?"

"예, 음식 준비를 하려고 갑니다."

몸을 돌린 유찬이 발을 떼며 말했다.

"저희 모녀의 성의입니다. 저녁 무렵에 올 테니 낮에는 제 어미가 상을 차려드릴 것입니다."

미처 말릴 겨를도 없이 유천이 마당을 나가더니 바위를 돌아 사라졌다. 잔치를 벌이려는 것 같다.

오전 진시(8시)가 되었을 때 주막 안에서 철산파 두령 이청과 남왕 종광의 사신 고준이 마주앉아 있다. 고준이 주막으로 이청을 불러낸 셈인데 지난번에도 그랬다. 도적의 산채로는 가지 않겠다는 고준의 오만함이 은근히 드러난 소행이다. 이청은 30대 중반으로 둥근 얼굴에 건장한 체격이다. 웃음을 띠고 있었는데 가는 눈이 가끔 반짝였다.

"산채에 음식을 장만해 놓았는데 가시지 못한다니 아쉽소."

이청이 웃음 띤 얼굴로 말을 잇는다.

"도적의 산채에 오신다고 이마에 도적이라고 낙인찍히는 것도 아닌데 말씀이오."

"그렇게 된다면야 우리 왕(王) 전하의 이마에도 도둑 낙인이 찍혔을 겁니다."

고준이 웃지도 않고 대꾸했다.

"천하를 도둑질하려고 드는 터라 크게 찍혔겠지요."

"과연."

이청이 어깨를 흔들며 웃었다.

"남왕 전하의 시종장다우신 재치요."

"이 공(公)께 전하께서 대장군직을 내리셨습니다."

고준이 옆에 놓인 붉은색 보자기를 이청 앞에 내려놓았다.

"안에 직인과 칙서, 귀주의 식읍 1천 호를 드린다는 약정서가 들어 있습니다."

"허어, 이런 광영이."

보자기를 푼 이청이 곧 직인을 들어 보았다가 칙서와 약정서를 번갈아 읽었다. 주막 안은 숨소리도 들리지 않는다. 고준은 명색이 남왕의 사자인 터라 호위 네 명을 데리고 왔지만 모두 미복이다. 이청의 뒤쪽에는 부두목 셋이 나란히 앉았는데 모두 엄숙한 표정이다. 이윽고 머리를 든 이청이 고준을 보았다.

"귀주에 식읍을 주신다니 감복했소이다. 귀주는 물산이 풍부하고 인구가 많아서 식읍 1백 호만 가져도 부호가 되지요."

이청의 얼굴에 다시 웃음이 번졌다.

"그런데 귀주는 지금 주왕(周王)의 지배를 받고 있지 않습니까? 주왕 호공이 병에 걸리거나 자다가 복상사를 하지 않는다면 식읍은 허읍(虛邑)이 되지 않겠습니까?"

"바로 그것 때문이오."

정색한 고준이 이청을 보았다.

"전하께선 이번에 이 공(公)께서 휘하군사를 이끌고 귀주로 내려가기를 바라고 계십니다. 귀주 한 귀퉁이를 차지하고 계시면 전하께선 대군으로 지원해주실 것이오."

고준이 품에서 두루마리를 꺼내 마루 위에 펼쳤는데 바로 귀주 지도다. 고준이 손으로 지도를 짚었다.

"이곳에서 귀주 호죽성까지는 250리, 호죽성 성주는 명(明)의 채곡이란 판관 벼슬아치인데 대장군 이 공의 고함 소리 한 번에 도망칠 놈이오. 이 공이 이성을 점령하고 계시면 한 달 내에 남왕께서 대군으로 지원해주실 것이오."

고준의 목소리에 열기가 띠어졌다.

"이 공의 철산파와 배돌산파가 연합한 8백 병력이면 능히 호죽성을 기습, 점령할 수가 있습니다."

"……"

"우리가 현장 지리를 잘 아는 장교 10여 인으로 이 공을 보좌하게 해 드리겠소."

고준이 어깨를 펴고 이청을 응시했다. 주막의 청 안에 무거운 정적이 덮였다.

다시 깜박 잠이 들었던 화천이 문밖의 기척에 눈을 떴다. 여옥이다. 유찬이 떠난 지 한식경쯤 지난 것 같다. 그때 작은 기침 소리가 들리더니 여옥이 물었다.

"나리, 계십니까?"

화천이 숨을 들이켰다. 여옥의 목소리에서 색욕이 풍겨 나오고 있었기 때문이다. 당연한 일이다. 이제 건강한 몸이 된 데다 어젯밤의 정욕이 되살아났다. 봄이 펄펄 끓어올라야 정상이다. 화천이 되물었다.

"왜? 몸이 뜨겁소?"

"나리, 들어가도 됩니까?"

여옥의 목소리가 떨렸다.

"참지 못하겠습니다, 나리."

"나는 지금 떠날 거요."

화천이 말했을 때 문이 벌컥 열리더니 여옥이 들어섰다. 눈이 번들거렸고 붉게 상기되었는데 곱다. 색향이 가득한 여인의 얼굴이다. 다가온 여인이 털썩 앞에 앉았다. 벌써 숨결이 가쁘고 뜨겁다.

"나리, 한 번만 더 안아주세요."

여옥이 손을 뻗어 화천의 손을 쥐었다. 뜨거운 손이다.

"그리고 어서 떠나주세요."

여옥이 그대로 화천 앞에서 눕더니 치마를 걷어 올렸다. 그 순간 화천이 눈을 치켜떴다. 여옥의 풍만한 알몸이 드러났기 때문이다. 검은 숲에 덮인 분홍빛 골짜기가 눈앞에 펼쳐졌다.

"두령, 어떻게 하실 겁니까?"

부두목 상귀는 이청의 참모 역할이다. 현의 이방 노릇을 오래 해온 터라 관리들의 속성을 꿰뚫고 제법 천하 물정에 대해서 길게 이야기를 늘어놓을 언변도 갖추었다. 주위를 둘러본 상귀가 이청 옆에 바짝 다가섰다. 이곳은 주막 뒷마당이다. 이청의 명령으로 주막 안과 뒤채는 모두 비워놓아서 주모 문아도 하인들과 함께 주방 밖으로 나오지 못하고 있다. 그때 이청이 힐끗 주막 안쪽에 시선을 주었다. 주막 안에서 고준이 대답을 기다리고 있는 것이다. 이청은 잠깐 용변을 보겠다면서 뒷마당으로 나온 참이다.

"만일 거절하면 저놈은 가막골파에 붙을 놈이지, 아마 나한테 가져온 대장군 인감을 방우한테 줄 것이다."

"당연하지요, 방우는 두말 않고 받을 것입니다."

상귀가 목소리를 더 낮췄다.

"두령, 승낙하시고 무기와 군자금까지 받아내신 후에 차일피일 시간을 끄시지요."

"저놈이 속겠느냐? 지리를 아는 장교를 보낸다는 건 감시역이다."

"무기와 군자금부터 받아놓는 것입니다."

상귀가 눈을 치켜뜨고 이청을 보았다.

"난세는 내일 일이 어떻게 될지 모릅니다. 눈앞의 떡은 얼른 먹는 것이 낫습니다, 두령."

산중턱에 앉은 화천이 아래쪽 주막을 내려다보았다. 이곳은 주막의 옆쪽이 보이는 위치여서 산채의 무리가 타고 온 10여 필의 말과 쪼그리고 앉은 졸개들의 모습들만 드러났다. 오후 신시(4시)쯤 되었다. 주막과의 거리는 3백여 보, 고준이라는 남왕의 사자는 아직도 머물고 있는 것 같다. 그때 주막 뒷문으로 사내 하나가 나오더니 산기슭으로 다가왔다.

말떼가 있는 곳을 피하는 것을 보니 눈에 띄지 않으려는 것 같다. 사내를 눈여겨보던 화천은 곧 주막 하인임을 알았다. 이윽고 주막에서 멀어졌을 때 하인은 산기슭을 따라 줄달음을 놓기 시작했다. 빠르다.

산기슭을 돈 오장이 다시 내달리기 시작했다. 그러나 세 걸음을 뛰었을 때 나뭇가지에 발목이 걸리더니 앞으로 곤두박질쳤다.

"어이쿠."

나무등치에 머리를 박은 오장이 비명을 지르면서 몸을 일으켰다. 머릿속에 흰 불똥이 가득 차 있다가 줄어들고 있다. 그때 오장이 숨을 들이켰다. 앞에 사내가 서 있었기 때문이다.

"아이고, 나리."

저절로 외침이 터졌다. 신의(神醫)다. 그때 신의가 다가와 오장의 머리에 손을 얹었다. 놀란 오장이 입을 벌렸다가 곧 닫았다. 머릿속이 뜨거워지면서 텅 비워진 느낌만 들었기 때문이다. 이윽고 손을 뗀 화천이 앞쪽의 쓰러진 나무등치에 앉아 주막 하인 오장을 보았다. 오장은 땅바닥에 주저앉은 채 화천의 시선을 받는다. 그때 화천이 물었다.

"어디로 가는 중이냐?"

"예, 가막골파 두령한테 가는 중입니다."

"그렇지, 네가 가막골파 두령 방우의 첩자로구나."

"예, 의원 나리."

"방우한테 말할 내용이 무엇이냐?"

"예, 이청이 남왕의 대장군직을 수락했습니다. 그 대신 무기로 활 3백 정, 화살 3만 대, 칼 5백 정, 창 2백 정과 갑옷 1천 벌을 받기로 했습니다. 그리고……."

하인 오장의 머리는 화천의 진기를 받아서 묻는 대로 다 늘어놓는다. 화천이 불속으로 들어가라고 해도 들어간다. 오장이 열띤 눈으로 화천을 보았다.

"한 달 동안 무기를 가져올 것이고 군자금으로 금화 3천 냥을 준다고 했습니다."

"남왕이 받는 대가는?"

"철산파가 귀주로 떠나 호죽성을 점령하는 것입니다."

"호죽성에 누가 있는가?"

"명(明)의 관리가 지키고 있다는데 그곳에서 주왕(周王)의 개음현성까지는 4백 리가 된다고 합니다."

화천이 머리를 끄덕이더니 이제 손바닥으로 오장의 머리를 쳤다. 힘을 줘서 쳤기 때문에 오장은 그 자리에서 기절을 했다. 깨어나면 제 이름도 잊어버린 등신이 되어 있을 것이다.

"에구머니."

뒷마당 창고로 나왔던 문아가 질색을 했다가 곧 바짝 다가섰다. 얼굴에 화색이 돌았고 숨이 금방 가빠졌다.

"왜 오셨소?"

"네가 보고 싶어서 왔다."

오후 유시(6시) 무렵, 산골이라 어둠이 덮이고 있었지만 아직 불을 밝히지는 않았다. 문아는 주방에서 풀려나 저녁 준비를 하려고 나왔다가 창고 귀퉁이에 서 있는 화천을 발견한 것이다.

"나리."

화천의 말을 끌어 창고 귀퉁이로 데려간 문아가 목소리를 낮추고 말했다.

"몸을 피하시는 게 나을 것 같습니다. 남왕의 사자가 데려온 넷이 모두 무공의 고수라고 하오."

문아의 두 눈이 번들거리고 있다.

"이청의 부두목 막빈이라는 자가 제법 무공을 아는 자인데 고준의 호위 넷은 모두 절기를 지닌 고수라고 했습니다."

화천의 시선이 문아를 응시했지만 동공이 흐려져 있다.

"어머니, 의원 나리는?"

유찬이 묻자 여옥이 외면한 채 대답했다.

"떠나셨다."

"아니, 어디로?"

놀란 유찬이 들고 있던 보따리 안에 있던 귀한 생선 한 마리가 마루 위로 떨어졌다.

"모르겠다. 나도 모르는 사이에 떠났으니까."

거짓말이다. 뼈마디가 녹아내릴 것 같은 정사를 치른 후에 알몸이 된 여옥이 화천의 품에 안겨 한바탕 울기까지 하고 나서 떠나보냈다. 한 번을 사정했지만 색욕이 터지니까 여옥은 스스로 옷을 벗어 던지고 온갖 체위를 바꿔가며 욕정을 채웠다. 화천이 이끌어준 때문이다. 그러고는 두 시진이 지나도록 누워 있는 중이다. 조금 진정이 된 유찬이 방으로 들어오더니 옆에 앉았다.

"어디 아파?"

"아니, 좀 피곤해서."

"다 나았지?"

"그럼."

"그런데 왜 이렇게 기운이 없어?"

"금방 자고 일어나서 그래."

여옥이 몸을 일으키더니 머리를 쓸어 올렸다. 그때 유찬이 눈을 가늘게 뜨고 여옥을 보았다.

"어머니, 갑자기 젊어진 것 같아."

여옥이 숨만 들이켰을 때 유찬이 시선을 준 채 말을 잇는다.

"얼굴 혈색도 좋고, 10년도 더 젊어진 것 같아."

저녁을 먹고 난 고준이 장하전과 형포를 둘러보며 말했다.

"그럼 너희들은 출발하도록."

둘이 머리만 숙여 보이고는 일어섰을 때 고준이 목소리를 낮췄다.

"서둘러야 된다. 내일 중으로 끝내야 될 것이야."

장하전과 형포는 40대쯤의 기골이 큰 사내들이다. 둘 다 허리에는 장검을 찼고 무릎까지 내려오는 겉옷을 입었는데 등에 활과 활통을 메었다. 오후 술시(8시)쯤 되었다. 둘이 주막을 나갔을 때 고준 옆에 서 있던 황서가 물었다.

"나리, 진가의 심복이 다섯이라고 합니다. 그 다섯도 다 베어야 되지 않겠습니까?"

"그렇게 되면 졸개들만 남는다. 그런 졸개는 농민을 잡아다 쓰는 것과 같다."

이맛살을 찌푸린 고준이 말을 이었다.

"진가를 없애면 심복들도 잠시 당황하겠지만 대부분은 따르게 된다. 이것이 난세의 생리야."

그때 남은 수행원 중 하나인 원종무가 거들었다.

"이청이 이미 그 다섯 중에 셋을 매수했다지 않은가? 우선 그 말을 믿어보기로 하세."

"그럼 배돌산파의 진가 휘하 도적단 3백이 이청 휘하로 들게 되는가요?"

황서가 아직도 미심쩍은 얼굴로 물었을 때 고준의 얼굴에 쓴웃음이 번졌다.

"그렇게 된 후에 다시 정리를 해야지."

원종무가 잠자코 주위를 둘러보았다. 뒤채의 방 안이다. 문을 활짝 열어놓은 것은 도청자를 찾아내기 위해서다. 고준의 호위 넷은 남왕(南王) 휘하의 위사 중에서 가장 무공이 뛰어난 자들로 4귀라고도 불린다. 고준이 4귀를 데리고 온 것은 이번에 자칭 대동계로 모여 있는 도적단을 장악하여 남왕 휘하의 전력으로 복속시키려는 의도다. 그때 고준이 혼잣소리처럼 말했다.

"인육주점의 조가파가 난데없이 인육이 되었으니 서부병마사 근황이 막혀 있군. 조가파가 쓸모가 있었는데 말이야."

활짝 열어놓은 문 앞의 처마 밑 서까래에 화천이 붙어 있다. 붙어 있다기보다 서까래가 되어 있다고 표현하는 것이 맞다. 몸은 검정색 기둥이 되었고 옷자락은 기둥 껍질, 얼굴은 기둥 끝의 튀어나온 받침대가 되었다. 인간의 몸이 굽혀지고 뻗치는 범위를 벗어난 자세여서 모두의 시선이 스치고 지나지만 멈추지 않는다.

화천의 두 눈은 방안을 정면으로 내려다보는 중이었는데 한쪽 눈은 크고 다른 한쪽은 작다. 그것은 두 눈이 각각 소나무의 괭이가 되어 있었기 때문이다. 괭이는 나무테 안에서 송진으로 뭉쳐진 덩어리다. 화천은 그 눈으로 방안을 살폈다. 그중 원종무의 무공이 가장 뛰어났다. 그다음이 조금 전에 떠나간 형포, 장하전, 그리고 황서의 순이라는 것을 알았다.

과연 문아의 말대로 중원 무림의 절정 고수가 이곳에 왔다. 이제는 중원 무림인들도 제각기 반란군에 끼어들어 새 천하를 도모하고 있다. 난세의 광풍을 타고 제각기 군주(君主)를 꿈꾸는가? 서까래가 된 화천이 그들을 응시하면서 생각에 잠긴다.

"에그머니."

문아가 또 놀랐다. 이번에는 이불 속에 들어가 있다가 화천이 옆으로 파고드는 바람에 대경실색한 것이다. 그러나 소리는 크지 않았다. 밤 해시(10시) 무렵, 주막 안은 고준의 수행원과 철산파 소두목 몇 명이 모여서 수선거렸고 뒤채의 고준과 고수들은 수군거리다가 조용해진 상황이다.

처음에는 놀랐지만 화천이 옆에 다가온 것이 좋아서 문아의 숨소리가 대번에 가빠졌다. 몸이 굳어지면서 얼굴이 상기되는 것이 색기를 내뿜기 직전이다.

"가만."

화천이 문아의 머리 한쪽을 손바닥으로 감싸면서 말했다. 그 순간 문아의 사지가 늘어지면서 저절로 긴 숨이 뱉어졌다. 뜨거워졌던 머리가 맑아지면서 1년 전 외상값까지 떠올랐다. 그때 화천이 문아의 귀에 대고 물었다.

"배돌산파의 진가는 어떤 위인이야?"

"다섯 중, 아니 이제 네 파가 남았는데 그중 가장 사람이지요."

문아가 바로 대답하는 것이 자신하고 있는 것 같다.

"전에 향학에서 농민 자식들을 가르쳤다가 학정에 못 이겨 산중호걸이 되었지요. 배돌산파 3백여 명은 규율이 가장 엄하지만 진 선생의 시력이 나빠져서 활동이 드문드문합니다."

"이청이 배돌산파를 합병하라고 고준이 수하를 보낸 것 같네."

"아이고, 어쩌나."

문아가 상반신을 일으키더니 한숨을 내쉬었다.

"남왕의 수하 저놈이 들락거리더니 기어코 대동계가 박살이 나는구나."

"조가패가 도살 되었으니 이미 깨진 것이지."

"이청이는 가장 독한 놈이오. 진 선생이 그래도 이청이를 밑에서 누르고 있었는데 고준이가 죽이러 보냈구려."

"어떻게 하는 것이 좋겠나?"

화천이 묻자 문아의 눈동자가 흔들렸다.

"나리, 그걸 왜 저한테 묻습니까?"

"대동계 회장 아니었나?"

화천의 손바닥이 다시 문아의 머리를 가볍게 눌렀다. 그 순간 대번에 몸이 뜨거워진 문아가 두 손으로 화천의 사타구니를 움켜쥐었다.

"나리, 못 살겠소. 한 번 넣어주고 가시오."

"방법을 말해 보라니까?"

문아의 치마를 젖히면서 화천은 이미 마음을 굳혔다. 문아의 대답을 들을 필요는 없다.

"아직 일어나지 않은 모양이군."

216

바위틈에 쪼그리고 앉은 장하전이 하품을 하고 나서 말을 이었다.

"나이가 40이 넘으니 기력이 전 같지가 않아. 아침 이슬을 맞으면 원기회복이 늦어져."

"그런가?"

쓴웃음을 지은 형포가 활시위를 당겨 메면서 말했다.

"평소에 음양의 조화를 맞추면 60이 넘어도 활력이 솟는다네. 오히려 내공이 더 강해지지."

"형은 내공이 강해서 손으로 바위를 부순다는 소문만 들었어. 둘이 있을 때 한 번 보여주지 않겠어?"

"이봐, 진가부터 처치하고 놀이를 하지."

"참, 그렇지."

장하전이 옆에 놓은 활을 집어 들며 웃었다. 말대로 놀이하려고 온 것 같다. 둘이 바위틈에 끼어 앉은 비스듬한 아래쪽으로 기와집 한 채가 보인다. 그 주위로 대여섯 채의 통나무집과 나무껍질을 올린 주택이 늘어섰고 아래쪽은 30여 채가 지붕만 보이고 있다. 이곳이 배돌산파의 근거지인 배돌산 정상 부근이다.

이제 둘은 1백 20보쯤 아래의 저택을 주시한 채 입을 다물었다. 이곳은 바위투성이 산인 데다 가팔라서 오르기도 어렵고 내려가기는 더 어렵다. 비탈이 아래쪽으로 휘어졌기 때문이다. 그래서 위쪽은 경비병도 세워놓지 않았는데 둘의 뒤쪽은 절벽이다. 둘은 밤에 절벽을 기어올라 이 시간까지 기다리고 있었던 것이다. 해가 동편 산마루에서 떠오른 지 한식경쯤이 지났다. 묘시(6시)가 되어가고 있다. 장하전이 투덜거렸다.

"이자가 눈이 보이지 않는다던데 아예 방에만 있는 게 아냐?"

"아냐, 기다려라."

형포가 화살을 집어 들면서 말했다.

"그자는 선비야. 소세를 안 할 리가 없어."

그들의 시선이 닿는 곳은 곧 저택 뒷마당의 우물이다. 우물에는 두 레박이 걸렸고 소세용 물동이도 있다. 이미 진가의 일상에 대한 내역을 알고 있는 터라 둘은 기다렸다.

"이제 나올 때가 되었어."

형포가 자신 있게 말했을 때다. 옆쪽 바위가 흔들리는 것 같아 형포는 눈을 감았다가 떴다. 헛것을 보았을 때는 대개 이런 반응을 한다. 다시 보았을 때 바위는 그대로 있었으므로 형포는 아래쪽 우물가로 시선을 돌렸다.

"이봐, 장 아우. 하인이 둘 따라 나왔을 때는 먼 쪽에 있는 놈부터 쏴."

형포가 다시 주의를 주었다. 장하전의 궁술도 뛰어났다. 형포보다 나을지도 모른다. 다만 성격이 급해서 먼저 몸이 움직이는 것이 흠이다. 장하전이 가만있자 아래쪽을 주시하면서 형포가 말을 이었다.

"만일 내가 진가를 맞추지 못한다면 장 아우가 두 번째 살로 진가를 쏘게."

"……."

"그럼 내가 두 번째 살로 남은 하인이나 진가를 다시 쏘지."

이번에도 장하전이 대답하지 않자 머리를 돌렸던 형포가 숨을 들이켰다. 장하전이 앉아 있었는데 두 눈을 치켜뜨고 형포를 보는 중이다.

"어엇."

저도 모르게 외침을 뱉은 형포가 활을 쥔 채 몸을 솟구쳐 일어섰다. 장하전의 눈이 흐려져 있었던 것이다. 죽은 생선의 눈, 시체의 눈이다. 손에 쥐었던 활과 화살을 떨어뜨린 형포가 바위틈에 세워놓은 칼을 쥐려고 손을 뻗었다. 다음 순간 형포의 입이 딱 벌어졌다. 두 눈도 치켜떠 져 있었는데 흐려져 있다. 칼이 없어졌다. 그때 뒤에서 사내의 목소리 가 울렸다.

"네 무공을 보자."

그 순간 형포의 몸이 허공으로 솟아올랐다. 뛰는 것 같지도 않았는 데 떠오른 것처럼 보인다. 화천은 두 손을 늘어뜨린 채 형포가 다가오 기를 기다렸다. 일부러 형체를 다 드러냈고 몸의 기력도 뺐다. 다음 순 간 형포가 덮치듯이 화천의 몸 위로 떨어졌다.

"악."

형포의 신음이다. 화천을 덮치면서 주먹에 쥔 독분과 발길을 내질렀 던 형포다. 그런데 독분이 하얗게 바위 위를 덮었고 발길은 허공을 내 질렀다. 그 반동으로 몸이 비틀리는 바람에 한쪽 발을 땅에 딛자마자 균형을 잡아야만 했다. 도대체 놈이 어디로 사라졌는가? 가공할 만한 순발력이다. 아니 헛것을 보았는지도 모르겠다. 조금 전 바위가 흔들리 는 것을 보았던 것처럼. 그 순간이다.

형포는 다리 한쪽이 갑자기 말에 채인 것처럼 치켜 올라갔고 중심을 잃은 몸이 사지를 펴면서 허공으로 떴다. 밑은 날카로운 바위투성이다. 온몸에 냉기가 덮인 형포가 허공에서 공중제비를 하면서 머리는 위로 다리는 아래쪽으로 내려놓았다.

형포는 전진파의 고수로 20년간 절기를 익힌 후에 방장 직위까지 오 른 몸이다. 전진파 내부에서 살인에 연루되어 남왕 휘하에 들었지만 무 림인의 위엄은 잃지 않았다. 그러나 다음 순간 다리가 다시 위로 채이 면서 형포는 얼굴을 바위에 부딪치며 엎어졌다. 코가 깨져 코피가 쏟아 졌고 이까지 몇 대 부러졌다.

"퍽!"

그 순간 젖은 바가지 깨지는 소리가 들리면서 형포의 두개골이 부서졌다. 수박이 깨진 것처럼 흰 뇌수와 피가 흩어졌고 머리가 형체도 없어졌다. 화천이 손바닥으로 머리를 내려친 것이다. 그때 아래쪽에서 외침소리가 들렸다.

"거기 누구냐?"

머리를 든 화천은 이쪽을 향하여 서 있는 사내를 보았다. 옆에 하인이 둘 서 있었고 외침을 들은 부하 서너 명이 뒷마당으로 나왔다. 사내는 바로 눈이 나빠졌다는 진 선생일 것이다. 화천이 그를 향해 소리쳤다.

"내가 그대를 암살하려는 사내 두 놈을 잡았네, 이리 와서 보게."

잠시 후에 화천은 진 선생 앞에 서 있었는데 주위에 부하들이 둘러서 있다. 그런데 그 부하 중에 귀성과 만 씨가 끼어 있어서 흥분을 감추지 못하는 중이다. 진 선생 이름은 진휘, 50대 중반으로 백발에 중후한 용모였다. 눈을 가늘게 뜨고 있는 것이 거의 보이지 않는 것 같다.

우물가는 조금 소란스러워졌다가 곧 질서가 잡혔다. 화천을 본 귀성과 만 씨가 그를 신의(信醫)라고 서로 나서서 떠들어대었기 때문이다. 이제 신의가 다시 나타나 진 두령을 암살하려는 고준의 심복 둘을 때려 죽인 상황이 되었다. 진휘가 두 손을 모으고 화천을 향해 예를 보였다.

"신의가 이제는 내 목숨을 구해주셨구려."

"내가 대동계 회장의 말을 듣고 왔소."

화천이 낭랑한 목청으로 대답했다.

"5개 파 중 배돌산파 진 선생이 가장 사람답다는 말을 들었기 때문이오."

"그렇습니까?"

쓴웃음을 지은 진휘가 화천을 보았는데 눈동자의 초점이 멀다.

"내가 눈병이 나서 귀인을 보지 못했습니다. 그저 체취와 윤곽만 잡힐 뿐이지요."

"어디, 눈을 보십시다."

다가선 화천이 눈을 자세히 보고 나서 말했다.

"내가 곧 낫게 해드리지요."

그 말을 들은 부하들이 웅성거렸고 귀성과 만 씨의 목소리가 그중 가장 크게 들렸다.

저녁 무렵이 되었을 때 주막에 내려와 있던 이청이 머리를 기울이며 고준에게 말했다.

"고 대인, 배돌산에서 좋은 소식이 온다고 하셨는데 저녁 무렵이 되었는데도 개 한 마리 드나들지 않는군요."

조금 비꼬는 말투여서 고준이 입맛을 다셨다. 이청에게 넌지시 배돌산의 진 선생이 변고가 있을 것이라고 말해주었기 때문이다.

"곧 오겠지요. 그런데 이 공이 누차 말하던 배돌산 진가의 심복 셋 중 하나도 얼굴을 비치지 않는데 그것은 또 웬일이오?"

이번에는 이청이 입맛을 다셨다. 철산파와 배돌산파는 연합한 상태니 만치 이번에 남왕의 사자 고준을 맞아 이청이 진휘의 측근을 부른 것이다. 오늘 셋 중 하나가 와서 이청의 체면을 세워줬어야 했다. 그때 부두목 상귀가 다가오더니 이청에게 말했다.

"두령, 오늘은 배돌산의 졸개도 한 명 나타나지 않았습니다. 운암산

패 졸개 대여섯만 얼쩡거리다 돌아갔습니다.”

유시(6시)가 지나가고 있었다. 이제 곧 밤이다. 밤에 주막으로 나올 패거리는 없을 것이다. 그때 이청이 뒤쪽에 서 있는 여상보에게 말했다.

“네가 배돌산에 다녀오너라.”

“가지요, 그런데 가서 어떻게 할까요?”

여상보가 묻자 이청이 목소리를 낮췄다.

“이미 고 대인이 와 셰신 건 알 테니 신 두령한테 고 대인께서 안부를 전하라는 심부름을 왔다고 해라.”

“그러지요.”

“그리고 산채가 어떤 상황인지 둘러보고 오너라.”

“지금 가면 내일 아침에야 돌아오겠습니다.”

배돌산은 70리 거리인 것이다. 여상보가 바람을 일으키며 주막을 나갔을 때 고준이 이청에게 말했다.

“가막골파 방 두령도 내가 온 것을 알고 있을 거요.”

“당연하지요.”

쓴웃음을 지은 이청이 술잔을 쥐었다.

“주막 하인 한 놈이 가막골파 밀정 노릇을 했는데 갑자기 제 이름도 잊어먹은 등신이 되어서 창고에 갇혀 있지요.”

“등신이 되다니?”

고준이 묻자 뒤에 서 있던 상귀가 대답했다.

“글쎄, 산기슭에서 혼자 비식비식 웃고 있는 것을 찾아냈습지요. 영악한 놈이었는데 실성한 것 같습니다”

“괴이하군.”

“하지만 이곳은 5개 파가 마음대로 드나드는 곳이어서 벌써 대인께서 오신 것을 다 알고 있을 것입니다."

"그래서 내가 온 후로 가막골파 패들이 오지 않는가?"

"운암산 졸개들이 다 알려주었을 것입니다."

"그런데 신의라는 자는 이곳을 떠난 것인가?"

문득 고준이 생각났다는 표정을 짓고 이청과 상귀를 둘러보았다. 그때 대답을 이청이 했다.

"신의든 귀의(鬼醫)든 지금 그런 놈 생각할 겨를이 없소."

"신의시오."

눈을 껌뻑인 진휘가 앞에 앉은 화천을 바라보며 말했다. 유시 끝 무렵이어서 청 안에 촛불을 환하게 켜 놓았다. 주위에 가득 둘러앉아 있던 배돌산파 무리들이 일제히 탄성을 뱉자 주위가 떠들썩해졌다. 방금 진휘가 눈에 감겼던 붕대를 푼 것이다. 진휘가 눈물이 가득 고인 눈으로 화천을 보았다.

"은인의 얼굴이 선명하게 보입니다."

화천은 웃기만 했고 감개어린 표정으로 진휘가 둘러앉은 부하들을 보면서 말했다.

"아아, 새 세상이구나."

"두령, 감축 드리오."

수하들이 일제히 소리쳤고 청 안의 소음은 더 커졌다. 그때 진휘가 손을 들자 모두 일제히 입을 다문다.

"지금부터 우리 배돌산파는 철산파와 단교한다."

진휘의 맑아진 눈이 번들거리고 있다.

"나를 암살하려고 온 두 놈은 고준의 수행원이었지만 철산파 이청과

223

모의하고 나서 보내졌을 것이다."

그것은 어린애라도 짐작할 것이었다. 주막에서 이청과 고준은 계속해서 밀담을 나누고 있다. 진휘가 부두목 강소를 찾았다.

"강소, 어디 있느냐?"

"여기 있소."

텁석부리 사내가 무릎걸음으로 다가와 앉자 진휘의 얼굴에 감개가 서렸다.

"네 얼굴을 1년 반 만에 보는구나."

"두령, 그럼 1년 반 동안 보지 못하셨다는 말씀이오?"

"냄새와 목소리만 들었다. 오직 밝은 빛과 어둠만 보았을 뿐이다."

쓴웃음을 지은 진휘가 다시 화천을 향해 머리를 숙여 보이고는 물었다.

"산채에서 나간 놈은 하나도 없으렸다?"

"예, 아침에 두령이 말씀하시고 나서 한 놈도 나가지 못하게 했습니다."

화천은 강소의 몸에서 풍기는 원기를 보았다. 강하다. 무공의 고수일 것이다. 머리를 끄덕인 진휘가 화천에게 물었다.

"신의시여, 이제 이 산채를 신께 맡깁니다. 어떻게 하는 것이 좋겠습니까?"

"과분하신 말씀이오."

한 번 사양을 하고 난 화천이 똑바로 진휘를 보았다. 아침에 진휘에게 수하들의 외출을 금지시키라고 한 것은 화천이다.

"대인, 소두목까지 다 부르시지요. 제가 할 이야기가 있습니다."

머리를 끄덕인 진휘가 강소에게 지시했다.

"소두목 이상으로 다 부르라, 지금 당장."

그 시간에 가막골파 두령 방우가 눈썹을 치켜뜬 얼굴로 부하의 보고를 받는다.

"두령, 주막 안에는 들어가지 못 했지만 아직도 남왕의 사자가 머물고 있다고 합니다."

"그놈들이 뭘 하러 왔는지는 다 알지."

방우가 이 사이로 말했다.

"산채마다 돌아다니면서 대장군이네 병마사네 있지도 않은 직함을 팔고 등신 같은 놈들을 데려가 화살받이로 쓰는 것이다."

"두령."

옆에 앉은 부두목 오사복이 방우를 보았다.

"사자로 온 고준이란 놈은 간교한 놈입니다. 그놈이 우리를 놔둘 리가 없소."

방우는 시선만 주었고 오사복이 말을 이었다.

"우선 철산파, 배돌산파를 장악하고 나서 우리한테 접근할 것입니다. 대비하셔야 되오."

오사복은 명의 낭장 출신이니 제대로 된 병법 수련을 했고 군사도 지휘한 경험이 있다. 이곳 대동계의 다섯 파 두목급 중에서 가장 장수감이라고 해도 될 것이다. 광주 태수 휘하의 낭장이었을 때 군량과 무기를 몰래 팔아먹은 것이 발각되어 야반도주를 하고 나서 각지를 떠돌다가 방우에게 투신했다. 충(忠)이나 의(義)를 기대하는 것은 마른 날에 벼락 만나기보다 어렵겠지만 군략만큼은 도움이 된다. 오사복이 번듯한 얼굴을 들고 말을 이었다.

"고준은 이청을 앞세워 두령께 합세하자고 나설 것입니다. 두령께서 거부하시면 아마 수단을 써서 수하를 이간시키거나 분열시켜 우리 가막골파를 흡수하려고 할 것입니다."

"……."

"우리와 동맹 관계인 운암산파부터 흡수한 후에 우리한테 접근할 수도 있습니다. 그쪽의 세력이 월등해졌기 때문에 우리가 열세에 몰리게 되겠지요."

"이청이 총대장이 된다는 말이냐?"

방우가 갈라진 목소리로 물었더니 오사복의 얼굴에 쓴웃음이 번졌다.

"이청이 고준의 머리는 당하지 못합니다. 아마 그사이에 빈 껍질만 남아 있든가 다 만들고 나서 암살을 당하거나 하겠지요."

"교활한 놈이군."

"그놈이 형주지사 휘하의 판관이었을 때 소문을 들었습니다. 그놈은 제 상전인 형주지사 유원탁을 모함하고 죽인 놈이지요. 그러다 결국 도망쳐 나와 남왕 휘하에 든 놈입니다."

"그렇다면 어떻게 하는 것이 좋겠느냐?"

방우의 장점이 이것이다. 모르면 모른다고 내보이는 것이다. 오사복이 몸을 기울여 방우의 귀에 입을 가깝게 붙였다. 주위의 소두목들은 눈만 껌뻑이고 있다.

여상보가 배돌산 산채로 찾아왔을 때는 자시(밤 12시) 무렵이었으니 깊은 밤이다. 산채의 경비는 놀랐는지 분주하게 수화를 했지만 철산파는 명색이 배돌산파와 동맹 관계다. 여상보를 데리고 청으로 올라왔을

226

때 보고를 받은 진휘가 기다리고 있었다.

"두령, 여상보가 뵙습니다."

여상보는 석 달쯤 전에 이청의 심부름으로 다녀간 적이 있는 터라 떠들썩한 목소리로 인사를 했다. 그때도 진휘가 앞이 안 보여서 목소리로 분간했기 때문이다.

"오, 여 두목인가?"

오늘도 진휘는 청 안에서도 말총으로 만든 모자를 눌러썼는데 코까지 가려졌다. 눈을 보이지 않으려는 것이다.

"늦은 밤에 무슨 일인가?"

"예, 늦게 출발했습니다."

얼버무린 여상보가 주위를 둘러보았다. 텁석부리 강소가 이쪽을 노려보고 있을 뿐이다.

허리를 편 여상보가 말을 이었다.

"저희 두령께서 이번에 남왕의 사신 고 대인을 만나고 계십니다."

"오, 그래?"

"그런데 고 대인께서 배돌산 두령께도 안부를 전하라고 하셔서 제가 인사차 온 것입니다."

"그래, 인사 받았네."

"고 대인께 전하실 말씀이 있으신지요?"

"나도 안부를 전하더라고 해주게."

"알겠습니다."

"그런데 언제까지 머문다고 하시던가?"

"예?"

여상보가 눈을 껌뻑이다 대답했다.

"며칠 더 계실 것 같습니다."

"자네 두령께선 안녕하시지?"

"예, 그럼요."

"마하트."

그때 뒤쪽에서 들리는 소리에 여상보가 꿈에서 깨어난 얼굴을 했다. 그러더니 여상보의 입에서 저절로 말이 터졌다.

"마하트."

그리고는 머리를 돌려 뒤쪽에서 다가오는 화천을 보더니 두 손을 모으고 앉은 채로 머리를 숙였다.

"마하트시여."

머리를 끄덕인 화천이 진휘의 옆에 앉아서 말했다.

"자, 이쪽 이야기를 듣자."

"마하트."

다시 마하트를 외운 여상보가 정색하고 말했다.

"이곳에 이청에게 매수된 두령의 심복이 셋 있습니다."

그때 여상보는 텁석부리 강소가 눈을 치켜뜨는 것을 보았다. 여상보가 말을 이었다.

"소두목 창선, 아한, 주경석입니다. 이들은 수시로 이곳 정보를 이청에게 전해온 배신자들입니다."

화천이 머리를 끄덕였다.

"알고 있다."

"고준과 이청은 이제 이곳 배돌산을 장악하려고 합니다."

머리를 끄덕인 화천이 진휘를 보았다. 그때 진휘가 말총갓을 벗자 맑은 두 눈이 드러났다. 진휘가 웃음 띤 얼굴로 여상보에게 말했다.

"이미 세 놈은 처단했다네."

"그러셨군요, 마하트께서 말씀하셨겠지요."

여상보의 얼굴에도 웃음이 떠올랐다.

"두령의 눈이 다 나으셨습니다."

"모두 신의(神醫) 덕분이지."

"저에겐 마하트 님이시오."

"마하트가 무엇인가?"

진휘가 물었을 때 화천이 손을 뻗었다. 손바닥을 진휘의 머리에 올려놓은 화천이 말했다.

"내가 알려드리리다."

주춤했던 진휘가 눈을 치켜떴다가 곧 숨을 들이켜더니 어깨를 늘어뜨렸다. 딱 숨 한 번 호흡하고 났을 때 화천이 손을 떼었고 진휘가 머리를 끄덕이며 말했다.

"마하트."

그때 강소가 이맛살을 모으더니 화천과 진휘를 번갈아 보았다.

"마하트가 무엇입니까? 지금 뭘 하셨소?"

"이리 오너라."

진휘가 손짓으로 부르자 강소가 무릎걸음으로 다가와 앞에 꿇어앉았다. 손을 뻗은 진휘가 강소의 머리 위에 놓더니 말했다.

"마하트."

그러고는 한 호흡이 끝났을 때 강소가 숨을 들이켜면서 응답했다.

"마하트."

마하트경은 이제 신자(信者)끼리도 전파가 된다. 전염이 되는 것이다. 화천은 문득 마하트에게 기적을 전달해 준 외계인을 떠올렸다. 형

229

체가 없는 외계인이다. 이런 기적을 만들어낼 존재는 이 세상에 없을 것이다.

마하트는 경전을 기술한 인도인의 이름이다. 화천은 마하트로 백상교를 대체할 신교(新敎) 이름을 붙인 것이다. 마하트를 외운 것은 신도가 되었다는 표시이며 곧 교리가 머릿속에 주입되었다는 것을 의미한다.

이제는 마하트 신자(信者)가 된 셋이 화천을 중심으로 둘러앉았다. 자시가 훨씬 넘은 시간이어서 주위는 조용하다. 청 기둥에 붙여진 촛불도 흔들리지 않는다. 화천이 입을 열었다.

"내가 이곳을 지나려 했지만 인육을 파는 주막에 들르면서부터 끌려 들었어."

쓴웃음을 지은 화천이 셋을 둘러보았다.

"내가 조가 식구들을 몰살했네."

"그러셨군요."

감동한 여상보가 곧 얼굴을 펴고 웃었다.

"이제는 난마처럼 얽힌 나머지 네 무리를 정리해 주시지요."

여상보의 말에 진휘가 거들었다.

"마하트시여, 온 세상이 도적의 무리올시다. 마하트께서 정돈하여 주소서."

이제 신의가 마하트로 되었다.

다음 날 오전 사시(10시) 무렵에 배돌산파에 손님이 찾아왔으니 바로 가막골파의 부두목 오사복이다. 오사복이 배돌산파에 온 것은 처음이었으므로 진휘가 먼저 화천에게 물었다. 둘은 마침 청에서 이야기를 나누던 중이다.

"무슨 일일까요?"

"고준 때문이겠지."

화천의 얼굴에 웃음이 떠올랐다.

"가막골파에 모사가 있군, 이곳으로 찾아오다니."

"오사복이 명(明)의 낭장이었다고 합니다. 제법 병법을 아는 놈입니다."

강소가 말했을 때 진휘가 부하에게 말했다.

"데려오너라."

잠시 후에 청으로 들어온 오사복이 진휘와 강소에게 인사를 하더니 몸을 굽히고 화천을 보았다. 화천이 상석에 앉아 있었기 때문이다. 그때 진휘가 말했다.

"내 스승이시네, 배돌산파는 앞으로 스승의 지시로 움직일 것이야."

"그러십니까? 처음 뵙습니다."

오사복이 청 바닥에 이마를 붙여 절을 하더니 입을 열었다.

"제 두령이신 가막골파 산주(山主)의 전언을 가져왔습니다."

셋은 시선만 주었고 오사복의 말이 이어졌다.

"두령께선 철산파가 남왕 수하에 들면서 대동계의 다른 파들을 끌어들이려는 공작을 한다고 하셨습니다. 이에 다른 파들은 서로 연대해서 남왕과 철산파의 공작을 막도록 하자고 하십니다."

진휘의 시선을 받은 화천이 머리를 끄덕였다. 그때 오사복이 말을 이었다.

"명망이 높으신 진 대인께서 3개 파벌의 회주가 되신다면 가막골파는 따를 것입니다. 그러니 철산파의 독주를 막기 위해 진 대인께서 나서 주시기를 바랍니다."

화천의 얼굴에 웃음이 떠올랐다. 가막골파는 무리가 5백여 명으로 철산파와 비등하다. 거기에다 운암산파까지 동맹하고 있는 것이다. 그러니 배돌산파 진휘만 응낙하면 당장 3자동맹이 성립된다. 화천이 머리를 끄덕이자 진휘가 말했다.

"우리가 반란군 남왕의 화살받이가 되면 안 되지, 응낙하겠네."

"별일 없습니다."

주막으로 돌아온 여상보가 이청에게 보고했다. 이청 옆에 고준이 앉아 있었으니 다 듣고 있다. 이청이 서두르듯 물었다.

"어떠냐? 진가 그놈은 지금도 소경이더냐?"

"예, 제 눈앞의 그릇도 보지 못했습니다."

"그럼 강소가 두령 노릇을 하겠군."

"그렇습니다."

"그런데 창선, 아한, 주경석이는 무얼 하고 있더냐? 그놈들을 보았느냐?"

"예, 안채 살림을 맡았는지 일을 하고 있는 것만 보았습니다. 진 두령이 외출금지령을 내려서 외부 출입을 못하고 있습니다."

"그 소경 놈이……."

그때 고준이 물었다.

"여 부두목, 무슨 소문 듣지 못했나?"

"무슨 소문 말씀이오?"

"배돌산파 주변에서 말이네……."

"못 들었습니다. 진 두령이 눈은 보이지 않지만 깐깐해서 잔소리를 하는 통에 겨우 밤을 새고 나서 돌아온 참이오."

"그놈이 곧 죽을 모양이다."

"이청이 자위하듯이 혼잣소리로 말했다.

"죽기 전에 잔소리가 많지."

고준은 이맛살을 찌푸린 채 생각에 잠겨 있는 것 같더니 자리에서 일어섰다.

뒷마당으로 나간 고준의 옆으로 원종무가 다가와 섰다. 원종무도 주막 안에서의 이야기를 다 듣고 있었던 것이다. 고준이 목소리를 죽이고 말했다.

"무슨 일이 있다. 형표하고 장하진이 배돌산에서 당한 것이 틀림없어."

"그래놓고 진가가 여상보를 속였단 말씀입니까?"

"그랬을 가능성이 크다."

"여상보가 거짓말을 했을 가능성도 있지 않겠습니까?"

"그놈이 왜?"

고준이 되묻자 원종무가 입맛을 다셨다.

"나리, 소인이 가봐야 될 것 같습니다."

"너까지 가면 안 된다."

머리를 저은 고준이 원종무를 보았다.

"형표와 장하진은 고수(高手)다. 그 둘을 제거할 실력자가 이곳 네 개 도적놈들 무리에 있을까?"

"강소란 놈 무공이 높다지 않습니까?"

고준이 어깨를 늘어뜨리면서 숨을 뱉었다.

"일이 꼬여가고 있어."

눈을 뜬 화천이 먼저 심호흡부터 했다. 이곳은 산채 뒤쪽의 외진 별채다. 화천이 조용한 숙소를 바랐더니 개울가의 외딴집을 내주었다. 독채에 청과 침소가 딸린 깨끗한 집이다. 이윽고 화천이 손을 들어 앞쪽 방바닥을 휘젓는 시늉을 했다. 그 순간 앞쪽에서 먼지가 구름처럼 일어났다. 숨을 참은 화천이 몸을 세우자 어깨로 머리칼이 출렁거렸다. 옷은 낡아서 너풀거렸고 얼굴에는 한 자 가까운 수염이 자라나 있다. 입맛을 다신 화천이 발을 뗐다. 어제 새벽에 이곳에 들어온 후로 수련을 했던 것이다. 심신비전 144장을 머릿속에 넣었다고 다 익힌 것이 아니다. 정신을 집중하고 수련을 해야만 한다. 그래서 어제 새벽 축시(2시) 무렵부터 지금까지 독채의 공간을 떼어놓고 수련을 한 것이다. 그래서 공간 안에 든 화천은 바깥세상이 한나절쯤만 지났을 뿐인데도 반년을 수행했다. 공간 안에서 반년을 지내고 나온 것이다. 등짐에서 칼과 가위를 꺼낸 화천이 머리와 수염을 깎고 진휘가 기다리는 청으로 들어섰을 때는 저녁 유시(6시) 무렵이다.

"아니, 오늘 새벽에 뵀을 때보다 야위셨습니다."

눈이 잘 보인다는 유세를 하는 것처럼 진휘가 화천을 보자마자 말했다. 그도 그럴 만하다. 화천은 다른 공간 안에서 반년 동안 햇살도 받지 못하고 집안에서 수련하고 나왔기 때문이다. 독채에 쌓아둔 양식이 다 축나 있는 것을 본 졸개들이 놀랄 것이었다. 웃음으로 대답한 화천이 진휘 앞에 앉아 말했다.

"이제 시기가 무르익었으니 오늘밤에 이청과 고준을 제거해야겠어."

긴장한 진휘가 숨을 들이켰다. 청 안에는 진휘와 강소, 화천 셋이 둘러앉아 있다. 화천이 말을 이었다.

"고준은 수하 둘이 이곳에서 실종되었으니 잔뜩 의심을 품고 있을 것이고 이청도 세 놈으로부터 연락을 받지 못하니 불안할 것이야. 오늘 밤에 끝내야 돼."

"과연 그렇습니다."

진휘가 머리를 끄덕였다.

"마하트시여, 제자가 앞장서서 이청과 고준을 잡지요."

"아니, 군사를 이끌고 갈 필요는 없어."

화천의 시선이 강소에게로 옮겨졌다.

"나하고 강소 둘이 갈 테니 두령은 이곳에서 내 연락을 기다리게."

"마하트시여, 괜찮으시겠습니까?"

진휘가 묻자 화천의 얼굴에 웃음이 떠올랐다.

"많으면 방해가 되네."

산채로 돌아간 이청의 심기는 좋지 않았다. 일이 꼬이거나 기분이 상했을 때 포악해지는 이청의 성품을 아는 터라 부하들은 근처에 접근하지 않는다. 그런데 시중드는 처첩은 피할 처지가 안 되었기 때문에 마침내 사달이 났다. 첩 둘이 저녁상을 들고 오다가 하나가 발을 헛딛는 바람에 상이 기울었고 그릇이 방바닥으로 떨어진 것이다. 요란한 소리와 함께 그릇 두 개가 떨어졌고 음식이 방바닥에 쏟아졌다.

"이런 개 같은 년들."

놀란 이청이 당장 손을 뻗쳐 벽에 기대 세워놓은 칼을 빼들자마자 비틀거린 첩의 어깨를 내려쳤다. 비명과 함께 어깨에서 허리까지가 갈라진 첩이 상과 함께 엎어졌다. 잘려 나간 한쪽 팔이 방바닥에 떨어졌고 첩은 즉사했다.

"이년."

눈이 뒤집힌 이청이 남은 첩을 향해 칼을 겨누었다. 그 순간 기가 질린 첩이 눈을 하얗게 뒤집어 뜨고 주저앉았지만 이청은 이미 정신이 나간 상태다. 휘두른 칼이 첩의 목을 쳤고 머리통이 방바닥으로 떨어졌다. 방은 피바다가 되었고 엎어진 저녁상 위로 두 시체가 도살된 짐승처럼 놓여졌다.

"이 연놈들! 당장 이걸 치우지 못하느냐!"

피 묻은 칼을 휘두르며 이청이 고함을 치자 하인들이 몰려왔지만 감히 들어오지를 못한다. 그때 부두목 상귀가 다가왔다.

"두령! 저녁상을 다시 올리지요!"

상귀의 외침에 정신이 난 듯 이청의 눈동자가 제대로 위치를 잡았다.

"무얼 하느냐! 빨리 치워라!"

정신 차리라는 듯이 상귀의 외침은 더 커졌다.

"이 강만 건너면 운화현입니다."

원종무가 말에서 내리면서 말했다. 술시(8시) 무렵, 이미 짙은 어둠이 덮여서 강물은 검게 드러났다. 달도 없는 밤이었지만 날씨가 맑아서 별이 가득 떠 있다. 말에서 내린 고준이 주위를 둘러보더니 쓴웃음을 지었다.

"마치 패장이 도망치는 꼴 아닌가?"

"나리, 사신으로 오신 겁니다. 전장에 다녀오신 것은 아니요."

나룻배를 찾으면서 원종무가 말했다. 그때 아래쪽에서 황서가 소리쳤다.

"저기 나룻배가 매어 있소!"

주막을 나왔을 때는 미시(오후 2시) 무렵이었으니 세 시진이 지났다. 꽤 멀리 떨어진 셈이다.

"이봐! 사공! 사공 있나?"

황서가 소리쳐 불렀을 때 집안에서 인기척이 나더니 곧 찌그러진 문이 열렸다. 모습을 드러낸 것은 백발에 허리가 구부러진 노인이다.

"왜 그러시오?"

노인이 가래가 끓는 목소리로 묻자 황서는 손에 든 은자를 손바닥을 펴서 보였다. 은자 두 냥이다.

"이보게, 사람 셋, 말 세 필이네. 강을 건너는 값으로 받게."

은자를 본 노인의 두 눈에 생기가 돌았다.

"가지요."

"옳지, 따라오게."

노인이 바지춤을 여미며 문밖으로 나서자 황서가 앞장을 섰다.

"이 시간에 강을 건너다니 무슨 일 있으시오?"

"그건 알 필요가 없고."

"알겠소이다."

황서가 나룻배 앞에 선 둘을 향해 소리쳤다.

"여기 사공 데려왔습니다!"

원종무와 고준이 다가오는 황서를 보았다. 이곳은 인적이 없는 강가, 갈대가 바람에 흔들리면서 비 오는 소리를 낸다. 바람결에 비린 물 냄새가 맡아졌다. 별이 밝은 밤이어서 황서 뒤에 보였다가 가려지는 사공의 모습도 드러났다.

"자, 그럼 말을 배에 싣겠습니다."

원종무가 고준의 말고삐를 잡으면서 말했다. 고준의 말부터 실으려는 것이다.

"배가 크니 말 10필은 더 싣겠습니다."

나룻배는 바닥이 평평한 평선으로 길이와 넓이가 각각 30자(9m)는 되었다. 원종무가 고준의 말을 배 위에 올려놓았을 때 황서와 사공이 다가왔다.

"말은 뒤쪽에 매시오."

사공이 말하며 묶어놓은 노를 풀었다.

"건너는데 얼마나 걸리는가?"

강이 넓어서 고준이 물었더니 노인은 꾸물거리면서 대답하지 않았다. 듣지 못한 것 같다.

"이봐, 나리께서 얼마나 걸리느냐고 물으시지 않나?"

말을 끌고 오면서 원종무가 크게 물었을 때 머리를 든 사공이 대답했다.

"강은 건너지 못하고 강물에 수장될 걸세."

그 말을 들은 셋은 움직임을 멈췄다. 모두 아연한 표정이다. 그때 가장 먼저 반응한 사내가 황서다. 풀썩 웃은 것이다.

"영감, 뭐라고?"

그때 두 번째로 원종무가 반응했다.

"나리, 이쪽으로!"

이미 배에 오른 고준을 부른 것이다. 그때 사공이 허리를 폈다.

"아앗!"

이번에는 황서의 입에서 놀란 외침이 울렸다. 구부정하던 사공의 몸이 펴진 것이다. 키가 황서보다 머리통 하나만큼 더 크다.

"에잇!"

다음 순간 원종무가 도약했다. 어둠 속에서 떠오른 원종무의 모습은 커다란 박쥐 같다.

"이놈!"

허공에서 허리에 찬 칼을 빼어 든 원종무가 이제는 나룻배 바닥으로 떨어지면서 내려쳤다.

화천은 떨어져 내려오는 원종무가 마치 집채만 한 바위처럼 느껴졌다. 머리 위에 가득 덮인 바위다. 엄청난 압력이 느껴지면서 숨까지 막혔다. 원종무의 내공이 허공에서 밀려 내려왔기 때문이다.

화천이 짐작한 대로 고준의 수하 중 원종무의 무공이 가장 강했다. 태산과 같은 압력, 무겁지만 유연한 몸, 화천은 사공의 얼굴로 허공에서 내려오는 원종무의 얼굴을 보았다. 보라, 치켜뜬 저 눈, 꾹 다문 입술, 수만 근의 압력으로 덮쳐 오는 저 내력(內力), 그리고 검기(劍氣), 화천은 원종무의 시선을 받으면서 빙그레 웃었다.

그것을 본 원종무의 두 눈에 갑자기 흐린 그늘이 꼈다. 지금 원종무는 아직도 허공에 떠 있는 것이다. 그때 화천이 소매에서 엽전 두 닢을 꺼내 먼저 한 닢을 원종무의 왼쪽 눈에 붙였다. 그동안 원종무는 허공에 매달려 있는 것처럼 떠 있는 상태다.

다시 한 닢을 원종무의 오른쪽 눈에 붙인 화천이 머리를 기울였다가 소매에서 다시 엽전 한 닢을 꺼냈다. 그동안에도 원종무는 어두운 밤하늘에 떠 있다. 두 손으로 장검을 치켜들고 내려치려는 자세다. 다시 한 닢을 꺼낸 화천이 원종무의 악문 입술을 벌리고 입안에 넣었다. 그러고는 입맛을 다시더니 허공에 떠 있는 원종무의 바지 끈을 풀어 밑에서 주르르 벗겼다. 허공에 뜬 원종무는 이제 하반신이 알몸이 되었고 연장과 방울이 늘어졌다. 벗겨진 바지를 강물에 버린 화천이 나룻배 끝 쪽으로 다가가 팔짱을 끼고 선 순간이다.

"엣!"

칼을 내려치면서 원종무가 그때서야 나룻배 바닥으로 떨어졌다.

"악!"

놀란 외침은 원종무의 입에서 먼저 터졌다. 눈에 붙여진 동전이 아직도 떨어지지 않았지만 입안의 엽전은 외침과 함께 뱉어졌다. 원종무가 눈을 비벼 엽전을 떼어내고서야 제 하반신이 알몸인 것을 보았다. 머리를 들었더니 사공은 다섯 발짝이나 떨어진 나룻배 구석에 서 있는 것이 아닌가?

"어어어?"

그때서야 황서의 입에서도 놀란 외침이 터졌다. 나룻배 안쪽에 들어가 있던 고준은 가장 확실하게 그 장면을 본 인물이었는데 도무지 어떻게 된 영문인지 알 수 없었다. 그것은 눈 깜박할 사이에 일어난 일이었기 때문이다. 허공으로 도약했던 원종무는 바지가 벗겨진 괴상한 꼴이 되어 나룻배 바닥에 헛칼질을 하면서 떨어진 것이다. 그것은 황서도 마찬가지, 원종무가 언제 바지가 벗겨졌는지 알 수가 없다.

그때 칼을 쥔 원종무가 제 하반신을 내려다보면서 소리쳤다. 떨리는 목소리가 강가를 울렸다.

"이, 이것이 무슨 사술인가?"

순간적으로 자신을 다른 공간으로 이동시키면서 공간 밖의 대상을 상대한 것, 화천이 방금 원종무를 처리한 방법이다. 원종무는 이것이 무슨 사술이냐고 부르짖었지만 화천은 마하트가 남겨놓은 심신비전에 의해 공간 이동을 했을 뿐이다. 외계의 존재가 전해준 '이동법'이라고 해야만 옳다.

사술이 아니다. 이 '이동법'으로 화천은 바깥세상이 한 달여를 지나는 동안 동굴 안 '공간'에서 7년 4개월을 지내면서 심신비전 144장을 다 머릿속에 넣지 않았는가? 조금 전에도 그 이동법을 적용하여 원종무의 바지를 벗기고 눈에 엽전을 붙였을 뿐이다. 그때 원종무가 하반신이 알몸인 채 두 손으로 장검을 움켜쥐고 화천을 노려보았다.

"이놈! 네놈 정체를 밝혀라!"

"귀신이야."

황서가 대신 대답하더니 벌벌 떨었다.

"강에 사는 귀신이 틀림없어."

목소리도 덜덜 떨린다. 그럴 만하다. 밤이 깊었고 바람에 주변 갈대가 누우면서 비 오는 소리를 낸다. 검은 강물은 출렁이면서 물비린내가 피비린내처럼 느껴진다. 사공의 흰 옷자락이 바람에 펄럭이는 것도 귀신처럼 보인다. 그때 고준이 입을 열었다.

"넌 누구냐?"

고준은 무공은 약하지만 대가 세다. 난세에 일어난 반란군 수장의 시종장이니 셋 중 가장 간담이 두꺼울 것이다. 그때 화천이 대답했다.

"난세에 광풍(狂風)이 분다."

셋은 아연했고 화천의 목소리가 갈대 숲 눕는 소리와 함께 퍼져 나갔다.

"광풍에 피 냄새가 맡아지는구나."

다음 순간 화천이 공간을 변형시켰다. 화천의 공간은 셋의 공간보다

1백배는 빨리 흐르는 공간이다. 그러니 화천이 칼을 빼어 들고 천천히 다가갔지만 셋은 다가오는 기척도 보지 못한다.

"자, 가거라."

먼저 고준에게 다가간 화천이 칼을 치켜들면서 말했다.

"그저 영문도 모르고 머리가 떨어질 테니 너희들에게는 두려움도 느낄 겨를이 없을 것이다."

긴 말과 함께 화천이 우두커니 서 있는 고준의 목을 쳐서 머리를 떨어뜨렸다. 그러고는 천천히 원종무에게 다가가 우스꽝스러운 몰골로 서 있는 머리통을 떼어내고 마지막으로 황서의 목을 베었다. 화천이 현재의 공간으로 돌아왔을 때 세 명의 목이 거의 같은 순간에 떨어졌다. 바람결에 진한 피비린내가 맡아졌다.

"나룻배 위에 머리가 떨어져 있을 테니 고준의 머리만 주워오게."

화천이 도토리를 주워오라는 것처럼 말했으므로 강소가 주춤거리다가 몸을 돌렸다. 강소는 나룻배 사공 집에서 기다리고 있었던 것이다. 나룻배 사공 영감은 화천에게 머리를 눌려 아직도 곤한 잠에 빠져 있었는데 20년 만에 꿀 같은 단잠에 빠져 있다. 그것은 화천의 손길에 한 호흡마다 터졌던 기침이 씻은 듯이 나았기 때문이다. 잠시 후에 강소가 옷가지로 싼 고준의 머리통을 들고 왔는데 어안이 벙벙한 표정이다.

"세 놈의 머리가 뒹굴고 있었는데 아주 깨끗이 잘라 놓으셨더군요."

"말발굽 소리가 들리던데 말을 끌고 왔구나."

"말에 여비로 쓸 금화까지 실려 있었습니다. 말을 버리고 가면 안 되지요."

그때서야 본색을 찾은 강소의 목소리가 밝아졌다.

"마하트시어, 저한테도 무공을 나눠주십시오."

"네 무공도 쉽게 물러날 정도가 아니다. 욕심 부리지 마라."

텁석부리 강소는 30대 후반으로 인상이 험악했지만 같이 지내고 보니 붙임성이 있다. 밖으로 나온 둘은 제각기 말에 올랐는데 이제 밤바람이 더 세어져 있다.

"마하트시어, 밤이 깊었습니다. 어디에서 묵으실 것이오?"

강소가 소리쳐 묻자 화천이 서쪽을 가리켰다. 온 길 쪽이다.

"10리쯤 가면 작은 마을이 있으니 오늘밤은 그곳에서 묵자. 곧 태풍이 불어온다."

다음날 날은 밝았지만 태풍이 불어닥쳤다. 광풍이다. 나무가 뽑혀 나갔고 화천과 강소가 방을 빌려 묵고 있던 집도 기와가 떨어져 나갔으며 창고가 무너졌다. 오전 묘시(6시)쯤 되었다. 비까지 퍼붓는 통에 밖으로 나갈 엄두도 못 내고 있던 강소에게 화천이 말했다.

"이 비바람은 오늘 밤까지 퍼붓겠다. 그러니 너는 이곳에서 기다려라."

"주인은 어딜 가십니까?"

강소는 화천의 심복 행세를 하려는지 자주 주인 칭호를 쓴다.

"다녀올 데가 있어. 내일 아침까지는 돌아올 것이다."

자리에서 일어선 화천이 생각난 것처럼 말을 잇는다.

"고준의 머리통은 들고 갈 테니 그리 알아라."

민가를 나온 화천이 등에 옷가지로 싼 고준의 머리통을 매고 내달렸다. 비가 퍼붓고 있었으므로 금방 온몸이 젖었지만 다행히 바람을 등에 맞으며 달리게 되었다. 곧 산으로 들어서자 나뭇가지가 요란하게 흔들리며 바람은 더욱 기승을 부렸다. 그러나 화천의 몸은 더 빨라졌다. 산등성이를 타고 골짜기를 횡단해서 산줄기 세 개를 넘었을 때 아래쪽으로 숲에 싸인 폐가가 보였다. 바로 유찬 모녀가 사는 폐가다. 화천이 폐가의 방 앞에 섰을 때는 미시쯤 되었다. 네 시진 동안 산길 60여 리 (30km)를 달려온 것이다.

"안에 있나?"

화천이 소리쳐 묻자 안에서 놀란 듯 외침이 들리더니 방문이 손톱만큼 열렸다가 곧 활짝 젖혀졌다.

"나리!"

외치면서 나온 여자가 유찬이다. 유찬의 뒤로 서 있는 여옥의 모습이 보였다. 여옥의 얼굴이 붉게 상기되어 있다.

비바람 속에 골짜기 근처의 맨땅에다 고준의 머리통을 놓고 두 모녀가 서럽게 울며 죽은 남편, 아버지의 한풀이를 한다. 모녀의 옷은 흠뻑 젖었지만 열기를 띠고 있다. 원한을 갚게 되어 생기가 일어났기 때문이다. 한이 풀린 것이다. 맺혀진 원한은 가슴에 응어리로 남아 있게 된다. 그 응어리가 풀리게 되면 대부분의 인간은 허탈해지고 곧 생의 의욕이 떨어진다.

이윽고 저승의 영혼에게 고준의 머리통을 보여주는 의식이 끝났다. 두 모녀가 기진한 얼굴을 들었을 때 화천이 고준의 머리통을 들어 아래쪽 개울을 향해 던졌다. 물살이 빠른 개울물이 고준의 머리를 싣고 긴 여행을 시킬 것이다. 허리를 편 화천이 모녀를 보았다.

"자, 이제 끝났으니 내가 기를 살려주겠다."

그래야 생의 의욕이 솟을 것이다. 화천의 시선을 받은 여옥이 다시 얼굴을 붉혔다. 비에 젖은 옷이 몸에 붙어서 몸매가 다 드러났다.

7장
서왕(西王)

폭풍이 갠 다음 날 오후, 문아의 주막이 부산했다. 곧 주막으로 대동
계의 4개 파 두령들이 회동을 할 것이기 때문이다. 오늘 회동은 배돌산
파 두령 진휘가 3개 파 두령들에게 제의한 것으로 각 두령들은 휘하 졸
개들을 모두 끌고 내려와 세를 과시할 것이다.

미시(오후 2시)가 되자 각 산채에서는 먼저 선봉대를 보내 주막 앞자
리를 차지했는데 깃발을 꽂고 터를 닦는 등 분주했다. 문아가 미리 하
인들을 시켜 4개 파의 구역을 정해 놓았으니 망정이지 좋은 자리를 차
지하려고 싸움이 일어났을 것이다.

먼저 본진을 이끌고 내려온 파가 가장 먼 곳에 있던 운암산파다. 운
암산파는 가막골파와 연합한 세력이지만 두령 채복은 이청과도 내통
하는 사이였으므로 요즘 내막을 안다.

2백 명 수하가 모두 칼과 창, 활까지 챙겨들고 총 출동한 터여서 자
못 위세가 당당했다. 소두목들은 가죽 갑옷을 걸치고 붉은색 머리띠를
매었는데 채복은 황금 손잡이가 달린 장검을 찼다.

명의 중랑장한테서 빼앗은 칼로 채복이 목숨처럼 아끼는 보물이다.

채복은 48세, 장신에 검을 잘 썼고 약장수를 10여 년 한 터라 언변이 좋다. 호남형 용모에 인상도 좋지만 믿을 만한 위인이 아니다. 그것을 3개파 두령들은 다 안다.

"어서 오시오."

문아가 주막 청 안으로 들어서는 채복을 맞았다. 문아도 비단 저고리에 바지를 입었고 머리에는 붉은색 두건을 썼다. 대동계 회장 노릇을 하려는 것이다.

"어, 내가 가장 먼저 왔는가?"

자리에 앉으면서 채복이 웃음 띤 얼굴로 말했다.

"먼 곳에 있는 사람이 가장 먼저 오는 법이지."

"대신 가장 좋은 자리를 차지하게 되시지요."

문아가 웃음 띤 얼굴로 대답했을 때 하인이 들어와 알렸다.

"철산파 두령이 오십니다."

이청이 온다는 말이다.

이청의 기세는 대단했다. 휘하 5백여 명의 졸개 중 4백여 명을 끌고 내려왔는데 대장군(大將軍) 깃발을 들렸고 고수 셋이 앞장을 서서 북을 울렸으며 기마군도 30여 기가 있다. 궁수, 창수를 따로 세워 행진시켰고 소두목이 이끄는 각 부대를 허리띠 색깔로 구분했다. 장관이다. 도적의 무리가 백주에 이렇게 활개치고 다니는 세상인 것이다. 이곳이 개봉현의 관할이며 서부병마절도사가 방위하는 영역인데도 관리는커녕 관(官)의 개 한 마리도 보이지 않는다. 그야말로 무법(無法)지대인 것이다.

이청에 이어서 진휘가 이끄는 배돌산파 1백여 명이 나타났는데 소수였지만 정연했다. 진휘는 말을 타고 졸개들은 새 옷으로 갈아입었는데 대오를 맞추지 않았지만 가장 분위기가 밝다. 떠들썩한 웃음과 소음을 내면서 닥치는 것이 북을 울리며 기세를 올렸던 철산파보다도 더 이목을 끌었다.

주막이 내려다보이는 산중턱의 바위 위에 앉아 화천이 대동계 모임을 구경하고 있다. 이제 방우가 이끄는 가막골파가 남았다.

주막 안에서 모여 있던 3개 파 두령들은 곧 멀리서 다가오는 인마의 소리를 들었다. 가막골파다.

"허, 가막골파가 가장 늦군."

철산파 두령 이청이 쓴웃음을 지으며 말했다. 은근히 비위가 틀어진 것이다. 그러나 진휘의 배돌산파도 금방 도착한 터라 늦은 것이 아니다. 손님을 맞으려고 밖에 나갔던 문아가 곧 방우와 함께 들어섰다. 방우는 수하 3백여 명을 끌고 왔으니 2백여 명을 산채에 놔두고 온 셈이다.

"어서 오시오."

세 두령이 모두 자리에서 일어나 방우를 맞는다. 방금 빈정거렸던 이청도 만면에 웃음을 띠고 있다.

"이제야 모두 모인 건가요?"

채복이 반가운 듯 말했고 진휘는 웃기만 했다. 방우가 큰 몸집을 구부리며 정중하게 인사를 했다.

"소인이 세 두령을 뵙습니다."

"소인이라니 당치 않으시오."

이청이 손까지 내저으며 웃었다.

"대인(大人) 아니시오?"

몸집을 보고 하는 소리였지만 모두 따라 웃는다. 이제 넷은 청안의 교자상 주위로 둘러앉았는데 상하 구분 없이 자리가 만들어졌다. 서로 마주보고 앉은 것이다. 문아가 신경을 써서 진휘와 이청을 마주 보게 만들었고 방우와 채복이 각각 그들 옆에 앉았다. 상에는 이미 산해진미가 가득 놓였고 술은 개봉현에서 가져온 감로주다. 문아가 하인을 시켜 술을 따르게 하면서 대동계 회장 인사를 한다.

"저는 이제 술만 내놓고 물러갑니다. 이야기는 네 분 두령께서 하시지요."

"회장의 진퇴가 분명해."

진휘가 덕담을 했다.

술이 세 순배가 돌고 나서 진휘가 입을 열었다.

"소생이 건의할 말씀이 있어서 두령들을 모신 것이오."

"마침 잘되었습니다."

이청이 바로 말을 받는다.

"소생도 드릴 말씀이 있었으니까요."

"뭡니까?"

채복이 묻자 진휘는 허리를 폈다.

"우리 네 개 파를 통합하면 큰 세력이 될 것입니다. 여러분 의견은 어떠시오?"

"바로 그것이오."

이청이 손바닥으로 무릎을 쳤다.

"소인도 그 말씀을 드리려고 했소. 요즘 같은 난세에 우리 네 개 파가 연합하면 명의 대군도 범접하지 못할 것이오."

"그렇다면 네 개 파 수장은 누가 되시겠소?"

채복의 시선이 셋을 훑었다. 얼굴에는 웃음이 떠올라 있다.

"내가 보기에는 세 분이 모두 적임이신데 말이오."

"적임자가 있소."

진휘가 정색하고 말했으므로 셋의 시선이 모였다. 진휘가 이청을 보았다.

"이 두령이 수장이 되시오. 내가 따르리다."

"이, 이런!"

당황한 표정으로 이청이 손까지 저었지만 곧 얼굴이 달아올랐고 입술 끝이 올라갔다. 예상 밖이었던 것이다. 그때 방우가 입을 열었다.

"동감이오, 남왕과 각별한 이 두령이 수장을 맡아주셔야 우리가 더 비싼 값에 거래가 될 것이오. 이 두령이 수장이 되시오."

"그럼 내가 동의하면 셋이 찬성한 셈이 되겠습니다그려."

채복이 웃음 띤 얼굴로 말했으므로 이청이 마침내 활짝 웃었다.

"어, 이런, 갑자기 두령들께서 짐을 지우시는군."

"부수장은 진 두령이 맡아주시오."

방우가 진휘에게 말하더니 잔을 내밀었다.

"자, 이의 없으시지요?"

"아, 그럼요."

대뜸 채복이 거들었고 이청이 감복한 표정으로 방우를 보았다.

"과연 방 두령께서는 대인이시오."

그날 밤, 철산파 산채에서는 세상이 떠나갈 것 같은 잔치가 열렸다. 소를 두 마리, 돼지를 열 마리나 잡고 술은 80동을 내놓았으니 산채 안

식구들까지 마시고 기절할 만한 양이었다. 인색한 이청이 산채의 창고를 열어 졸개들에게 은 한 냥, 식구 딸린 졸개는 쌀 한 섬, 고기 10근을 내주었고 소두목은 금 두 냥, 부두목 셋에게는 금 열 냥씩을 나눠주었으니 그럴 만했다. 이청이 잠자리에 들었을 때는 자시(12시) 무렵이다. 얼큰하게 취했지만 취할수록 색정이 치솟는 이청이다. 그래서 첩 둘을 불러 알몸으로 만들어놓고 좌우로 끼고 누웠다.

"이년들, 오늘밤 극락으로 보내주마."

첩의 몸 위로 오르면서 이청이 씩씩하게 말했다. 그러고는 다른 첩에게 일렀다.

"너는 내 어깨를 주무르고 있거라. 이년을 죽이고 나서 네년을 죽일 테니까."

그때 방 안의 불이 꺼졌으므로 이청이 잔소리를 했다.

"이년아, 왜 불을 끄느냐? 눈으로 봐야지 색욕이 더 솟는 법이다."

그러고는 서둘러 아래에 깔린 첩의 동굴을 찾는다.

"부두목! 야단났소!"

밖에서 외치는 소리에 여상보가 머리를 들었다.

"무슨 일이냐!"

축시(오전 2시)쯤 되었다. 여상보는 제 방에 앉아 있었는데 의관은 벗지도 않았다. 그때 마루 앞으로 다가온 부하가 헐떡이며 말했다.

"그, 글쎄, 두령이 변고를 당했소!"

여상보가 문을 열자 부하가 소리쳤다.

"두, 두령이 방에서……."

"어떻게 되었느냐!"

"글쎄, 죽었습니다."

여상보가 벌떡 일어섰다.

"아니, 왜!"

"첩들이 소동을 일으켜서 들어가 보았더니 두, 두령이……."

다가간 여상보가 부하의 귀빰을 후려쳤다. 머리가 돌아갔다가 돌아온 부하의 눈동자에 초점이 잡혔다.

"두령이 복상사를 했소! 첩 위에 엎어져서 죽었단 말입니다! 글쎄, 그 연장이 박힌 채 빠지지 않아서 지금도 박혀 있단 말입니다!"

"……."

"밑에 깔린 첩이 난리를 치는데도 글쎄 빠지지가 않는다고 하오! 글쎄……."

다시 부하의 귀빰을 올려친 여상보가 신발을 신었다. 이미 밖은 소동이 일어나 있다. 부하들이 이쪽저쪽으로 달려가면서 제각기 누구를 부르거나 소리친다. 술기운이 겹쳐서 더 시끄럽다. 여상보는 달려가면서 이 사이로 말했다.

"마하트."

그날 오후 신시(4시) 무렵, 문아의 주막에 다시 4개 파 두령들이 모였는데 철산파에서는 여상보가 참석했다. 어젯밤 두령 이청이 복상사를 했기 때문이다. 더구나 부두목 중 선임이었던 상귀가 어젯밤 실종되었는데 창고에 있던 금화 1천 냥도 함께 없어졌다. 철산파 내부는 혼란에 빠져 있었지만 가만있을 수는 없는 것이다. 3개 파에 전령을 보내 다시 하루 만에 대동계 주막에 모인 것이다.

"그럼 부두령께서 녹림연합의 두령이 되셔야지 어쩌겠습니까?"

방우가 탄식과 함께 말을 이었다.

"자고로 영웅호색이라고 했지만 두령이 된 지 하룻밤 만에 이승을 하직하다니, 안타깝소."

"부두목 상귀가 가장 나쁜 놈이오."

채복이 눈을 가늘게 뜨고 말했다.

"그놈이 정세가 불리하니까 재물을 훔쳐 달아난 것이오."

"어쨌든 이제 녹림연합은 진 두령이 통치해 주시오."

"부수장은 방 두령이 맡아주셔야겠소."

진휘가 말하자 방우가 머리를 끄덕였다.

"어쩔 수 없지요."

그때 뒤쪽에 서 있던 방우의 부두목 오사복이 말했다.

"이 기회에 산채를 합치는 것이 낫지 않겠습니까? 가장 중심부에 있는데다 넓고 지세가 좋은 철산이 좋습니다."

철산파의 본거지로 4개 파가 모이는 것이다. 그것이 본래 이청과 고준의 계획이다. 다만 방우와 진휘 둘을 제거한 후에 실행할 작정이었다. 그러자 진휘와 방우가 동시에 머리를 끄덕였다.

"그럽시다. 여 두령의 의견은 어떠시오?"

이제 철산파 두령 대리가 된 여상보가 셋의 시선을 받더니 머리를 끄덕였다.

"그러시지요. 땅이 넓으니 얼마든지 옮겨오셔도 됩니다."

"이거, 명군(明軍)한테 알려줘야겠다."

주위를 둘러본 채복이 목소리를 낮췄다.

"네가 서부병마절도사 안효를 찾아가 말해라. 이곳 4개 파가 모여 남

253

왕한테 붙었다고 하면 놀라 황군을 끌어올 거다."

앞에 앉은 모홍은 채복의 심복으로 내두목이다. 내두목은 채복의 안 살림을 관장하는 직책으로 재물과 여자 관리까지 포함된다. 채복이 말을 이었다.

"안효한테 말해라, 상금을 올려주면 이곳 기밀을 다 밝히겠다고. 우선 선금으로 금화 1천 냥을 내라고 해라."

"1천 냥은 석지 않을까요?"

턱이 뾰족한, 쥐 얼굴의 모홍이 되묻자 채복이 혀를 찼다.

"이 미련한 놈아, 그건 선금이다. 선금을 부르고 나서 대금을 받는 거다."

밤 해시(10시)쯤 되었다. 주막에서 회합을 마치고 방금 돌아온 것이다.

"수고했다."

쓴웃음을 지은 진휘가 화천을 보았다. 오전 사시(10시) 무렵, 둘의 앞에는 강소와 모홍이 앉아 있었는데 방금 그들은 모홍의 이야기를 들은 것이다. 모홍은 서부병마절도사에게 달려가지 않고 이곳으로 온 것이다.

"마하트시여, 이제 어찌하면 좋겠습니까?"

진휘가 묻자 화천이 모홍에게 말했다.

"네가 운암산파를 이끌고 철산으로 오너라."

"예?"

모홍은 아까부터 진휘 옆에 앉은 화천의 존재가 궁금하던 참이었다. 마하트라고 불리는 젊은 사내에게 진휘까지 쩔쩔매고 있는 것이다. 그러나 초면인 자신에게 다짜고짜 해라를 하자 와락 밸이 틀어졌다. 자신은 40대인 것이다.

"죄송하오나 누구신지요?"

"네 아비가 모태병이지? 항주 마운현에서 대장장이 노릇을 하고 널 키웠다는 걸 안다."

모홍이 숨을 들이켰을 때 화천이 손을 뻗어 머리를 움켜쥐었다. 깜짝 놀란 모홍이 입을 딱 벌렸다. 사내와의 거리는 두 발짝이나 되었기 때문이다. 그런데 사내의 저고리 소매 밖으로 팔이 다섯 자(1.5m)나 뽑혀 나와 머리털을 움켜쥔 것이다. 꼭 뱀 같은 팔이다.

"으악."

놀란 비명이 저절로 터지더니 곧 모홍의 머리가 뜨거워졌다. 숨을 들이켠 모홍이 어깨를 늘어뜨리면서 눈을 감았다가 떴을 때 사내의 손이 떼어졌다.

"마하트."

그 순간 모홍의 입에서 성호가 터졌다. 마하트는 이제 성호다.

운암산파만 제외하고 배돌산파, 가막골파의 이동이 시작되었다. 한꺼번에 옮길 수가 없었기 때문에 먼저 선발대가 떠나 터를 닦고 병력이 간 후에 가족이 옮겨가는 형식을 따라서 개봉현 서쪽 지역이 수선거릴 때 병마사에게 심부름을 보냈던 모홍이 운암산 산채로 돌아왔다. 그동안 새 수장이 된 진휘로부터 산채 이동 독촉을 받고 있던 채복이다. 모홍을 본 채복이 뛸 듯이 반겼다. 그래서 모홍이 자리에 앉자마자 묻는다.

"그래, 어찌 되었느냐?"

"명군은 이곳까지 신경을 쓸 겨를이 없다고 합니다."

모홍이 지친 표정으로 말을 잇는다.

"북쪽에서 새 농민군 반란이 일어났기 때문이오, 당장 머리 위의 불을 꺼야 된다고 해서 선금 이야기는 꺼내지도 못했소."

"할 수 없지, 그럼."

당장 체념한 채복이 임기응변에 능한 약장수 본색을 드러내었다.

"내일부터 철산골로 이동이다. 네가 선발대로 나가 터를 잡아라."

"그러지요."

방안에는 둘뿐이었으므로 모홍이 한 걸음 다가앉으면서 말소리를 낮췄다.

"두령, 드릴 말씀이 있소."

"뭐냐?"

"귀를 좀 빌리지요."

바짝 다가간 모홍이 채복의 귀에 입술을 붙이는 시늉을 하더니 한 손을 머리 위로 덮었다.

"으음."

순식간에 머리가 뜨거워진 채복이 눈을 치켜떴다가 감더니 모홍이 손을 떼니 진저리를 쳤다.

"내가 졸개들에게 일러야겠군."

"마하트."

모홍이 떠보듯 말했더니 채복의 눈동자에 초점이 잡혔다.

"마하트."

채복의 입에서 저절로 터져 나온 외침이다.

잠시 후에 채복의 지시로 마당에 운암산파 졸개들이 모두 모였다. 번을 선 졸개들만 빼고 모인 것이다.

256

"들어라."

마루에 앉은 채복이 엄격한 표정으로 졸개들을 내려다보았다. 술시
(저녁 8시)무렵이어서 마방 주위에는 횃불을 여러 개 밝혀 놓았다. 채복
의 목소리가 밤하늘에 울렸다.

"내일 아침부터 철산으로 이동한다. 그리고"

채복이 옆에 선 모홍을 손으로 가리켰다.

"지금부터 모홍이 운암산 두령이다. 당분간 나는 병을 치료하고 올
테니까 모두 모홍의 지시에 복종하도록."

졸개들이 아연했지만 두령의 지시니 어쩌겠는가? 모두의 시선이 모
홍에게로 옮겨졌다. 여기서 반대할 소두목은 없다. 그때 모홍이 헛기침
을 하고 나서 말했다.

"두령 말씀 다 들었는가? 그럼 내일 아침에 철산으로 이동할 테니
소두목들은 인시(4시)까지 내 숙소로 모이도록 해라."

다음날 인시가 되었을 때 모홍의 숙소에는 네 명의 소두목이 모두
모였다. 그중 외곽 경비를 맡고 온 소두목이 모홍에게 말했다.

"두, 두령, 한 시진쯤 전에 전(前) 두령이 혼자서 산채를 나갔소, 등에
짐도 지지 않고. 글쎄, 그 귀물로 여기던 황금 칼도 차지 않고 나가길
래……."

숨을 들이켠 소두목이 말을 이었다.

"어디를 가시느냐고 물었더니 글쎄, '마트' 하지 않겠소?"

소두목이 모두의 얼굴을 둘러보았다.

"그러더니 산을 내려가 버렸소."

그때 모홍이 헛기침을 했다.

257

"자, 두령은 떠났으니 이제 산채 이동준비를 하자. 우리가 가장 늦었으니 서둘러야 된다."

소두목은 잘못 들었다. 마하트라고 한 것이다. 혼이 빠진 채복은 지금쯤 제가 누군지도 잊고 마을을 돌아다닐 것이다.

방우는 오사복과 함께 뒤늦게 마하트 교도가 된 셈이다. 마하트 교도가 된다는 것은 세뇌다. 머릿속 기억창고에 마하트가 자리 잡고 그것이 본래 있었던 몸의 일부분처럼 느껴지는 것이다. '마하트' 이 한마디에 같은 동류임을 확인하고 머릿속의 기억이 자동적으로 작동한다. 복종과 헌신, 이성과 접촉했을 때는 색욕에 대한 충족도 포함된다. 철산파 본거지인 이청의 본채 청에 두령들이 둘러앉았다. 녹림연합의 수장인 진휘와 방우, 오사복과 강소, 여상보와 모홍까지 모였으니 4개 파 우두머리는 다 모인 셈이다. 그들을 마주 보는 위치에 화천이 앉아 있었는데 회색 장삼에 머리에는 두건을 썼다. 저녁 유시(6시)쯤 되었다. 이제 철산파의 소굴이었던 철산의 넓은 골짜기에는 1천 수백 명의 녹림패와 3천여 명의 가족이 모였으니 큰 마을이 솟아난 것 같다. 주위를 둘러본 화천이 입을 열었다.

"남왕(南王) 종광이 호남성 광양에 터를 잡았고, 주왕(周王)이라고 칭한 호공은 귀주에서 세력을 넓히고 있으니 이쪽은 서쪽에 끼인 셈이군."

시선을 받은 화천이 빙그레 웃었다.

"이제 1천5백 명의 군사가 모였으니 가볍게 넘보지는 못할 거야. 그러니 녹림연합도 태평천국을 외치며 주민들을 포용하고 세금으로만 꾸려가도록 하게."

"아니, 마하트시여."

방우가 큰소리로 나섰다.

"그렇게 남의 일처럼 말씀하시다니요, 우리를 이끌어 주셔야 되지 않습니까?"

어깨를 부풀린 방우가 말을 이었다.

"이 모든 일이 마하트 님을 의지하고 성사된 것이 아닙니까?"

"그렇습니다."

이제는 철산파를 이끌고 있는 여상보가 나섰다.

"그러니 마하트 님께서 녹림연합을 이끌어 주셔야 합니다."

"아니, 그것보다도."

진휘가 말을 자르더니 화천을 보았다.

"마하트시여, 녹림연합은 가당치 않습니다. 주왕, 남왕 등 도둑 수괴들이 거침없이 왕을 칭하는 마당에 우리도 왕국을 세우지요."

"허, 마하트 왕국 말인가?"

쓴웃음을 지은 화천에게 진휘가 정색하고 대답했다.

"서국(西國)입니다. 이곳이 중원에서 서쪽이니 서국이며 마하트 님은 서왕(西王)이시오."

"당치도 않소."

화천이 정색하고 머리를 저었다.

"나는 주왕이니 남왕이니 하는 도적 무리로부터 녹림패 여러분을 보호하고 싶었을 뿐이오, 내가 왕이 될 자질도 없으려니와 이곳이 왕도(王都)라니?"

주위를 둘러본 화천이 쓴웃음을 지었다.

"여러분은 이제 뭉쳐서 외세의 영향을 덜 받게 되었소. 그러니 주변 백성들을 포용하여 함께 살도록 하시오."

"명의 주원장도 비렁뱅이 중이었습니다. 왕의 씨는 하늘이 낸 것이 아닙니다."

소리치듯 말한 진휘가 그 자리에 무릎을 꿇고 엎드렸다.

"마하트시어! 서왕(西王)이시어, 우리를 이끌어 주십시오!"

"서왕이시어!"

방우가 소리치며 따라 엎드리자 모두 그 자리에 엎드렸다.

"서왕이시어!"

사흘 후 화천이 장삼에 등짐을 멘 여행자 차림으로 철산 골짜기를 나온다. 이른 아침 묘시(6시)무렵인 데다 비밀리에 나오는 터여서 배웅하는 사람은 두령급들뿐이다.

"서왕 전하."

진휘가 다가서며 허리를 굽혔는데 영락없는 왕을 대하는 신하다.

"마하트의 영험으로 우리 서국의 동향을 아실 테니 다시 뵙기를 기다리고 있겠습니다."

소리치듯 말하자 방우와 강소, 여상보 등이 일제히 허리를 굽혔다. 그렇다. 화천은 왕위(王位) 승인은 했다. 그래서 왕으로 부르는 것이다. 그러나 화천은 천하를 돌아보겠다는 고집을 꺾지 않았으므로 떠나보낼 수밖에 없는 상황이다. 화천이 떠난다는 조건으로 왕위를 받아들였기 때문이다. 화천이 진휘를 보았다.

"재상이 잘하리라 믿소."

"전하, 꼭 돌아오셔야 합니다."

진휘가 간절한 표정으로 말했다. 화천은 진휘를 재상으로 임명하여 녹림연합을 통치하도록 한 것이다. 방우는 대장군, 여상보와 강소, 모홍은 각각 장군직과 함께 직임을 맡았다.

"전하."

발을 떼는 화천의 등에 대고 모홍이 불렀다. 머리를 돌린 화천에게 모홍이 다가왔는데 손에 황금검을 들었다. 실종된 채복이 제 분신처럼 여기던 보검이다.

"이 검을 가져갑시오, 전하께서 지니셔야 합니다."

그러자 화천이 얼굴을 펴고 웃었다.

"거지 여행자가 황금검을 쥐라고 했는가?"

머리를 끄덕인 화천이 검을 받더니 사례했다.

"고맙네, 모 장군."

화천이 옆에 서 있는 진휘에게 방금 받은 검을 내밀었다.

"재상한테 드릴 테니 손잡이 황금을 떼어 팔아서 주민들 양곡으로 바꾸고 검은 내 대신 벌을 줄 때 쓰시오."

"황공하오."

무릎을 꿇은 진휘가 두 손으로 검을 받았다. 왕 대신 상벌을 내리라는 명을 받은 것이다. 대장군 이하 장군들이 같이 무릎을 꿇고 화천을 배웅한다. 아침 해가 화천의 앞쪽에서 떠오르고 있다.

내려가는 길에 주막에 들렀더니 문아가 반색을 하며 달려 나왔다.

"전하, 어찌 혼자 오셨나요?"

문아의 시선이 분주히 뒤쪽을 훑다가 금방 안색이 어두워졌다.

"무슨 일이 있습니까?"

문아도 화천이 서왕(西王) 왕위에 오른 것을 아는 것이다. 즉위식은 안 했지만 산채 두령들이 모인 자리에서 왕위를 받아들였다는 것도 알고 진휘 이하 두령들이 직함을 갖게 되었다는 것도 안다. 그리고 문아또한 중랑장이며 성주(城主) 직임을 받았으니 주막이 성(城)이 된 셈이다. 그러나 문아는 물론이고 아무도 그 직함에 웃지 않았다.

거기에다 문아의 주막에는 산채에서 정병 30인을 하인으로 가장시켜 주둔케 했으니 서국(西國) 왕성인 철산성 앞을 지키는 성주가 분명했다.

"내가 철산골은 잠시 재상한테 맡기고 천하 정세를 보려고 한다."

주막 마루에 앉은 화천이 말하자 문아가 한숨을 푹 쉬었다.

"저도 따라가고 싶습니다."

"넌 왕성을 지키는 외곽 성주 역할이야. 네가 없으면 서국은 이가 빠진 잇몸 꼴이 된다."

"마하트 님은 말도 잘하시오."

"전하한테 무슨 말버릇이냐?"

그러자 문아가 우람한 어깨를 흔들면서 눈을 흘겼다. 얼굴이 붉게 달아올라 있다. 색욕이 치솟은 얼굴이다.

"오늘 밤 묵고 가시지요."

"내가 네 몸 위에 오를 생각이야 굴뚝같지마는."

화천이 손을 뻗어 문아의 무릎을 눌렀다. 옷 위였지만 문아가 숨을 들이켜더니 사지를 움츠렸다. 주막 안은 그들 둘뿐이다. 다음 순간 문아가 몸을 비틀더니 신음을 뱉었다.

"아, 마하트시어."

개봉현은 철산에서 150리 거리였으니 기마로는 하룻길이지만 도보

여행자에게는 이틀이 꽉 찬다. 그러나 화천은 그날 신시(오후 4시) 무렵에 현청 거리로 들어섰다.

축지법은 땅을 좁혀서 발을 뗀다는 해괴한 사술로 한때 대중을 현혹시켰지만 단지 10여 년이 지나고 나서 '축지법'이란 말을 입에서 꺼내는 무인은 없다.

그랬다가는 지나는 아이도 웃는다. 오직 행랑채 하인들이 읽은 소설에 나와 꿈을 키울 뿐이다.

화천은 이른바 경공을 펼쳤는데 쉽게 말해서 빨리 걷는 것이다. 달리는 것처럼 걷되 허리를 펴고 다리를 크게 굽히지 않았기 때문에 보폭이 넓다. 당연히 수련이 필요해서 경공의 고수쯤 되면 하루에 3백여 리도 걷는 것이다. 화천의 경공은 심신비전의 영향을 받아 보폭이 일반인의 세 배나 되었는데 그것은 다리가 늘어났기 때문이다.

개봉현은 귀주에서 가장 큰 현에 속한다. 그래서 서부병마절도사가 군사와 함께 주둔해있는 것이다. 아래쪽에 주왕(周王)이라 칭하는 호공이 웅거했고 동쪽 호남성에 종광이 남왕(南王)이라면서 북쪽 명 황실이 있는 북경(北京)과 대응했다. 그뿐만 아니다. 전국에서 반란군이 일어나 명 조정은 거의 속수무책 상태가 되었는데 황실이 무능했기 때문이다. 이미 명(明) 치하의 세상은 너무 썩어서 민중들은 차라리 세상이 바뀌는 것이 낫다고 생각할 정도이기도 했다.

"어서 오십시오."

현청이 보이는 3층 여관으로 들어서자 하인이 웃음 띤 얼굴로 맞는다. 여관은 깨끗했고 하인도 잘 훈련되었다. 화천이 보기에 거리에서 가장 크고 깨끗한 여관이다.

"방을 주게, 큰 방이면 좋겠어."

화천이 말하자 하인이 두 손을 모았다.

"에, 3층에 귀빈실이 있습지요, 현령의 손님을 받는 방인데 하룻밤에 금화 한 냥입니다."

"어디 보자."

화천이 발을 떼었더니 옆쪽에서 듣고 있던 지배인이 나섰다. 40대쯤의 염소수염을 길렀고 미간이 넓다. 얼굴이 검은 데다 눈의 흰자위가 흐리다.

"제가 안내를 하지요."

허리를 굽혀 보인 지배인이 제 소개를 했다.

"지배인 양고라고 합니다."

몸을 돌린 지배인이 앞장서 계단을 올랐을 때 뒤를 따르던 화천이 물었다.

"창자가 뒤틀리는 것처럼 아프고 식욕이 전혀 없지 않은가?"

놀란 지배인이 걸음을 멈추고 화천을 돌아보았다.

"의원이십니까?"

"가끔 토하는데 푸른 액체에 피가 섞여 나오지 않는가?"

"그, 그렇습니다."

아예 몸을 돌린 사내가 열기 띤 눈으로 화천을 보았다. 흐린 눈에 눈물이 가득 고여 있다.

"그때마다 창자가 끊어지는 것처럼 아픕니다."

"변에 피가 많이 섞여 나오지?"

"그, 그렇습니다. 신의(神醫)시오."

"어서 방이나 보지."

화천이 지배인을 재촉하여 3층 방으로 들어섰다. 방은 크고 깨끗했다. 다실에다 소세장까지 딸려 있다. 방안을 둘러본 화천이 만족한 얼굴로 머리를 끄덕이더니 금화 두 냥을 꺼내 지배인에게 건넸다.

"우선 이틀분 숙박비를 내지."

"감사합니다, 대인."

두 손으로 금화를 받은 지배인 양고가 공손하게 물었다.

"관의 기찰이 심해서 미리 제가 말씀드리지요. 방에 올라오지 못하게 하려면 대인의 존함과 행선지를 알려주셔야 합니다."

"그래야겠지, 난 마건이고 강서성 태능 사람인데 의원일세, 천하를 유람하며 병을 치료해주고 있지, 이곳에 들렀다가 곧 북쪽으로 갈 작정이네."

"과연 신의시군요."

양고가 한 걸음 다가서서 화천을 보았다. 간절한 표정이다.

"대인, 제 병을 봐주시지 않으시렵니까?"

아직도 손에 쥐고 있던 금화 두 냥을 옆쪽 탁자에 놓은 양고가 말을 이었다.

"이 금자는 제 진맥을 해주시는 값으로 드리지요. 이 병을 낫게만 해주신다면 천 냥을 드리겠습니다."

양고가 치켜뜬 눈으로 화천을 보았다.

"이 여관 주인이 바로 제 형님입니다. 부모한테서 물려받은 여관이어서 저도 지분이 좀 있지요. 사례는 얼마든지 해 드릴 수가 있습니다."

"지금도 창자가 뒤틀리고 있군."

화천이 말하자 양고가 어깨를 늘어뜨렸다.

"어젯밤 비를 맞는 꿈을 꾸었더니 신의를 뵈려고 한 것 같습니다."

"여기 앉게."

화천이 앞쪽 자리를 가리키고는 장삼을 벗고 마주보고 앉았다. 양고의 상태는 거울에 비친 것처럼 샅샅이 알 수가 있었던 것이다.

양고가 서둘러 앉았을 때 화천이 손을 뻗어 배를 누르며 말했다.

"내가 진기를 넣어줄 테니 내일 아침까지는 배가 아프지 않을 거네, 내일 아침에는 흰죽을 먹을 수도 있을 거야. 죽을 먹고 나서 나에게 오게."

개봉현령 왕조유는 근래에 보기 드문 현관(賢官)으로 주민들의 존경을 받았다. 왕조유는 악덕 관리를 추방하고 법을 엄격히 집행하는 대신 주민들에게 군림하지 않았다. 세금을 더 받지도 덜 받지도 않았으며 법에 어긋나지 않으면 놔두었다.

본인은 청렴해서 조정에서 내려준 녹봉만으로 살았는데 가끔 내려오지 않을 때가 있어서 그때는 거리 양곡 가게에서 외상으로 밀을 사서 먹고 나중에 갚았다. 태감 위충현이 조세징수관을 내려보내지 못한 유일한 현이 이곳 개봉이었다.

그것은 수하 환관들이 개봉은 안 가려고 온갖 핑계를 대었기 때문이다. 개봉에 가면 현관 왕조유의 치세하에 잘살고 있는데 조세를 징수하다가 맞아 죽을 것이라고 조정에까지 소문이 났기 때문이다. 왕조유가 시장을 돌아보고 나서 청으로 돌아오던 중에 옆을 스치고 지나던 사내가 툭 던지듯이 말했다.

"이렇게 개봉현만 잘살 수 있을 것 같소?"

머리를 든 왕조유는 장신의 젊은이를 보았다. 시선이 마주치자 사내가 빙그레 웃는다. 시장 거리여서 왕조유가 바짝 붙어가며 물었다.

"그대는 누군가?"

왕조유는 40대 후반으로 관리생활이 20년이다. 주로 지방관을 지냈기 때문에 귀주, 호남성 등은 훤하다. 그때 사내가 대답했다.

"나는 의원 화천이오, 몸의 병뿐만이 아니라 마음까지 고치는 의원이지."

"허, 신의(神醫)로군."

웃음 띤 얼굴로 왕조유가 대답했더니 사내가 머리를 끄덕였다.

"날 그렇게 부르는 사람들도 있더군, 현령께서는 현관으로 명성이 자자하던데 조금 더 큰 세상을 보고 싶지 않으신가?"

"젊은이가 무례하군."

왕조유가 이맛살을 찌푸렸더니 사내가 쓴웃음을 지었다.

"오늘 밤 자시에 찾아갈 테니 술상을 차려놓고 기다리게."

그러더니 발을 멈추고는 몸을 돌려 행인 속에 묻혔다. 뒷모습을 보던 왕조유가 다가선 수행원들에게 말했다.

"미친놈인 모양이다."

여관으로 돌아온 화천이 옷을 벗다가 문에 대고 물었다.

"누구냐?"

대답이 없었으므로 화천이 옷을 내려놓고 문으로 다가가 문을 열었다. 사내 하나가 서 있었는데 시선이 마주치자 빙그레 웃었다.

흰 치아가 드러났고 눈웃음을 치는 모습이 요염했다. 남장녀다.

"제법 곱구나."

위아래를 훑어본 화천이 물었다.

"시장에서부터 따라오던데 몸을 팔겠다는 것이냐?"

"은 석 냥이면 한 시진(2시간) 놀아 드리지요."

"난 남자 맛을 모르는 년 하고는 안 논다."

화천의 말에 남장녀의 얼굴에서 웃음기가 지워졌다.

"어떻게 아시오?"

"네 가랑이 사이에서 시궁창 냄새가 나거든."

그 순간 남장녀의 얼굴이 홍시처럼 붉어졌다.

그것을 본 화천이 쓴웃음을 지었다.

"가슴에 혼미분을 넣고 있구나. 옷 벗는 시늉을 하면서 혼미분을 맡게 하고 남자의 보따리를 털어가는 년이었군."

남장녀가 숨을 들이켰을 때 화천의 시선이 복도 쪽으로 옮겨졌다.

"네 일행은 여관 밖에 있느냐?"

그때 남장녀가 몸을 비틀었고 화천의 손이 뻗어 나가 가볍게 머리를 쳤다. 머리를 꺾고 쓰러지려는 남장녀의 허리를 감아 안은 화천이 방으로 끌어들이고는 문을 닫았다.

눈을 뜬 아명은 방안에서 풍기는 향냄새를 맡았다. 달콤하다. 다음 순간 소스라치며 몸을 일으키려고 했지만 사지가 꼼짝하지 않았다. 방문 앞에서의 일이 떠올랐기 때문이다. 그때 몸에 서늘한 기운이 느껴졌으므로 아명은 시선을 내렸다. 그 순간 아명은 숨을 들이켰다. 온몸이 발가벗겨져 있는 것이다. 몸에 실오라기 하나 걸치지 않은 채 침상에 누워 있다.

"아."

저도 모르게 비명을 지른 아명의 얼굴이 이제는 새파랗게 굳어졌다. 머리만 들릴 뿐 몸이 움직이지 않는다. 온몸의 감각은 예민하게 느껴진다. 그때 옆쪽에서 인기척이 났으므로 아명이 머리를 돌렸다. 사내다.

방 주인, 현령 왕조유와 밀담을 나누고 돌아온 사내, 다가온 사내가 자신을 내려다보았으므로 아명이 이를 악물었다. 자신의 알몸을 남에게 처음 보이는 것이다. 그러나 몸을 꼼짝할 수가 없다.

"건방진 년."

사내가 아명의 몸을 훑어보면서 말했다.

"이 몸을 무기로 뭇 남자를 유혹했지만 한 번도 몸을 준 적이 없군."

쓴웃음을 지은 사내가 옆쪽 꽃병에 꽂힌 꽃 하나를 빼더니 긴 줄기 끝을 아명의 동굴 안에 꽂았다. 동굴에 찬 꽃가지가 쑤욱 들어오는 바람에 아명이 입을 딱 벌리고는 신음했다. 얼굴이 이제는 새빨개졌다.

"어때? 꽃가지가 들어가니 쩌릿하느냐?"

"널 살려주지 않을 것이다."

마침내 아명이 이 사이로 말했다.

"우리 패가 지금 여관 앞에 진을 치고 있다. 날 놓아주면 네 목숨은 살려주마."

"옳지."

사내가 얼굴을 펴고 웃었다.

"네 패가 여관 밖에 있다고 했느냐? 그럼 소리쳐 부르거라."

소리친다면 먼저 여관 종업원들부터 달려올 것이고 그때는 알몸을 보이게 된다. 그래서 아까부터 입이 있어도 소리를 못 내고 있었던 것이다.

몸을 돌린 화천이 방을 나왔다. 오후 술시(8시)가 되어가는 시간이어서 여관 안은 분주하다. 마당 건너편은 유곽 건물이 있어서 악기와 기녀의 노랫소리가 들려오고 있다. 복도에도 손님 왕래가 많았으므로 화

269

천은 2층 계단을 내려오는 동안 여럿이 스치고 지나갔다. 그러나 수상한 자는 보이지 않는다.

화천이 1층으로 내려왔을 때다. 이 층 계단을 주시하고 있던 두 사내와 시선이 마주쳤는데 둘은 얼른 머리를 돌렸지만 당황하는 기색이 역력했다. 여자의 일행이다. 여자와 함께 미행해온 것이 분명했다.

화천이 다가가자 두 사내는 제각기 몸까지 돌렸는데 둘 다 건장한 체격에 옷차림도 말쑥한 서생 차림이다. 무명 장삼을 입었고 두건을 썼는데 20대 중반쯤으로 부유한 집안의 자제처럼 보인다. 다가간 화천이 사내들에게 물었다.

"내 방에 여자가 누워 있다. 내 방으로 같이 올라가지 않겠느냐?"

"뭐라고 했나?"

사내 하나가 이맛살을 찌푸리며 화천에게 되물었다.

"여자가 누워 있다니? 그게 무슨 말인가?"

"네 일행 말이다."

화천의 얼굴에 쓴웃음이 떠올랐다.

"너도 가슴에 혼미분을 품고 있구나, 이놈들이 혼미분 강도단일세."

그때 옆쪽 사내가 손을 가슴속에 넣었는데 동작이 빠르다. 그러나 그보다 빠르게 화천의 손이 팔목을 잡았다.

"아."

짧은 외침이 들리더니 사내가 어깨를 늘어뜨렸고 그 순간 화천의 다른 손이 옆쪽 사내의 머리를 가볍게 쳤다.

"아."

꿈에서 깨어난 얼굴이 된 사내가 화천을 보더니 머리를 끄덕였다.

"같이 가십시다."

옆을 지나는 손님들이 많았으므로 셋은 현관의 기둥 옆 구석으로 자리를 옮겼다.

"네 일행은 너희들 둘뿐이냐?"

화천이 묻자 둘이 동시에 머리를 끄덕였다.

그러나 눈동자의 초점이 멀어서 먼 곳을 보는 것 같다. 사내 하나가 대답했다.

"아명이까지 셋이 나왔습니다."

다른 사내가 말을 잇는다.

"현령하고 밀담을 나누시길래 따라와서 이곳 하인들에게 누군지 물었지요."

방으로 들어선 두 사내는 숨부터 들이켜더니 곧 외면했다. 알몸의 아명이 누워 있는 것도 충격이었지만 음부에 꽂힌 꽃을 보자 심장이 멎는 느낌이었을 것이다. 아명에게 다가간 화천이 먼저 꽃부터 뽑아 던지고는 하체에 옷을 덮어 가렸다. 건성으로 가려서 음부만 덮었고 허벅지와 아랫배, 젖가슴은 그대로 드러났다. 아명은 몸만 움직이지 못할 뿐 오감은 다 살아있었기 때문에 둘을 본 순간 얼굴이 홍시처럼 붉어졌다.

그러더니 누운 채로 눈물이 눈가로 줄줄 흘러내린다. 그러나 어금니를 꾹 물고 있어서 분하다는 기색을 드러내고 있다.

"나리, 아명을 풀어주시지요."

사내 하나가 외면한 채 말했다. 아명이 몸이 굳어 있는 것을 아는 것이다.

"저희들은 이미 나리께 목숨을 맡긴 처지올시다. 죽을죄를 지었으나 용서해 주십시오."

사내가 무릎을 꿇자 다른 사내도 따라 꿇었다. 그러나 화천이 의자에 앉아 물었다.

"네 연놈들의 정체가 무엇이냐? 먼저 그것부터 밝혀라."

"예, 나리."

그중 상전으로 보이는 사내가 고분고분 대답했다. 사내의 이름은 여광, 동생뻘이 되는 사내는 반구, 그리고 아명까지 셋은 개봉현 북쪽 양산사에 근거지를 두고 있는 황보채 소속이다. 황보채는 두목 황보전이 1년쯤 전에 무리를 규합하여 대상이나 먼 길을 오가는 행인을 털었는데 무리는 35인, 제법 규율이 잡혔다고 했다.

특히 황보전은 둔갑술이 뛰어나 밤에는 흔적을 남기지 않으며 성품이 잔인하다는 것이다. 오늘 여광은 아명과 반구를 데리고 현청 거리로 나와 대상을 물색하다가 화천을 발견했다. 유빈각은 황보채 무리가 자주 들르는 곳이 아니었지만 아명이 고집을 부려 화천을 따라왔다는 것이다. 여광이 탄식하듯 말했다.

"현청 거리는 현령이 기찰을 철저하게 해서 우리가 거의 일을 하지 않았지요. 대상을 물색하고 나서 현청 영역 밖의 외진 길이나 다른 마을에 들렀을 때 일을 치렀는데 오늘은 아명이 서두르는 바람에 이 꼴이 되었습니다."

"마하트."

갑자기 화천이 정색하고 마하트를 불렀더니 둘은 숨을 들이켰다.

"마하트."

둘이 한목소리로 따라 부른다. 이미 둘의 뇌에는 마하트 소리만 들으면 복종하도록 세뇌가 되어 있는 것이다.

"이곳 개봉현의 동향이 어떠냐? 너희들 도적놈들은 가장 형편을 잘 알고 있을 것이다. 말해라."

"예, 이곳은 명(明)의 서쪽에서 가장 치안 상태가 좋고 주민이 잘사는 곳에 듭니다. 그것은 현령 왕조유의 치세 때문이지요. 명 조정의 환관 무리가 왕조유를 시기해서 몇 번이나 파직을 시켰다가 도로 복직되었습니다. 그것은 후임자들이 오기를 꺼려하는 데다 명 조정의 남은 대신들이 왕조유를 응원하기 때문이라고 합니다."

"내가 각지를 떠돌다가 이런 곳은 처음이군."

"넓은 마당은 대부분 오물에 덮였는데 한 평도 안 되는 땅이 아직 깨끗한 셈이지요."

30대쯤의 여광이 입술을 비틀면서 제법 비유를 했다. 그때 옆쪽에 누워있던 아명이 이 사이로 말했다.

"날 풀어줘."

방안의 시선이 그쪽으로 모였을 때 화천이 정색했다.

"이년, 잘못을 빌지도 않고 풀어달라고? 다시 가랑이 사이의 구멍에 꽃을 심어주랴?"

"잘못했어."

아명이 천장을 향한 채로 말했다.

"이만큼 날 욕보였으면 됐어."

문득 화천은 아명에게는 마하트로 세뇌시키지 않겠다는 생각이 떠올랐다. 때로는 강제에 의하지 않고 진심을 읽는 것도 중요할 것이다. 그것이 민심(民心)이다. 마하트로 세뇌시키면 모두 꼭두각시가 되지 않겠는가? 인형극의 인형일 뿐이다. 그래서 아명의 머리에 손을 뻗었을 때 마하트를 주입시키지 않았다.

자시(밤 12시)가 되었을 때 왕조유는 문밖의 인기척을 들었다. 안에서 들으라고 내는 기척이다. 책장을 덮은 왕조유가 상반신을 세웠을 때 문이 열리더니 사내가 들어섰다. 낮에 시장에서 본 사내다. 시선이 마주치자 사내는 얼굴에 웃음을 띠더니 앞쪽에 앉는다. 마치 제집처럼 태연한 태도여서 왕조유가 손님처럼 보였다.

마루방 안에 잠깐 정적이 덮였다. 방안에 등불이 환해서 사내의 이목구비가 뚜렷하게 드러났다. 20대의 건장하고 호남형 용모다. 그때 왕조유가 가라앉은 목소리로 물었다.

"도적은 아닌 것 같고 그렇다고 관리 신분도 아니고, 무슨 용건인가?"

"잘 아는군."

화천이 웃음 띤 얼굴로 말했다.

"심안(心眼)이 있구나."

"이곳까지 들어오려면 제법 무공도 갖춘 것 같은데 어느 무림 협객인가?"

"세 군데에 함정을 만들어 놓았더군, 판관 휘하의 장교, 군사가 기강도 잘 잡혀 있었다. 특히 세 번째 함정인 옆방에 숨겨둔 비장 둘의 무공은 출중했다."

화천의 말에 왕조유가 숨을 들이켰다. 그러나 얼굴에는 쓴웃음이 번졌다.

"과연 범상한 인물이 아니군."

"그대, 현령 신분으로 망해가는 명을 일으킬 수 있을 것 같은가?"

불쑥 화천이 묻자 왕조유가 바로 머리를 저었다.

"이젠 늦었다. 마치 산사태가 나는 것처럼 아래부터 무너지고 있어."

"그대는 어쩔 작정인가?"

"깔려 죽어야지 어쩌겠나?"

왕조유가 이제는 환하게 웃었다. 웃는 얼굴이 천진했다. 따라 웃은 화천이 다시 물었다.

"남왕 종광과 주왕 호공이 끈질기게 구애를 할 텐데, 어떻게 대응하고 있나?"

"먼저 군사를 크게 일으켜 대륙을 장악하게 되면 이곳 개봉현과 그 일대를 다 가져가게 될 테니 마음들 놓으라고 했더니 재촉은 안 하더군."

"과연."

"지금 가져가 봐야 주민들 원성만 받을 테니 나중에 잘 차린 밥상을 가져가는 것이 낫지."

"하지만 양쪽 도적놈들한테 다리 한 짝씩을 걸쳐 놓은 것이군."

"몸통은 대명(大明)에 기대고 있지."

"대명이 무너지면 종광이나 호공 밑에서 재상을 하겠구먼."

"대명과 함께 내 목숨도 끊어질 걸세."

"자결하겠단 말인가?"

"그걸 아니까 종광과 호공이 내버려 두는 거지, 내가 지금 자결한다면 그렇게 만든 원흉으로 주민 원성을 받게 될 테니까."

화천이 왕조유를 응시하며 천천히 머리를 끄덕였다. 이런 관리도 있는 것이다. 명이 이런 관리를 일개 현령으로만 기용하고 있는 것도 망해가는 이유 중의 하나이다. 길게 숨을 뱉은 화천이 지그시 왕조유를 보았다.

심안을 작동했더니 왕조유의 머릿속에 무수한 상념이 떠오르고 있는 것을 알았다. 화천이 시선을 준 채로 물었다.

"그렇군, 겉으로는 환관 위충현이 이곳을 놔두는 것처럼 했지만 그런 밀약이 있었군."

왕조유의 머릿속 상념들이 딱 정지했으므로 화천은 더 읽기가 쉬워졌다. 왕조유가 놀란 것이다.

"종광이 위충현으로부터 이곳을 넘겨받았군, 그래서 종광이 내버려두는 것이야."

"……"

"저 바보 같은 주왕 호공은 그대가 말한 교언에 넘어가 대륙을 장악하고 나서 이곳을 먹겠다고 기다리는 중이고……."

화천이 시선을 떼더니 긴 숨을 뱉었다.

"그러나 그것이 그대에게나 주민에게는 최선책이지, 나도 동의를 하네."

"그대는 누구인가?"

마침내 왕조유가 마른 목소리로 물었으므로 화천이 다시 쓴웃음을 지었다.

"나는 서왕(西王)이라네."

아침이 되었을 때 지배인 양고가 문을 두드리며 부른다.

"신의시여, 지배인이올시다."

화천이 응답을 했더니 양고가 앞으로 넘어질 듯이 들어섰다. 얼굴에 화색이 돈다.

"신의시여, 아침에 죽을 먹었습니다. 토하지도 않고 깨끗하게 그릇을 비웠습니다."

화천은 머리만 끄덕였고 양고가 말을 이었다.

"배도 씻은 듯이 나았습니다, 대인."

"이제 내가 약을 지어줄 테니 사흘만 먹으면 완쾌될 것이야."

"제 목숨을 살려주셨습니다."

무릎을 꿇은 양고가 들고 온 보따리를 앞에 놓았다.

"금화 1천 냥을 가져왔습니다. 원하시면 더 만들 수도 있습니다."

"난 돈 받자고 치료한 것이 아니네."

머리를 저은 화천이 말을 이었다.

"나중에 필요할 때 부탁할 테니 넣어두게."

그러자 더욱 감동한 양고가 이마를 마룻바닥에 붙인 채 한동안 떼지 않는다.

사시(오전 10시)가 되었을 때 여광과 반구가 찾아왔다. 둘의 뒤를 따라 들어선 장신의 남자는 텁석부리 수염을 길렀는데 검정 옷을 입었다. 둔갑술이 뛰어나다는 황보채의 두령 황보전이다. 주춤거리며 다가선 황보전이 물끄러미 화천을 보았다.

"난 황보전이오."

시선을 떼지 않은 채 황보전이 굵은 목소리로 말을 잇는다.

"내 수하 셋이 당신한테 잡혔다가 풀려났다고 들었소. 그중 한 년은 지금 절에 틀어박혀 나오지를 않소."

우뚝 선 채로 황보전이 떠들었다.

"여기 이 두 놈이 대두령으로 모실 만한 분이며, 그렇다고 우리들하고 같이 지낼 분도 아니라고 떠들어대서 내가 왔소."

"……"

"또 당신께서 우리 황보채 식구들이 1년은 먹고살 만한 양식을 주신다고도 해서."

화천이 황보전과 시선을 맞추고는 머리를 끄덕였다.

"네 창고에 먹을 양식이 닷새분밖에 남지 않았구나. 두령이 되면 식구들 먹여 살릴 걱정이 제일 크지."

"그걸 어떻게 아셨소?"

당황한 황보전이 여광과 반구를 훑어보았다. 눈매가 사나워졌다.

"너희들이 말했냐?"

"아니요, 두령."

여광이 손부터 저었고 반구는 한 발짝 물러섰다.

"그런 적 없소."

"네가 가슴속에 유황 주머니를 두 개나 넣고 온 것도 안다."

"윽."

놀란 황보전이 손바닥으로 가슴을 누르더니 숨을 들이켰다. 유황분은 들이키면 식도가 타고 물을 적셔 뿌리면 피부가 탄다. 황보전의 비밀무기다. 화천이 쓴웃음을 짓고 말했다.

"지금 바로 현령에게 가서 이 편지를 주거라. 누가 가겠느냐?"

옆에 놓인 편지를 집은 화천이 황보전에게 건네면서 말을 이었다.

"화 선생 심부름으로 왔다면 바로 현령을 만나게 될 것이야."

"무, 무슨 말을 그렇게……."

황보전이 말까지 더듬었다.

"우리 같은 도적한테 현령에게 가라니, 말이나 되는 소리를 하시오."

"현령이 편지를 읽고 나서 마차에다 양곡 2백 석을 실어줄 것이다."

화천이 말하자 이제는 황보전이 입을 다물었다. 이마에 진땀이 배어

나와 있다.

"그 양식으로 올겨울을 지내고 나면 내년에 내가 다시 찾겠다."

이제는 셋이 눈동자만 굴렸고 화천의 말이 이어졌다.

"그동안 너희들은 현에 나오지 말고 무리를 불리는 것이 낫다. 삼십여 명으로는 이 난세에 불쏘시개 노릇도 안 된다."

"신의가 와 있어?"

되물은 사내가 목소리를 낮췄다.

"키가 6척에 눈썹이 짙고, 20대쯤의 사내 아닌가?"

"맞소."

하인이 머리를 끄덕였다. 여관 현관 앞이다.

"우리 지배인의 병을 하룻밤에 낫게 했소, 과연 신의요."

"지금 어디 있나?"

사내가 묻자 하인이 눈을 가늘게 떴다.

"병이 있소?"

"그렇다네."

"하지만 치료받기 힘들 거요. 지금 3층 귀빈실에 묵고 계시지만 지배인이 외부 사람들 출입을 금지시켰으니까."

"그런가?"

머리를 끄덕인 사내가 힐끗 3층을 올려다보더니 몸을 돌렸다. 오후 유시(6시) 무렵이다.

"서왕(西王)이라고 칭한 놈이 맞는 것 같다."

고채형이 입술 끝을 비틀고 웃었다. 이곳은 유빈각의 객실 안이다.

"난세여서 개나 소나 왕을 칭하지만 이건 너무하군. 도둑떼 수백 명을 모아놓고 왕이라니."

"대형, 1천 명이 넘소."

선우가 조심스럽게 나섰다.

"그리고 두령급 몇 놈의 무공은 장수급이오."

"어쨌든 그 서왕이란 놈이 이곳 3층에 있어."

눈으로 위쪽을 가리킨 고채형이 의자에 등을 붙였다. 여관은 오후 술시(8시)가 지나면서 소란스러워졌다. 유곽이 같은 건물에 붙어 있는 터라 음악 소리와 여자들의 간드러진 웃음소리가 들린다. 복도의 마룻바닥을 밟고 지나는 손님들의 발자국 소리도 이어졌다.

"대형, 어쩌시려오?"

선우가 묻자 고채형의 검은 눈동자가 조금 커진 것처럼 느껴졌다.

"먼저 내가 가보고 오지요."

선우가 말하자 고채형의 눈썹이 찌푸려졌다. 흰 얼굴에 짙은 눈썹, 입술은 붉은 데다 콧날은 굵고 곧다. 그림으로 그려낸 것 같은 준수한 용모다. 더구나 6척 장신에 건장한 체격이 아닌가?

"사제, 네 무공은 지금까지 적수를 만난 적이 없지만 매사에 신중해야 된다."

고채형이 가라앉은 목소리로 말을 이었다.

"저 신의(神醫)라고도 하고 서왕(西王)이라고도 칭한 놈은 중원 무공을 닦은 놈이 아냐. 네가 상대한 놈들하고 다른 것 같다."

"대형, 우리도 중원이니 소림이니 하는 놈들과는 다른 세상의 무공이 아닙니까?"

선우의 얼굴에 웃음이 떠올랐다.

"저놈이 고준 일당을 몰살한 놈이 분명합니다. 이제 저놈 머리만 떼어 가면 종광의 등에 업히게 되지 않겠습니까?"

선우 또한 준수한 용모에 건장한 체격의 사내다. 둘 다 20대 중반쯤으로 장삼에 비단 조끼를 입었고 가죽신을 신었다. 고관의 자제 행색이어서 여관의 하인들은 감히 신원을 묻지도 못했다. 고채형의 일행이 10여 명이나 되는 데다 2층의 방 6개 방값으로 금화를 석 냥이나 내었기 때문이다. 고급 손님이다. 선우의 시선을 받은 고채형이 마침내 머리를 끄덕였다.

"방심하지 마라."

"대형, 난 지금까지 내 무공의 1할밖에 풀지 않았소."

"서둘 것 없는데도 그러는구나."

입맛을 다신 고채형이 주의를 주었다.

"염탐만 하고 대응은 하지 말도록. 명심해라."

"예, 대형."

자리에서 일어선 선우가 머리를 숙였다가 들었을 때 자취가 사라졌다. 그것을 본 고채형이 쓴웃음을 지었다.

선우가 사라지고 숨 다섯 번 쉬고 났을 때 문에서 인기척이 나더니 사내의 모습이 드러났다. 사내를 본 고채형이 이맛살을 찌푸렸다.

"또 둔갑을 했느냐?"

"다 알고 계시면서 일부러 모르는 척하세요?"

눈을 흘긴 사내의 입에서 여자 목소리가 흘러나왔다. 남장녀다. 그러나 큰 키에 머리에는 두건을 썼고 허리에 칼을 찬 모습이 미장부다. 고채형이 눈으로 위쪽을 가리키며 말했다.

"네 사형이 조금 전에 3층으로 올라갔다. 지금쯤 귀빈실에 있는 놈을 염탐하고 있을 거다."

"그놈이 서왕이 맞지요?"

그렇게 묻는 여자는 송지, 선우와 이곳에 온 네 명의 진인 중 하나다. 또 한 명의 진인이며 선우의 사형인 곽지용은 지금 밖에 나가 있다. 송지의 시선을 받은 고채형이 머리를 끄덕였다.

"맞다. 선우가 염탐을 마치고 오면 바로 목을 떼어 가기로 하자."

"같이 갔으면 좋았을 텐데."

"글쎄 제가 가겠다고 조르는구나."

"사형은 지금까지 적수가 없었다고 했어요. 서왕이란 가짜 의원 놈이 도술을 부린다고 해도 당하지 못할 것입니다."

"내가 숨어서 지켜보고 오라고 했다."

고채형의 표정이 엄격해졌다.

"우리는 새 세상을 만들려고 강호에 나온 것이지 힘과 무술을 겨루려고 나온 것이 아니다."

"휴론의 세상."

두 손을 벌린 송지의 얼굴이 편안해졌다. 고채형이 말없이 두 손바닥을 하늘을 향해 펴 보이면서 응답을 한다.

선우가 벽에 붙어 서서 사내를 본다. 지금 선우는 사내의 방안에 들어와 있는 것이다. 선우의 둔갑술은 휴론도(道) 선지자인 모극공으로부터 전수 받은 것이다.

대형이라고 불리는 고채형, 그리고 서열 순으로 곽지용, 선우, 송지가 휴론도의 제자인 셈이다. 숨을 죽인 선우가 벽장 틈 사이로 사내를 보고 있다. 사내와의 거리는 15자(4.5m) 방안은 둘뿐이어서 숨소리도 들릴 정도다.

이곳은 2층 유곽의 소음도 들려오지 않는다. 귀빈실은 2층 방의 다섯 배는 컸기 때문에 가구도 많고 은신할 곳도 많다. 그때 탁자에 앉아 옆모습을 보인 채 생각에 잠겨 있던 사내가 이쪽으로 머리를 돌렸으므로 선우는 숨을 죽였다. 들킬 염려는 없다. 지금 선우는 벽장의 귀퉁이에 몸을 붙이고 서 있다. 그런데 몸이 보이지 않는 것이다. 선지자 모극공은 네 제자에게 69가지의 인체탈피술을 전수해준 것이다.

그중 수제자인 고채형에게는 휴론으로부터 받은 원기(元氣)를 전수해주었다. 원기란 곧 휴론이 되는 것을 말한다. 모극공은 휴론을 만난 유일한 인간인 것이다. 그 휴론으로부터 받은 원기가 모극공을 거쳐 고채형에게 넘겨졌다. 선우가 똑바로 사내를 보았다. 서왕(西王)이라고 불린다는 사기꾼 의원 놈이다.

화천이 벽장을 유심히 보았다. 벽장이 숨을 쉬고 있다. 벽장 옆구리가 올라갔다가 내려가기를 반복하고 있는 것이다. 흙색 나무로 만든 벽장이다. 옆구리는 널빤지를 대었고 꽃과 나무 조각까지 새겨 놓았는데 움직이고 있다. 다른 사람이라면 저 움직이는 널빤지는 보지 못했다. 둔갑술인가?

화천의 시선이 닿자 벽장의 움직임이 멈췄다. 그것으로 화천의 심증이 굳어졌다. 저 기가 막힌 위장술은 인간의 자질로써는 만들 수가 없다. 마하트에게 심신비전을 전해준 절대자만이 가능한 재능이다. 어떻게 저런 재주를 부린단 말인가? 심신비전의 심신공을 세 번 혼합해보면 방법이 나온다. 그것은 상대방의 눈을 현혹시키는 것이다. 저놈은 제 모습 그대로 서 있지만 보는 상대의 눈을 가리고 있다. 그렇다면 그렇게까지 만든 자는 누구인가? 절대자와 대등한 수단을 부리는 저 자는?

심호흡을 한 화천이 시선을 떼었다. 어설프게 반응하지 않으려는 것이다. 그 순간 온몸에 냉기가 덮였다. 처음 느껴보는 긴장감이다. 화천은 조심스럽게 손을 뻗어 탁자 위를 문질렀다. 마치 먼지를 닦는 것 같다.

그 순간 선우는 탁자 뒤에 앉아 있던 사내가 홀연히 사라진 것을 보고는 대경실색했다. 눈도 깜박이지 않고 보는 중이었는데 사내가 사라진 것이다. 앞쪽 탁자를 손으로 쭉 문지르고 나서 없어졌다. 어디로 갔단 말인가? 선우가 눈을 치켜떴다.

시간을 반각 정도 돌렸던 화천이 숨을 들이켰다. 사내 하나가 방으로 들어서고 있다. 아주 시치미를 딱 뗀 얼굴로 들어오는 것이다. 사내의 시선은 이쪽을 향하고 있었는데 의연하다. 하긴 지금의 화천은 반각속의 공간에 있는 터라 사내의 시선과 마주치지 않는다. 거침없이 다가온 사내가 벽장 옆에 붙어서더니 다시 이쪽을 본다. 큰 키, 넓은 어깨, 준수한 용모다. 장삼을 입고 허리에는 장검을 찼다. 저놈이 시간 이동을 하는 것이다. 나하고 같다. 그렇다면 저놈은 의자에 앉아 있던 내가 홀연히 사라진 것을 보고 놀라고 있겠구나. 어쨌든 저놈이 시간 이동을 했어도 숨 쉬는 움직임이 벽장에 찍혀 있는 것을 보면 조금 어설프다. 그러나 저 능력은 과연 어디에서 온 것인가? 화천은 다시 손으로 앞을 그어 조금 전으로 돌아갔다.

손을 휘저어 반각 전으로 돌아간 순간 선우가 몸을 굳혔다. 사내가 눈을 치켜뜨고 이쪽을 노려보았기 때문이다. 금방이라도 잡아먹을 것 같은 표정이다. 그렇구나, 저놈도 시간 이동을 했다. 그러고 나서 조금 전의 나를 발견한 것이다. 그때 사내의 시선이 조금 옆쪽으로 향해 있는 것을 본 선우가 지금의 사내는 같은 공간에 있지 않다는 것을 깨달았다. 조금 전에 사실을 발견하고 지나간 것이다. 온몸에 솜털이 일어나는 느낌을 받은 선우가 손을 휘저어 조금 전의 공간으로 올라갔다.

딱 공간이 맞았다. 벽장 옆에 사내의 모습이 홀연히 떠오른 순간 화천의 얼굴에 웃음이 떠올랐다. 조금 전의 사내는 조금 어긋난 시간의 공간에 서서 이쪽을 한 박자 늦거나 빠르게 응시하고 있었다가 지금은 딱 들어맞았다. 일부러 맞추려고 한 것 같지는 않다. 놀란 표정을 보니까 그렇다. 시선이 마주쳤을 때 먼저 입을 뗀 쪽이 화천이다.

"네 배가 들락거리는 건 한순간 전의 배였던 것 같군."

화천이 선우의 시선을 잡은 채 말을 이었다.

"벽장 판자가 호흡하는 것 같았다. 이동을 하려면 좀 멀찍이 가든가 숨을 참도록 해라."

"네가 서왕이렷다?"

이제는 선우도 도전적으로 대들었다. 허리에 찬 장검의 손잡이를 쥐고 있다.

"의원 행세를 한다는 놈, 내가 너를 잡으려고 왔다."

"네 이름이 선우로군."

불쑥 화천이 말했으므로 선우가 숨을 들이켰다. 아직 이쪽은 심안이 부족했기 때문이다.

"이놈, 네 정체는 뭐냐?"

선우가 소리치듯 물었을 때 화천의 이맛살이 찌푸려졌다.

"대형 고채형, 사형 곽지용, 사매 송지하고 같이 나왔구나, 아래층에 묵고 있어?"

그 순간 선우가 후려친 장검이 화천의 목을 베고 지나갔다. 섬광처럼 빠른 검이다.

그 순간 선우는 자신이 헛칼질을 했다는 것을 깨달았다. 처음이다. 다음 순간 온몸에 찬 기운이 덮이는 느낌이 오더니 목이 굳어지는 것 같았다. 상대의 칼날이 날아와야 정상이기 때문이다. 그러나 아니다. 섬광 같은 순간이었지만 선우의 머릿속에서 느낌이 스치고 지나간다. 사내가 사라졌다, 대응도 않고. 놈의 시간 운용은 한 수 위다. 내 호흡을 눈으로 보았다고 하지 않는가. 다음 순간 선우는 몸을 날렸다. 반쯤 열린 창으로 마치 던져진 돌멩이처럼 날아간 것이다. 거구가 옷자락도 걸리지 않고 창문을 통해 나갔다. 바람처럼 흘러가는 것 같다.

천장의 벽에 서까래 일부분이 되어 붙어 있던 화천의 몸이 떨어지더니 선우의 뒤를 따라 창을 빠져나갔다. 창문에서 빠져나온 선우의 몸이 한 바퀴 돌면서 이 층 처마를 가볍게 밟더니 다시 한 바퀴를 돌았다. 떨어져 내리던 가속이 줄어들면서 그 짧은 공간에서도 선우의 몸이 유연하게 회전하더니 2층 창문 안으로 빨려 들어갔다. 화천은 창문으로 다가가 창틀에 몸을 붙였다. 그러자 방안이 환하게 드러났다.

"아니."

놀란 송지가 먼저 소리쳤고 조금 전에 들어온 곽지용은 입맛을 다셨으며 고채형은 시선만 주었다. 갑자기 선우가 창문으로 뛰어 들어왔기 때문이다. 몸을 세운 선우가 어깨를 부풀리며 말했다.

"놈한테 발각되었습니다."

286

놀란 셋은 몸을 굽혔고 다시 선우의 말이 이어졌다.

"놈이 시간 이동을 합니다. 더구나 놈은 심안으로 내 머릿속을 읽고 우리를 파악해버렸습니다."

그때 고채형이 쓴웃음을 지었다.

"이미 따라왔다, 사제."

다음 순간 고채형이 창가로 다가서며 소리쳤다.

"모두 벽에 붙어라!"

곽지용과 선우, 송지가 순식간에 나머지 3면(面)의 벽에 붙어 선다. 넷은 사면의 벽에 등을 붙이고 섰는데 고채형과 곽지용은 각각 창과 문을 등지고 선 셈이 되었다. 그때 고채형이 앞쪽의 공간을 향해 빙그레 웃었다.

"이놈이 시간 이동을 했지만 공간은 그대로다."

"사형, 그럼 이놈도 시간 이동을 한단 말씀이오?"

놀란 곽지용이 묻자 고채형이 공간을 노려본 채 말했다.

"이놈의 본색은 중원무림 출신이 아니야, 우리 휴론교와 비슷한 것 같다."

"고수입니까?"

옆쪽 벽에 붙어선 송지가 묻자 고채형은 쓴웃음을 지었다.

"비교 불가."

"사형, 언제까지 이러고 있어야 됩니까?"

성미가 급한 선우의 얼굴에는 초조한 기색이 덮였다. 선우의 시선을 받은 고채형이 앞쪽을 노려보았다.

"이놈은 우리가 막고 있는 한 벗어날 수 없어. 우리는 지금 몇 각을 지냈을 뿐이지만 이놈은 그 몇 천 배의 시간을 보내고 있는 거야."

그렇다. 공간의 모형은 변하겠지만 그 위치는 불변이다. 그러니 옮겨 가려면 밖으로 나와야 한다.

화천이 황무지에 서 있다. 잡초가 우거진 황무지, 열 걸음쯤 앞으로 폭이 1리(500m)쯤 되는 강이 흐른다. 유빈각의 옛터다. 이 거대한 강줄기가 말랐거나 다른 곳으로 이동했을 것이다. 화천의 앞으로 길이가 20자(6m)쯤 되는 대사(大蛇)가 지나갔다. 혀를 날름거리며 화천을 보았으나 먹잇감으로는 적당치 않다고 여긴 모양이다.

방으로 들어간 순간 고채형의 기운을 느끼고는 과거로 몸을 빠뜨렸는데 시간은 모르겠다. 눈앞의 강줄기를 보면 수천 년 전인 것 같다. 그러나 오늘 강적을 만났다. 그것도 비슷한 비전을 운용하는 강적, 놈들은 시간 이동을 하며 변신기법도 비슷하다. 이번에는 커다란 야수가 다가왔는데 머리는 범 같지만 몸통이 길고 털 대신 두꺼운 비늘이 덮여 있다. 발톱이 쇠갈고리 같다. 야수가 눈을 치켜뜨고 머리를 낮췄다. 30자(9m) 앞, 몸통이 20자(6m)는 되어서 한 번 도약하면 저 거대한 입으로 화천의 상반신을 삼킬 수 있다. 그 순간 야수가 도약했고 화천은 손을 휘저으며 소리쳤다.

"마하트."

"아앗!"

주위에서 놀란 외침이 일어났지만 화천도 숨을 들이켰다.

"이게 뭐야?"

옆에서 외친 사내가 한 걸음 다가서며 화천의 위아래를 훑어보았다. 화천도 마찬가지다. 방안은 눈이 부시도록 밝다. 천장에 달린 등에서 흰빛이 쏟아지고 있다. 둘러선 사내는 셋, 그리고 앞에 사내 하나가 손이 뒤로 묶인 채 방바닥에 꿇어앉았다. 그런데 사내들의 옷차림이 괴상하다. 팔다리에 딱 붙은 저고리와 바지를 입었고 머리는 낫으로 벤 것처럼 짧다. 그리고 발에는 번쩍이는 신발을 신었는데 가죽이 번질거리고 있다. 이곳이 마하트의 세상인가? 화천의 머릿속에 떠오른 생각이다. 그때 사내 하나가 다가와 화천의 어깨를 툭 쳤다.

"너, 누구야?"

머리를 돌린 화천이 사내 뒤쪽 벽에 붙은 대형 거울을 보았다. 그곳에 자신의 몸이 비치고 있다. 보라, 긴 소매와 풍성한 무명바지에 머리는 뒤로 묶은 후 두건을 썼고 회색 장삼을 입은 데다 허리에는 장검을 찼다. 과연 이들과는 어울리지 않는 차림이다. 그때 화천이 사내에게 물었다.

"여긴 어디냐?"

무릎을 꿇고 앉아 있던 광준은 눈앞에 선 괴인을 보았다. 머리를 숙이고 있었던 터라 괴인이 어떻게 나타났는지 모르겠다. 그러나 목전에 닥친 죽음의 공포를 잠깐 잊을 만큼 이상하긴 했다. 긴 머리를 묶어 올렸고 두건을 썼다. 저 옷차림은 사극에 나온 도인 같다. 청나라보다도 더 오래전의 사극, 그때 도인이 배규에게 다시 물었다.

"그리고 너희들은 누구냐?"

도인, 그러지 마. 광준이 머릿속으로만 말했다. 왠지 이제는 죽음에 대한 공포감이 줄어들었다. 도인의 조금 넋이 빠진 것 같은 모습을 보자 현실감이 달아난 것 같다. 저놈들은 삼합회의 살인자들이야, 가차없이 죽이는 놈들이라고. 그때 배규가 넓은 얼굴을 펴고 웃었다. 누런 이가 드러났다. 어금니 두 개의 사이가 벌어져서 그 사이로 침을 뱉으면 5

미터는 날아간다.

"너, 어디서 갑자기 떨어졌는지 모르지만 이곳에 왔으니까 알려주지. 난 배규라는 신사분이시고 이곳은 도살장이다."

"신사가 뭐냐?"

도인이 다시 물었을 때 광준은 오줌이 마려워졌다. 도인은 곧 죽는다. 배규의 허리춤에 베레타 92F가 끼여 있고 그 옆쪽의 부하 오석과 주만은 각각 싸구려 토가레프를 차고 있다. 이곳은 말 그대로 도살장 안 밀실이어서 총소리도 밖으로 새나가지 않는다. 광준은 심호흡을 했다. 이곳에서 살해된 시신은 곧 밖의 도살장에서 살과 뼈가 반죽으로 뭉개진 후에 다진 고기로 팔리든가 소각장에서 연기가 되어 사라지는 것이다. 그때 왼쪽에 서 있던 주만이 한 걸음 다가섰다. 그것을 본 광준은 숨을 들이켰다. 어느덧 주만의 손에 단검이 쥐어져 있었기 때문이다. 주만은 단검의 명수다. 육박전에서 주만의 단검을 피할 수 있는 인간은 없다. 현란한 칼부림을 보면 정신이 산란해지고 다음 순간 급소를 찔리는 것이다. 그때 배규가 쓴웃음을 짓고 말했다.

"어디 한쪽 떼어라."

주만에게 말한 것이다. 그 순간 주만이 한 걸음 발을 내딛더니 도인을 향해 단검을 휘둘렀다. 섬광 같은 동작, 얼굴 한쪽을 긋고 내려가 옆구리를 찌르는 손놀림이 절도가 있고 부드럽다. 그래서 주만의 별명이 '정육점'이다.

그때 화천이 왼쪽 사내의 손놀림을 보았다. 손에 쥔 단검을 휘두르는 동작을 보자 얼굴에 저절로 웃음이 떠올랐다.

저런 칼부림은 어린애도 하지 않는다. 얼굴을 찌르는 칼날을 비틀어 피한 화천의 눈썹이 치켜 올라갔다. 동작은 어린애였지만 살기가 흉흉

했기 때문이다.

칼날이 다시 허리를 찌르는 순간 화천의 장검이 칼집에서 빠져나왔다가 들어갔다. 그야말로 빛보다 빠른 동작, 그러나 동작의 결과는 잔혹했다.

"으악!"

비명 소리와 함께 단검을 쥔 사내가 제 오른쪽 팔을 왼쪽 팔로 감싸 쥐었다. 감싸 쥔 손에서 핏물이 쏟아지고 있다. 그런데 오른쪽 팔이 팔 꿈치 부근에서 몽땅 잘렸다.

"아니."

놀란 배규와 오석이 몸을 바로 세웠지만 늦었다. 화천의 칼집에서 장검이 빠져나왔고 이번에는 검풍(劍風)이 일어났다.

"쿵!"

"툭!"

소리만 들으면 큰 돌멩이가 바닥으로 떨어지는 것으로 알 것이다.

"으악!"

그러나 비명 소리가 다시 울렸다. 그것은 잘린 팔을 움켜쥐고 있던 주만이 뱉은 소리였다. 배규와 오석의 머리통이 잘려 바닥으로 떨어졌기 때문이다.

"아아악!"

이번에는 묶인 채 꿇어앉아 있던 광준이 비명을 질렀다. 머리 없는 목에서 피를 뿜은 채 서 있던 두 몸뚱이가 제각기 한 발짝을 떼었다가 바닥으로 넘어졌기 때문이다. 그것이 기괴했기 때문에 광준의 입에서는 계속해서 비명이 터졌다.

"으아아악!"

그때 다가선 화천이 장검으로 광준의 묶인 끈을 잘랐다. 두 손이 풀리자 광준이 바로 앞으로 모아 손바닥을 붙였다. 비는 것이다.

"살려주십쇼."

"넌 누구냐?"

화천이 다시 물었다. 그때 옆쪽에 서 있던 주만이 털썩 무릎을 꿇더니 대답했다.

"예, 저는 주만입니다."

잘린 팔에서 피가 고장 난 수도꼭지처럼 흘러내리고 있었지만 주만은 제정신이 아니다.

"살려주십쇼, 장군님."

"지금이 언제냐?"

"예? 예, 목요일입니다."

이번에는 광준이 대답했다.

"목요일이 뭐냐?"

"예, 수요일 다음 날입니다. 어제가……."

"수요일이 뭐냐?"

"예?"

얼굴이 하얗게 굳어진 광준은 도인이 이번에는 자신을 베어 죽일 것 같다는 생각이 들었다. 이놈은 미친놈이다.

"예, 제가 마약 대금을 빼돌렸습니다. 장군님, 하지만 이놈들은 악랄한 놈들입니다."

광준은 이판사판이라고 생각했다. 하소연이라도 하고 죽자.

"이놈들은 저한테 1할밖에 안 줍니다. 그 돈으로는 차비도 안 나옵니다."

"으으으."

팔이 잘린 주만이 마침내 신음을 뱉더니 몸이 흔들렸다. 이미 눈동자의 초점도 멀고 얼굴은 백지장이 되어 있다. 피를 너무 많이 쏟았기 때문이다. 곧 죽는다. 그때 도인이 들고 있던 칼을 휘둘렀는데 칼 빛만 번쩍였다.

"으악."

외침은 광준의 입에서 나왔다. 주만의 머리가 떨어졌기 때문이다. 주만이 앞으로 엎어지자 도인이 방안을 둘러보는 시늉을 했다. 그러더니 다시 물었다.

"지금이 언제냐?"

"예?"

절망적인 표정이 되어서 광준이 도인을 보았다. 그러나 말은 해야 한다.

"예, 서기 2015년 11월 19일입니다."

"서기라니? 그럼 여기 현령이 누구야?"

"시장 이름이 왕보입니다."

"시장이라니?"

"예, 이곳이 꾸이양 시이기 때문에."

"명(明)은 망했구먼."

<2권 끝>

광풍 ❷ 광풍

초판1쇄 발행 | 2016년 5월 30일
초판1쇄 발행 | 2016년 6월 3일

지은이 | 이원호
펴낸이 | 박연
펴낸곳 | 스토리뱅크

등록일자 | 2009년 11월 17일
등록번호 | 제313-2009-250호
주소 | 서울시 마포구 모래내로 83 한올빌딩 6층
전화번호 | 02 · 704 · 3331
팩스번호 | 02 · 704 · 3330

ISBN 978-89-6840-219-7 04810
ISBN 978-89-6840-217-3 (세트)